KB132427

쇳 밥 일 지

쇳밥일지

청년공, 펜을 들다

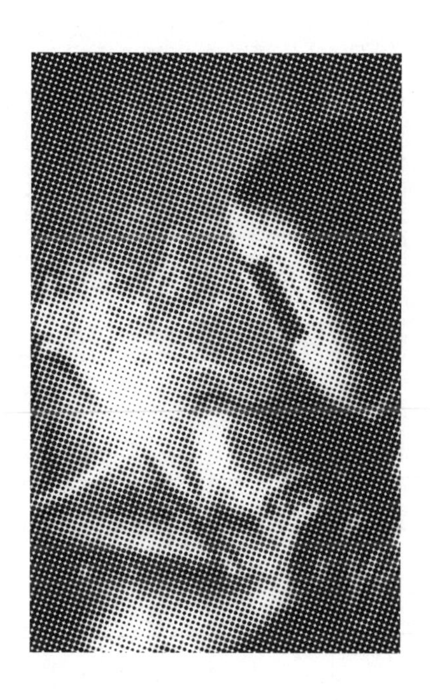

천현우 산문

문학동네

천 현 우

차례

일러두기

* 이 책은 『표준국어대사전』 및 『고려대 한국어대사전』을 기준으로 한글 맞춤법을 통일하였으나, 많은 부분에서 저자의 표현을 최대한 살렸습니다.

프롤로그

회색 미래

오랜 기간 떠돌이로 살았다. 서울에서 사기 맞고 고향으로 돌아온 우리 가족은 좁디좁은 마산 바닥을 옮겨다니며 월세살이 했다. 열아홉 살 무렵엔 어시장 부근 신포동 지하방에서 살았다. 아주 어수선한 동네였다. 만취한 노인들의 고성방가, 방음이 전혀 되지 않는 노래방, 아무렇게나 세워둔 차들하며 인도를 가볍게 오가는 오토바이. 까만 쓰레기봉투를 과자봉지처럼 뜯어대는 길고양이들, 의인들 업적을 기리는 의거탑 맞은편 요란한 빛깔 네온사인의 홍등가까지. 몰락한 산업도시의 번잡스러움을 고스란히 전시해둔 장소였다.

시장 외곽의 해안가를 끼고 걸으면 코를 찌르는 비린내와 구중중한 빛깔의 바다가 반겨주었다. 수평선 위로 널찍한 배들이 각자 고개를 다른 방향으로 둔 채 떠다녔다. 물결에 휩쓸리지 않는 건 쌍둥이 혹처럼 솟은 돌섬뿐. 흔히 떠올릴 수 있는 갈매기 소리나 뱃고동 소리, 파도가 방파제 후려치는 소리는 들리지 않았다. 그저 옆쪽 차도에 줄지은 자동차들만 초조한 듯 덜덜 끓어댔다. 그 바로 맞은바라기의 성동조선소에서 사람 목소리, 망치질 소리, 용접 불꽃 튀는 소리, 중장비가 땅바닥 갈아대는 소리, 거대한 크레인이 육중한 쇳덩이를 옮기는 소리가 덩어리진 소음으로 들려왔다. 조선소 가운데 줄지어 늘어선 푸른 지붕의 컨테이너 건물 사이로 우뚝 선 거대한 크레인이 좁은 공단을 내려다보고 있었다.

로봇 만화영화를 좋아했던 남학생은 복잡하고 큰 기계에서 풍기는 웅장함에 홀려, 빛바랜 색깔의 공장들 사이를 한참 걷고 또 걸었다. 곧 세상 모든 귀신이 사이좋게 합숙할 듯한 봉암아파트가 나타났다. 세월이 들이받고 간 상처로 거메지고, 찢어지고, 갈라진 외벽의 건물을 가로지르면, 창원과 마산의 경계인 봉암교가 나타났다. 다리를 건너 나타난 사거리의 풍경은 그야말로 공장의 숲. 어딜 돌아봐도 건축미며 조형미와는 팔촌 관계조차 아닌 건물만 늘어진 풍경이었다. 사람의 모습은 없고 단지 분주하게 오가는 납품 트럭만 보였다.

부연 먹구름 토해내는 지붕을 멍하니 올려다보다 문득 그런 생각이 들었다. 언젠간 나도 여기서 일하면서, 이곳에서 쭉 살아가다가, 이 어딘가에서 숨을 멎겠지. 그 상념의 근원이 무엇이었는지는 모르겠다. 다만 가난하고, 공부도 못하며, 거창한 꿈조차 없는 고3이 앞으로 살아갈 곳은 장밋빛보단 회색빛이 더 많이 섞인 세상일 터. 굳이 의미를 더듬어 찾자면 그때의 기분은 냉소도 체념도 아닌, 확신에 가까운 감정이 아니었을까.

이후의 내 삶도 이때의 예감에서 크게 벗어나는 일 없이 흘러갔다. 청년공으로서 살아가기란 생각보다는 힘들되 꾸역꾸역 생존은 가능한 나날이었다. 그때의 시간들. 고와 낙이 있었고, 땀과 눈물이 있었으며, 희망과 좌절이 공존했고, 꿈이 짓이겨졌다가 다시금 피어났던 과거를 문자로 남겨보고자 한다.

1
부

갑자기 어른

"현우 니는 뭔 일해가 묵고살 끼고?"

실업계 고3의 6월은 자격증 의무 검정으로 한창 분주한 시기였다. 밤 열시까지 실습실에서 인터넷 케이블 내선 순서를 외우고, 실보다 가느다란 광케이블 외피를 벗겨댔다. 통신과인 우리는 그나마 나은 신세였다. 전자과인 친구들은 기판을 납땜해야 했는데, 실습실에 가득찬 연기에 고스란히 노출되어 두통에 시달리곤 했다. 삼 년 중 유일하게 학구열 넘치던 그 시기. 마산 회산다리 아래 정원 삼백 명 남짓한 고등학교엔 급식소가 없었다. 점심마저 위탁 도시락으로 해결하던 판이니 당연히 저녁은 각자 나가서 먹어야 했다. NC 파크가 들어서기 전, 당시 공설운동장 옆에 살던 나는 짝지와 잠깐 귀가해 저녁밥을 먹었다. 그날은 육개장 컵라면에 된밥을 말아 멜론처럼 몰캉해진 깍두기와 먹고 있었다. 초등학생이라 해도 믿을 앳된 얼굴의 짝지가 던진 물음에 나는 짜증스레 대꾸했다.

"갑자기 밥맛 떨어지그로 와 그라는데."

"아니, 우리도 이제 고3 아이가. 진로 생각해야지."

짝지 입에서 나온 이야기는 묵직했다. 진로. 그전까지 막연함의 안갯속에 던져놓은 채 건드리지 않던 주제였다. 만약 저 질문에 반드시 대답해야 했다면 아마 이렇게 말을 절어대지 않았을까. '그, 뭐, 대충, 공장 들어가서, 이래저래. 일 좀 하면서, 돈도 좀 벌고, 결혼도 하고. 어, 또……' 내 머릿속 미래라는 이름의 연습장엔 크로키조차 그려져 있지 않았다. 어른이 될 준비가 안 된 것과는 달랐다. 나름 마음의 대비는 끝마쳐놓았다. 단지 절실히 이루고자 했던 꿈이 없었을 뿐. 미래의 이틀보다 오늘 하루가 더 중요한 쾌락주의자에겐 먹고살 생각보다 게임 랭킹 올리는 일이 더 급했다. 그때 나는 이 주일간 게임에 접속 못해서 불만이 가득한 상태였다. 난감한 주제를 어물쩍 넘어가려니 짝지가 "내 말 씹지 말고"라며 가시눈 떴다. 젓가락 내려놓고 잠깐 고민하는 척했지만, 마땅한 대답이 떠오르는 일은 없었다.

"내도 모르겠다. 근데 뭐, 굶어죽기야 하긋나. 그라믄 니는 뭐할 낀데?"

"내? 내는…… 일단 부사관이라도 할라꼬."

"부사관?"

"어어, 부사관. 들어보이께는, 장기 근무만 붙으면 안 짤린다데. 살 집도 주고."

"군바리 그거 할 짓 못 될 낀데."

"우야긋노. 우리 대가리로 철밥통 잡을라믄 방법이 그뻐 없는데."

지방 사는 내 또래들의 장래란 대체로 이런 식이었다. 진로라는 나무에 주렁주렁 매달린 적성, 보람, 가치, 사명, 비전 따위는 모두 가위질에 나가떨어질 잔가지. 공부 잘하고 못하고는 아무런 상관 없었다. 다들 성적에 맞춰 대학교에 가거나 취업했다. 어차피 관성으로 택한 미래 속에서 아웅다웅 애쓰는 모습이 어쩐지 바보같이 느껴지던 시절. 그땐 짝지가 내린 결정의 무게를 전혀 몰랐다. 그저 일찍 어른물이 들었다고 생각했을 뿐. 감정 한 톨 담지 않은 목소리로 대화를 마무리지었다.

"뭐 그래, 욕봐라."

짝지는 눈썹 치킨 채 못마땅한 표정을 지었다. 딴에 진지하게 진로 얘기를 하고 싶었던 모양이었다. 그래서 응할 수가 없었다. 이미 적당히 살기로 한 삶. 괜히 열심히 살 생각으로 충만한 친구의 기운까지 빼고 싶지 않았다.

의무 검정이 끝나자 곧 여름방학이 왔다. 낮엔 게임하고 밤엔 고깃집 아르바이트를 했다. 방학 끝과 함께 곧바로 수시 철이 왔다. 이즈음 한창 거북선 등딱지처럼 날 세운 인문계 교실 분위기완 달리, 우리는 진학 여부를 농담거리로 쓰고 있었다. 대다수가 집안 형편이 좋지 않아 나올 수 있는 풍경이었다. 일찍이 대학 안 가기로 마음 굳힌 친구들은 진학할까 말까 고민하는 학우들에게 "대학 졸업하면 뭐할낀데?"라며 집요하게 캐묻곤 했다. 그 위세가 흡사 악마의 대변인이었다. 그중 '쌍빵'의 활약은 조기 축구회에 낀 메시나 호날두와 같았다. 쌍빵이 누구신고 하니, 고2 1학기 기말고사 당시 두 개의 과목에서 빵점을 받는 기적을 몸소 보여준 친구 되시겠다. 쌍빵은 대학으로 빠지려는 이단자들을 논리로 처단했다.

"대학 왜 갈라 카는데?"

그 추궁에 맞서 각자가 다른 이유를 댔다. 부모님 때문이라는 변명은 "어른 돼가꼬 부모 시키는 대로 다 할 끼가?", 좋은 직장 구하고 싶다는 소망은 "개나 소나 대학 다 가는데 졸업장 가꼬 뭐할래?", 공부하겠다는 야심엔 한바탕 폭소한 다음 "우리 대가리로 무슨 공부고? 고마 내랑 기술교육원 드가자. 얼른 차 뽑고 집도 사야 할 거 아이가"라고 받아쳤다. 사회에서, 학교에서, 어른들이 바보 취급했던 쌍빵은 사실 누구보다 현실을 잘 알고 있었던 셈이었다.

다행히 나는 쌍빵의 준엄한 추궁에서 열외 대상이었다. 공부가 싫었고, 등록금 낼 여유도 없었으며, 지긋지긋한 가난에 더 시달리고 싶지도 않았다. 마침 에어컨 부품 공장에 취직한 선배가 같이 일하자고 계속 신호를 보내왔다. 다달이 200만원'은' 벌 수 있다나. 마침 한 달 내내 고깃집에서 있는 욕 없는 욕 다 들어가면서 받은 월급이 고작 42만 3000원. 다섯 배의 봉급 차이는 그 어떠한 제안보다 매력 있었다. 200만원. 그 정도 돈이면 월세가 밀려 집주인 눈치 볼 일도, 물과 전기가 없는 삶을 체험할 일도, 인터넷이나 핸드폰이 끊길 걱정을 시시때때로 할 필요도 없을 터. 대다수가 '누린다'는 사실조차 인지 못할 요소들이 내겐 기간제 상품이었기에, 사람답게 살기 위해서라도 취업을 해야 했다.

심사숙고 따윈 없던 고졸 취업 계획은 초장부터 전혀 생각지 못한 암초를 만났다. 두 팔 들고 환영할 줄 알았던 어머니, 우리 심여사께서 대학만은 가야 한다고 생떼를 썼다. 학비 못 대줄 거면 대학 얘기 꺼내지도 말라며 역정까지 냈다. 무시하고 일자리 알아보겠다고 했다. 심여사는 대학 얘기가 씨알도 안 먹히니 학교에 전화를 걸었다. 다음날 담임 선생님마저 교무실로 불러서 앉혀놓더니 진학을 종용하셨다. 성실히 공부하면 국가 장학금 충분히 받을 수 있다. 창원기능대 가면 훨씬 좋은 대우 받으면서 취업한다. 고졸로 사회 나가면 평생 월급 200만원에서 못 벗어난다. 나중에 나이들면 대학 들어가고 싶어도 들어갈 수가 없다. 마치 대학'교'의 교주라도 된 양 열렬히 전도하는 담임 선생님의 말씀은 내게 눈앞에 불이 났는데 목마를 때를 대비해 물을 아껴두라는 소리나 다름없었다. 끝으로 수시 원서 접수 기간 얼마 안 남았으니 얼른 결정하라는 말을 듣고 교무실에서 나왔다. 찝찝한 기분이었다. 선생님의 입은 말하지 않았지만 눈이 떠들고 있었다. 대학 안 가는 건 부끄러운 행동이라고, '고졸'이란 딱지는 수갑이며 죄수복이자 족쇄나 다름없다고. 그날 집으로 돌아와 오랜 시간 공설운동장 부근을 배회했다. 대학을 강요하는 세상이 못마땅했다.

어른으로 살아가려면 사람 착하고 몸 건강하며 상식 있는 것만으론 부족한 걸까.

교복을 벗는 순간만 고대했다. 구닥다리 청춘 예찬 늘어놓는 꼰대들이 싫었다. 돌이켜보면 당시의 배배 꼬인 생각은 청춘으로서 누린 혜택이 없기에 나온 억하심정이었다. 계속 집을 옮겨다니는 동안 제대로 친구를 사귀지 못했고, 왜소한 몸집과 입에 밴 서울 말씨 때문에 학교 폭력을 당하기 일쑤였으며, 가난 때문에 소풍이며 수학여행도 제대로 못 가 사진조차 거의 남기지 못했다. 게임에 빠진 이유도 이런 환경과 무관하지 않았다. 모니터 속의 세계에선 가난 때문에 차별받지 않았다. 타인에게 거절당해도 상처가 남지 않았고, 혐오하는 이와 적대해도 아무런 부담이 없었다.

고민 끝에 진학하기로 했다. 등록금이 싼 기능대를 가겠다고 말하자 친구들은 하나같이 동정하는 반응을 보였다. 기능대는 수업 빡세기로 유명했다. 아홉시부터 여섯시까지 쉴새없이 수업을 듣는다고 했다. 남자만 가득해서 대학의 낭만 따윈 기대할 수도 없고, 졸업해도 딱히 고졸과 다를 건 없다며 회의를 표했다. 모두 사실이었다. 그러나 대학물이 곧 무안 단물이란 막연한 환상에 빠진 심여사를 설득할 자신이 없었다. 수시 원서를 넣었고 얼마 안 가 합격 통보까지 받았다. 그때부터 남은 고등학교 생활은 사실상 팍팍한 사회로 나가기 전 마지막 동호회가 되었다. 수능을 치는 사람이 없기에 나올 수 있는 풍경이었다. 선생님들도 영화나 애니메이션을 틀어주거나 수업 시간 내내 함께 잡담을 나누곤 했다. 형식적인 중간고사가 끝난 날엔 친구들과 창동의 만화방과 당구장을 돌았다. 마무리로 주인 없는 흉가에서 맥주와 〈모노폴리〉 보드를 놓고 밤새워 놀다 잠들었다.

얼마 안 가 오 년 넘게 즐겨왔던 온라인 게임과 이별의 시간이 다가왔다. 갑자기 벼락 맞듯 철이 든 건 아니고, 어디까지나 현실 문제 때문이었다. 나중에 장학금 받는다 한들 일단 등록금은 내야 했다. 우편함 안 편지 봉투 속엔 입학 축하를 빙자한 120만원짜리 청구서가 들어 있었다. 월세도 밀려 맨날 도망 다니기 일쑤였던 집안이 그 큰돈을 어찌 감당하리오. 심여사는 돈을 빌려오겠다고 했다. 신용 불량자가 낼 수 있는 빚이란 150만원에서 선이자 떼고 120만원, 거기에 한 달마다 이자 십 퍼센트씩 추가되는 사채뿐. 빌렸다간 이자 지옥에서 오랫동안 헤엄칠 게 뻔했다. 이자 없는 급전을 어디서 구할 수 있을까. 하루종일 발만 동동 구르던 중 머릿속 생각의 실이 바늘귀를 꿰뚫고 지나갔다.

딱 하나, 방법이 있었다. 바로 오 년간 모은 게임 아이템과 키운 게임 캐릭터를 현금과 바꾸는 것.

현금 거래 사이트에 글을 올린 직후부터 줄곧 속이 쓰라렸다. 내게 게임 속 캐릭터와 아이템은 그저 즐기고 남은 찌꺼기가 아니었다. 자긍심이자 자부심이며, 노력의 흔적이었고 계급의 증명이었다. 그 모든 걸 쌓아올리기 위해 오랫동안 낮과 밤을 바꾸어 살았다. 하도 게임에 심취해서 중학생 땐 게임 중독 교육까지 따로 이수할 정도였다. 물론 인터넷 메일함도 제대로 못 여는 교사가 떠드는 게임의 위험성은 실제와 무관했다. 교육 내내 지겹게 강조하던 '건강한 교우 관계'는 도리어 게임 속에 존재했다. 나이와 성별의 장벽도 없었다. 시간과 공간의 제약도 없었다. 게임 속 마을에 앉아 다가오던 새벽이 놀라 도망칠 정도로 떨었던 수다, 마음껏 늘어놓았던 생각, 털어놓았던 진심, 숨겨놓았던 질투. 그 모든 감정을 함께 나누었던 이들은 진정한 친구가 아니란 말인가? 나의 인연은 학교 안보다 모니터 안에 더 많았고, 어른이 되면 그들 하나하나를 현실에서 만날 생각에 부풀어 있었다. 하지만 스무 살로 올라가는 계단 끝에 도사린 것은 만남이 아니라 이별이었다.

마침내 나의 분신이었던 캐릭터가 남의 소유가 되었을

때, 비로소 게임과 내 접점이 완벽하게 끊어졌다. 그 대가로 통장에 찍힌 150만원을 보자 '허무' 두 글자론 다 설명할 수 없는 감정이 가슴께를 꾹 짓눌렀다. 컴퓨터 그래픽 속에 깃들었던 노력이, 인연이, 추억이, 숫자 속에 삼켜졌다. 서글프지만 현실을 받아들여야 할 때의 안타까움, 그뒤에 몰아닥치는 초라함과 굴욕감, 유쾌함과 정반대편에 존재하는 감정의 파도 속에서 한참을 헤엄쳤다. 어느덧 계절은 겨울에 가까워져 있었고 기말고사가 막 시작될 무렵이었다.

시간은 전심전력으로 행복한 시절과 멀어져갔다. 달력은 어느새 한 해의 마지막을 가리키고 있었다. 마침내 2009년, 어른이 되어 세상에 내던져진 둘째 날. 하늘이 아직 잠 덜 깬 듯 몽롱한 푸른빛을 머금고 있을 즈음, 초등학생 시절 누볐던 동네를 배회했다. 제비산입구 버스 정류장 바로 앞 골목 피시방. 안으로 들어서면 〈스타크래프트〉와 〈디아블로〉 〈워크래프트〉 시디 패키지가 잔뜩 쌓여 있는 카운터. 온갖 게임 가이드북과 잡지가 꽂힌 책장이 보이던 곳. 컵라면 가득 쌓아놓고 〈리니지〉 하던 아저씨들은 언제나 나를 반갑게 맞아주었다. 차 한 대 간신히 지나갈 굽이진 언덕을 오르면 어느새 자그마한 동산 위. 바라보기만 해도 마냥 좋았던 여자친구와 마산문학관 앞 벤치에 앉아 하염없이 서로의 얼굴만 쳐다보았다. 그 바로 아래엔 어쩐지 라푼젤이 갇혀 있을 듯한 종탑과 교황님 모자 같은 문창교회. 꼬질꼬질한 차림의 아이가 불쑥 들어와 배고프다 칭얼대자, 목사님은 빙긋 웃으며 간식을 나누어주었다. 그 옆 늘 무서운 형들이 담배 피우고 있던 골목길을 지나 오르막. 친구들과 서광아파트와 대성빌라가 마주보는 길에서 함께 뛰놀다가 해가 퇴근할 무렵 〈철권〉 하다가 싸우고 〈펌프〉를 하며 다시 화해했던 오락실이 있었다.

걸어서 총 이십 분도 걸리지 않는 거리. 내 인생 절반을 함께했던 자그마한 세계가 낯설게 느껴지는 탓은, 절반 이상 변해버린 풍경 때문은 아니요, 절반 이상 커버린 내 모습 때문도 아니요, 그저 과거의 나와 지금의 나의 사이가 소원해진 탓이며 앞으로 더욱 멀어지기만 할 관계이기 때문일 터. 시냇물이 눅눅한 이끼를 쓰다듬으며 졸졸 흘러내리는 회원천 다리 위에서 해를 맞이했다. 내 맘대로 추억과 이별한 아침. 고등학생과 대학생의 경계선에 있던 그때까지만 해도 이십대의 삶이 그저 무미건조하리라고만 생각했건만, 그마저 전망이 아니라 낙관이었음을 석 달 후에 깨닫게 되었다.

창원시에서 벚꽃 명소로 유명한 곳은 단연 진해. 군항제는 봄이 모든 화장을 끝마친 채 자기 미모를 맘껏 뽐내는 기간이었다. 진해의 화려하다못해 경이로운 분홍빛 향연에 비할 바 아니었지만 창원기능대, 그러니까 한국폴리텍7대학 창원 캠퍼스가 속한 내동 교육 단지 역시 벚꽃 명소로 유명했다. 배짱 좋게 폴리텍에 입학한 경남전자고등학교 졸업생 다섯은, 아직 꽃이 피지 않아 썰렁한 언덕을 걷고 있었다. 아직 추위가 제철이었던 2월, 오리엔테이션 날은 그야말로 불평불만 콘서트였다. 학교 주변엔 대학가 특유의 활기는커녕 흔한 편의점 하나조차 없었다. 터덜터덜 등교하는 이들은 모두 남정네였고 하나같이 표정이 밝지 않았다. "와…… 이래가꼬 두 달은 댕기긋나?" 혀를 차던 이때만 해도 아직 손톱 거스러미만큼의 희망은 남아 있었다. 그래도 대학인데 고등학교보단 낫지 않을까. 평일 중 하루는 시간표를 비울 수도 있고, 낮쯤에 느긋하게 강의 들으러 나가기도 하고, 수강 과목 하나 정도 말아먹어도 의연할 그 정도 여유는 있으리라 생각했다.

캠퍼스 안으로 들어서자 농담 주고받던 우리는 바짝 긴장했다. 분위기며 건물 배치가 익히 알던 대학교와 너무도 달랐다. 살풍경이란 단어의 창시자가 있다면 이 광경을 보며 떠올리지 않았을까. 그저 허옇고 네모난 건물이 띄엄띄엄 서 있었다. 캠퍼스 정중앙엔 공터와 축구 골대만 덩그러니 놓여 있었다. 정말로 이 이상 묘사할 풍경 자체가 없었다. 건물 안으로 들어서자 익숙한 냄새가 콧구멍을 쑤셨다. 납땜 실습실에서 풍기던 묵직하고 쿰쿰한 수은 향을 맡으며 강의실에 들어서자, 낯선 사람들이 저마다 딴청 부리며 교수가 오기만 기다리고 있었다. 이른 출근 시간의 만원 버스처럼 짜증스럽고 예민한 분위기 속, 쭈뼛대던 우리에게 말을 건 친구가 있었다. 바로 옆 창원기계공고 졸업생이라고 했다. 큰 키에 드센 인상, 툭툭 내뱉듯 던지는 말투가 인상 깊었다. 그는 금세 우리와 말 트더니 우울한 정보를 말해주었다.

"마산? 멀리서도 왔네. 해필 여는 왜 왔노? 아싸리 옆에 창원전문대 가지. 우리 학교서 여 드오면 기공 4학년이라 칸다."

"기공 4학년?"

"여는 수업 시간 다 정해져 있고, 학점도 한참 오바해서 듣는다. 전문대가 대충 팔십 학점쯤 채우면 되그든? 근데 여는 거진 백십 학점 듣는다 생각해라."

"빡시노. 그래도 딴 학교보다 취업 잘된다 카던데?"

“개뿔이. 기껏해야 여 근처 그르지 같은 공장에 꽂아주긋지. 전문대 거서 거다. 내야 집구석 눈치본다꼬 드왔는데, 빠질라믄 지금 빠지라. 어정쩡하게 굴면 등록금도 몬 돌려받는다.”

키다리가 쏟아낸 말은 단순 겁주기가 아니었다. 이내 강의실로 들어온 교수도 비슷한 소릴 했다. 우리 학교에 온 이상 공부 열심히 해야 한다. 수업 시간표는 학교에서 정해주고, 방학 때는 자격증반을 따로 운영하니 참조해라. 수업 잘 들으면 취업이든 편입이든 수월할 테니 정신 바짝 차리고 따라와라. 순간 대학 오리엔테이션이 아니라 훈련소에 입소해 교관에게 병영생활 안내받는 줄 알았다. 이후 학생들끼리 어색하게 자기소개를 한 후 해산. 우리 전자고 패거리는 귀갓길에서 앞으로의 행보를 타진하고 있었다. 나를 포함 세 명은 일단 다녀보기로 했고, 나머지 두 명은 아주 학을 뗐다.

“내는 막살놓을란다. 대학물 빨다가 사레 들리긋네.”

“내도 고마 시마이 칠래. 만다꼬 돈 버리가믄서 학교 더 댕길 끼고.”

시작부터 두 명이 낙오라니, 일단 다녀보자고 말하려다 참았다. 차바퀴 아래 깔린 날짐승 사체를 본 듯한 표정으로 도리질하는 모습에 도저히 설득할 엄두가 나질 않았다. 제각기 착잡한 표정으로 버스 정류장에서 헤어졌다. 버스 안에서 차창 너머 창원운동장을 보자 한숨이 나왔다.

대학생활은 정말 쉽지 않았다. 수업이 아닌 강의는 딱딱. 교실이 아닌 강의실의 공기는 묵직. 선생님 아닌 교수님은 공포. 무엇보다 고등학생 때와는 사뭇 다른 사람 간 거리감에 좀처럼 적응할 수가 없었다. 분명 동갑내기일 터인데 다가가기가 너무도 어려웠다. 학과 동기들과 좀처럼 사이를 좁히지 못해 고등학교 친구들하고만 어울렸다. 등교 과정도 괴로웠다. 걸어서 십 분 거리를 오갔던 고등학교와 달리 버스로 왕복 두 시간 반의 강행군을 해야 했다. 무엇보다 버스비와 학식비 포함 하루 4000원의 유지비를 감당하기 힘겨웠다. 또다시 월세가 밀리기 시작한 집에 돌아오면 아무 할일이 없었다. 게임을 접고 나니 모든 잉여 시간이 허무했다. 삶이 재미없어지는 마법에 걸린 것 같았다. 징역살이하듯 보낸 한 달이 지나고 4월, 벚나무가 희멀건 잎을 털어낼 시기. 하굣길 내려가다보면 사방팔방 소풍 온 가족들이 돗자리 위에서 행복한 웃음을 뿌려대고 있었다.

폴리텍에 들어온 학생들은 대체로 독종이었다. 한 달 내내 결석은커녕 지각조차 거의 안 했다. 특히 인문계 나온 친구들의 기세가 매서웠다. 직장인과 다를 바 없는 주 5일 아홉시 등교 여섯시 하교 일과도 벅찬 마당에, 그 친구들은 밤늦게까지 납땜 실습을 하고, 주말엔 알아서 학교에 나와 자습까지 했다. 나중에 물어보니 인문계 출신들은 폴리텍을 받아들이는 인식이 우리와 완전히 달랐다. 실업계가 익숙한 느낌에 관성처럼 진학했다면, 인문계 친구들은 취업사관학교에 입대한다는 각오로 들어왔다고. 가슴에 짊어진 무게의 차이는 중간고사에서 바로 드러났다. 나름대로 공부한답시고 밤도 샜지만 결과는 흉작. 학점은 여름 오기도 전에 가뭄을 맞아 다 말라죽어버렸다.

불과 두 달 만에 학교생활에 질렸다. 얼른 여름방학이 오기만 기다렸다. 입대를 핑계로 휴학계 내고 영영 돌아가지 않을 생각이었다. 그 와중에 출석 도장은 꼬박꼬박 찍었다. 강의 내용은 왼쪽 귀로 들어가서 오른쪽 귀로 나갈지언정 책상엔 꼭 붙어 있었다. 대학 다니는 시늉이라도 하지 않으면 인간 기준 심사에서 실격할 것 같았다. 출석부만 채울 뿐, 공부를 안 했으니 기말고사 결과도 똑같았다. 바라 마지않던 7월, 망친 성적표를 쫙쫙 찢고 '교차로'를 뒤적였다. 드디어 돈을 벌 수 있었다. 직장을 정하기도 전이었지만 월급으로 뭘 할까 상상하다보면 입 끝이 달막달막댔다. 때마침 '노키아 공장 근무' '단기 알바 가능'이란 글자가 눈에 띄었다. 당시 노키아는 주문은 많고 일손은 없어 고양이 손이라도 빌리고 싶어했다. 재고할 겨를도 없이 전화번호부터 받아 적었다. 핸드폰이 끊겨 공중전화에 동전을 넣고 전화를 걸어야 했다.

손잡이 큼직한 수화기 반대편에서 경리인 듯한 중년 여성의 목소리가 들려왔다. 구인 광고를 보고 연락드렸다고 말하니 대뜸 대학생이냐 물어왔다. "대학생 아입니더." 조건반사처럼 거짓말이 튀어나왔다. 괜히 두어 달 일하다 때려치울 사람으로 보이기 싫었다. 정말 일 년 바짝 벌어놓고 군대를 다녀올 생각이었으니까. 경리는 간단한 대화 후 곧바로 "그럼 2동 정문까지 와서 전화하세요"라고 답하고는 전화를 먼저 끊었다.

무작정 버스를 타고 삼각지공원에서 내려 수출자유지역 마산 공단으로 향했다. 한때 마산의 번영기를 대표했던 두 상징 중 한일합섬은 IMF 때 사망 판정을 받았고, 나머지 하나인 총면적 953.576m^2의 수출자유지역은 문자 그대로 죽어가고 있었다. 금이 안 간 건물 찾기가 어려웠다. 폐공장이 허물어졌던 터는 소슬한 상태 그대로 방치된 채였다. 아스팔트 위는 피딱지를 떼어낸 듯한 상처로 가득했다.

잦은 침수에 시달린 가로등 아래는 녹물이 배어 썩은 귤색을 띠었다. 비가 한바탕 쏟아져내린 벤치 앞 재떨이에선 기름때 같은 잿물이 뚝뚝 떨어져내렸다. 외벽이 아예 뻥 뚫린 이층 건물에서 파키스탄인으로 추정되는 노동자가 께느른한 눈빛으로 날 내려다보았다. 시선이 마주치자 그는 괜히 후다닥 도망쳤다. 노키아는 단지 외곽에 위치해 금방 찾을 수 있었다. 맑은 날의 하늘색과 구름색이 섞인 페인트 위에 까만 녹이 덕지덕지 들러붙어 있었다.

마침 직원들이 건물 밖으로 우르르 나오고 있었다. 〈스펀지〉 실험맨처럼 하얀 방진복을 입은 무리였다. 공장에 대한 편견과 달리 여성이 훨씬 많았다. 한 줌의 남성 무리는 따로 구석으로 가서 담배를 피웠고, 여성들은 벤치를 점령하고 흰 봉지에 싸온 땅콩을 나눠 먹었다. 대다수는 사십대였지만 간혹 나와 별 차이 없어 뵈는 또래도 있었다. 어째 공장의 쉬는 시간이라기보단 농촌의 새참 시간 같은 느낌이었다. 마침 잘됐다. 어차피 전화를 빌려야 하는 상황. 어떻게 하면 안 어색하게 핸드폰을 빌려볼까, 머리 굴리다가 문득 경리의 이름이 떠올랐다. 한참 이야기 싹을 틔우던 무리에 불쑥 끼어들어 "저기, 혹시 황선옥 경리님 아세요?"라고 물었다. 누님들은 어리숙해 보이는 외부인의 난

입을 너그럽게 받아주었다. 일하러 왔다는 말로 운을 떼고선 천연덕스럽게 핸드폰 배터리가 다 됐다고 거짓말했다. 손쉽게 핸드폰 대여에 성공해 경리를 불러내고 마음놓았던 그때. 목구멍 안이 바짝 마른 듯 허스키한 목소리가 들려왔다.

"천현우?"

고개를 돌려보니 익숙한 얼굴이 보였다.

"……이은주?"

첫 직장과 첫사랑

두 살 때 고향 마산을 떠나 여덟 살 때 돌아왔다. 아버지는 바람을 피우다 상도동 집 한 채를 통째로 날려먹었다. 어머니. 비록 생모는 아니나 가슴으로 날 낳고 기른 심여사는 이혼과 함께 어린 날 데리고 내려왔다. 그야말로 비참한 낙향. 여덟 살 당시 우리집은 2022년 기준 지금도 영업하는 산호동의 국제여관이었다. 보증금조차 없어 여관에 월세 내고 살았다. 잠깐 합포초등학교를 다니다가 바로 아래 산호초등학교에서 2학년을 보내고, 심여사가 아픈 바람에 아버지 밑에서 회원초등학교 3학년을 보냈다. 심여사에게서 떨어져 살았던 시간을 돌이켜보면 정말 끔찍했다. 아버지는 바람기를 주체 못해 이리저리 쏘다녔다. 열 살이었던 나는 매일 혼자 잠드는 건 물론이요, 아주 가끔 아버지가 돌아온 날에는 꼭 여자와 침대를 차지하고 있어서 맨바닥에서 자야 했다. 제대로 된 식사도 할 수 없었다. 급식 한끼를 제외하면 아침밥과 저녁밥은 전부 간식으로 나오던 우유로 때웠다. 반 인원 마흔 명 중 절반이 남기는 악성 재고였기에 마음껏 들고 와서 마실 수 있었다. 문제는 내 체질. 유당불내증이 있던지라 먹은 다음엔 꼭 설사를 했다. 당시 몸무게는 27킬로그램, 기아 수준이었다. 한번은 영양실조로 쓰러졌고 운좋게 아버지가 그날 들렀던 탓에 살았다. 병원 침대 위에서 눈을 떠보니, 생전 처음 보는 여자가 자신이 엄마라며 날 데리고 가겠다고 했다. 그때 처음으로 생모의 얼굴을 보게 되었다.

생모 손에 이끌려 3학년 중반부터 창원의 상북초등학교에 다녔다. 방치되어 있었던 일 년보다 더 버티기 힘겨운 나날이었다. 투룸인 이층집에 생모와 나, 당최 직업이 뭔지 모를 두 남녀가 같이 살았는데 다들 정상이 아니었다. 생모는 정말 다양한 방식의 폭력을 구사했다. 하도 심하게 얻어맞은 날엔 학교도 못 갔다. 옆방의 정체불명의 두 남녀, 삼촌과 이모라 불렀던 그 사람들은 내가 보는 앞에서 성교

하는 괴상망측한 취향이 있었다. 거사가 끝나고는 꼭 소보로빵과 1000원을 내 손에 쥐여주곤 했다. 와중에 초등학교 생활 삼 년 만에 드디어 첫 친구가 생겨 그 집에 놀러갔다.

만화방을 하는 친구네 집은 꿈동산 같았다. 친구는 모친을 스스럼없이 엄마라고 불렀다. 어머니라고 안 불렀다고 효자손 갈퀴를 자식 입에 쑤셔넣던 생모의 얼굴이 떠올랐다. 친구는 만화책 몇 권을 보는 둥 마는 둥 하더니 책장에 도로 꽂지 않고 내팽개쳐두었다. 청소 안 했다고 쓰레받기로 엉덩이와 종아리가 검게 변하도록 때린 생모의 얼굴이 떠올랐다. 친구는 나와 저녁을 함께 먹다 반찬 투정을 했다. 밥 남겼다고 그 자리에서 얼굴에 밥그릇을 집어던진 생모의 얼굴이 떠올랐다. 친구는 피시방에 놀러가겠다고 용돈을 달라고 했다. 게임하고 싶으니 1000원만 달라던 자식 배를 걷어찬 생모의 얼굴이 떠올랐다. 하도 이 상황이 믿기지 않아서, 피시방으로 가는 동안 친구에게 물었다.

"니 왜 안 맞노?"

"맞기는 뭘 맞노?"

친구의 심드렁한 표정. 그때 처음으로 내가 처한 상황이 비상식 그 자체임을 알았다. 어떻게든 여기서 벗어나야겠단 생각이 들었다. 그러다 문득 아버지가 내 명의의 기초 생활 지원금을 받는단 사실을 떠올렸다. 죽지 않을 만큼 다친다면 아버지도 어쩔 수 없이 돌아오리라. 계획은 결국 실행까지 이루어졌다. 방과후 학교 담벼락 제일 높은 곳에서 뛰어내렸다. 발목뼈가 으스러지며 근육이 불에 댄 통증을 느낄 동안 심장은 안도의 한숨을 내쉬었다. 아버지는 병원으로 냉큼 달려왔다. 물론 그 신속함의 근원은 자식 사랑보단 지원금 때문이었을 것이다. 그러나 내가 처한 상황을 전부 듣게 된 아버지는 노발대발하더니 대뜸 누구와 살고 싶으냐 물어왔다. 나는 마냥 심여사의 이름을 불렀다. 수많은 여자가 엄마라고 불러달라고 했지만 내게 엄마는 심여사뿐이었다. 결국 아빠 손에 다시금 이끌려 이 년 만에 재회한 그날, 모자는 펑펑 울며 다신 헤어지지 말자 다짐했다.

전학 난민생활 끝에 겨우 정착한 학교가 육호광장 아래 위치한 상남초등학교였다. 심여사는 몸과 마음 양면으로 만신창이가 된 날 위해 제대로 된 일을 하기 시작했다. 방과후 혼자 남겨두지 않으려 지인이 차린 피시방에 가도록 배려해주었다. 컴퓨터게임 실컷 하다가 일 마치고 돌아오는 심여사와 같이 집으로 돌아가곤 했다. 4학년 2학기 당시 학교생활은 무척 힘겨웠다. 특히 서울 말씨가 남아 있던 탓에 또래 남자들에게 얻어맞기 일쑤였다. 왕따 비슷한 신세에서 벗어난 계기는 내가 잘하던 게임의 흥행 덕분이었다. 물풍선으로 상대방을 먼저 제압하는 쪽이 이기는 게임이었는데, 방장의 계급이 높을수록 고를 수 있는 전장이 많았다. 유행 석 달 전부터 그 게임을 하고 있던 나는 모든 전장을 다 고를 수 있었고, 자연스럽게 학교에서 유명인이 됐다.

이때 알게 된 친구 중 하나가 은주였다. 동갑 중 유달리 예쁘고 친구도 많아서 처음 말 걸어왔을 때 긴장했던 기억이 난다. 금방 친해진 우리는 애인과 친구를 마구잡이로 섞어놓은 사이로 지냈다. 부모님 찬스로 피시방에서 밤을 새우기도 하고, 북마산 가구거리의 찜질방에서 노닥거리기도 했다. 또래보단 누나 같았던 은주는 늘 나를 어디론가 데려갔고, 그때마다 집에서 십오 분 거리 이상 멀어질 수 없었던 내 세계는 점차 넓어져갔다. 하지만 그 나이대 또래가 대체로 그러하듯, 서로의 마음에 더 깊숙이 다가가진 못한 채 중학생이 되자 인사도 없이 헤어졌다.

신기루 같던 인연은 뜻밖에도 고3 때 다시 이어졌다. 2008년, 야구단이 들어오기 전의 마산운동장 뒤편엔 해가 기우는 순간 난장판이 펼쳐졌다. 운동장 뒤쪽 반월산 부근엔 수시로 일진들이 들러 술 담배로 난장을 까곤 했다. 알아서 다들 피해 가던 그 길이 내겐 지름길이어서 안 거쳐 갈 도리가 없었다. 근데 하필 그날은 자기네들끼리 날잡고 제대로 노는 날이었나보다. 오토바이 다섯 대 정도가 집합한 샛길로 눈치 없이 들어섰던 나는 그대로 뒷덜미를 잡혔다. 몸무게가 최소 내 두 배는 될 듯한 덩치가 소지품 검사를 시작했다. 당연하게도 책가방엔 교과서 몇 권뿐이었고, 주머니엔 지갑은커녕 천원짜리 한 장도 없었다. 덩치는 내 가방을 내던지고선 옷을 벗어보라고 했다. "내, 돈, 진짜 없다. 믿어도라." 잔뜩 쪼그라든 목소리로 웅알대자 구경하던 스무 명 남짓 동갑내기들이 웃기 시작했다. 굴욕감이 치밀 새도 없이 그저 무섭게만 느껴지던 비웃음 사이에서, 구원의 음성이 들려왔다.

"천현우?"

워낙 특이한 목소리라 기억 못할 리 없었다. 이은주. 하필 이 망신살 뻗치는 상황에 초등학교 동창까지 재회할 줄이야. 멀찍이 떨어져 있던 은주는 내게 스스럼없이 다가오더니 "진짜 천현우네!"라며 깔깔댔다. 육 년 사이 동창의 모습은 많이 달라져 있었다. 키는 나보다 컸고, 깡마른 몸엔 탈색과 문신, 피어싱이 자리매김하고 있었다. 눈매는 쭉 찢어져 매서웠고 얇은 입술에선 독설이 쏟아져나올 듯했다. 머릿속에선 어릴 적 추억이 어룽어룽 떠올랐고 팔다리는 와들와들 떨렸다. "오랜만이다 야." 바닥만 내려다보던 내 옆구리를 콕콕 찌르던 은주는 이윽고 어깨에 팔을 둘렀다.

"야는 내 친구다. 야자 하고 오는 거 맞제?"

"어, 어……"

"욕본다. 얼른 자야 내일도 공부할 거 아이가."

"그……제?"

"그래그래, 가제이. 가방 쭈 가는 거 까묵지 말고."

덕분에 무사히 자리를 빠져나올 수 있었다. 모양 빠지는 그 사건 이후 은주와는 다시 만날 일이 없으리라 생각했건만, 고작 일 년 만에 상상도 못한 장소에서 재회를 하게 된 것이었다. 방진복 차림의 은주는 여기 일하러 왔냐고 물었고, 그렇다고 대답하니 "그럼 금방 다시 만나겠네. 또 보제이"라고선 공장으로 들어가버렸다. 변함없이 털털한 모습이었다. 곧 사복 차림의 경리가 내려왔고 면접을 보게 되었다. 스무 살, 실업계, 전자 전공, 출신지 마산이란 이유만으로 근로 계약서까지 일사천리. 경리는 여기서 일 잘하면 정규직으로 갈 수 있으니 성실히 하라는 신신당부도 잊지 않았다. 언제부터 일할 수 있느냐는 질문에, 현장 한 번 안 둘러보고 오늘부터 당장 가능하다고 대답했다. 당시엔 정말 돈만 주면 지옥 맨 아래층의 재래식 화장실 청소라도 할 자신이 있었다. 단순 무식한 모습이 맘에 들었는지, 경리는 금세 말을 트고선 궁금한 거 있으면 물어보라고 했다.

"이은주라는 아도 여서 일하나예?"

"은주? 걔 아주 일 잘하지. 좀 불량해 보이긴 해도. 왜?"

"아니예. 그냥, 좀 아는 사이라가꼬."

"그래그래. 은주처럼 열심히 해서 돈 모아. 젊을 때 차도 사고 집 구해서 결혼도 하고 해야지. 안 그래?"

"예에……"

바로 다음날 아침. 방진복과 3M 폴리우레탄 장갑을 받고서 곧바로 현장에 들어갔다. 그러나 정작 내가 일해야 할 곳은 전공과 아무 관련 없는 포장 공정이었다. 사람들이 허연 방진복 차림으로 더덕더덕 붙어 있는 모습은 마치 칸막이 없는 닭장 속 같았다. 공정은 그야말로 쉴 틈 없이 돌아갔다. 누님들은 김영만 교수가 종이 접듯 박스를 착착 조립해 마트 계산대처럼 생긴 라인 위에 올려놓았다. 마술 같은 그 손놀림을 도저히 따라갈 수 없었다. 다른 공장 같았으면 어리바리 깐다고 욕이란 욕은 다 먹었을 터인데, 사실상 청일점인데다 스무 살짜리 초년생이었던 터라 오히려 귀여움을 받았다. 좀 늦어도 티 안 나니 꼼꼼하게 하라는 격려까지 해주었다.

출고되는 핸드폰 종류는 무척 다양했다. 일일이 다 기억하지 못할 정도였다. 그나마 머릿속에 어렴풋이 떠오르는 기종이 옆으로 젖히면 키보드가 나오는 'N810', 위로 젖히면 키패드가 나오는 '6210s', 그리고 조립 라인에서 원성이 자자했던 터치폰 '5800 익스프레스 뮤직'. 당시 무한궤도를 타고 흘러다니는 박스가 얼마나 많았는지, 정말 전 세계 핸드폰이 여기서 다 만들어지는 줄 알았다. 지금 돌이켜보면 그곳 풍경이 어쩐지 코즈믹 호러 장르의 세트장 같기도 하다. 아이폰과 갤럭시라는 두 괴수에게 종말을 맞을 운명인 행성 위, 팬택이며 LG, 소니, 노키아 같은 국가가 총력전을 펼쳐 저항하지만 끝끝내 패배하고 마는 이야기, 라고 쓰면 비장미 넘치지만 당시엔 그저 다리 아프고 지루하기만 했다.

근로시간은 여덟시 반 출근 여덟시 반 퇴근. 토요일 강제 저당. 여기까진 어떻게 견딜 수 있었지만 최종 관문이 남아 있었다. 바로 주야 교대. 일주일 단위로 밤낮이 뒤집히는 감각은 단순히 밤샘 게임하다가 일상이 밀리는 상황과 차원이 달랐다. 좀처럼 잠에 들기 어려운 것도 문제였지만,

알람을 듣고 일어나려면 정말 초인 같은 인내가 필요했다. 첫 야간 출근 날, 화장실 변기에 앉아 번뇌했다. 결국 쉬는 시간에 도망갈 결심을 했다. 다만 회사 밥은 다 먹고 튈 생각이었다. 야식을 다 먹고 탈의실로 향했다. 그대로 소지품만 챙겨 근무지에서 이탈할 생각이었다. 근데 하필 은주와 딱 마주쳤다. 이상하게 결정적인 순간마다 마주치는 동창은 피우고 있던 담배를 밟아 끄고선 성그레 웃어 보였다. 미소 띤 얼굴엔 피로의 안개 역시 잔뜩 낀 채였다. "할 만하나?" 특유의 쉰 목소리로 노가다판 아저씨나 할 법한 소리를 하니 나도 모르게 웃음이 나왔다. 은주는 그 웃음이 공감에서 나온 줄 알았는지 내 어깨를 토닥였다.

"빡세제? 원래 다 글타. 남의 돈 벌어먹기가 이래 힘들데이."

대체 그 말이 뭐라고. 뱃속에 품었던 울화의 열기가 쇄골까지 치솟았다. 우린 그 자리에서 서로의 근황을 주고받고는 퇴근 후 근처 편의점에서 만나자고 약속까지 잡았다. 자연스레 퇴사 계획은 무산됐고, 은주와 나는 해가 쨍쨍할 때 퇴근해 테이블에 커피 두 잔을 놓고 마주했다. 은주는 그동안 쌓아놓고 참은 게 많았는지 긴 얘기를 늘어놓기 시작했다.

은주는 노키아에 입사하기 전까지 제법 긴 방황을 했다. 생활 보장 지원금을 받으며 맨날 〈리니지〉만 하는 무능한 아버지와, 칭얼거리기만 하는 초등학생 남동생 꼴이 보기 싫어 고1 때 무학여고를 자퇴하고 가출했다. 싸이월드로 같은 지역 비슷한 처지의 또래들을 찾아 모텔족이 되었다. 최저 시급 2500원 받아가면서 편의점과 피시방 아르바이트를 전전했다. 어려 보이지 않으려 얼굴에 피어싱을 하고 머리도 탈색했다. 입에 잘 달라붙지도 않는 담배와 술, 욕설도 배웠다. 이 년 동안 하루하루 제멋대로 살았다. 그러다 퍼뜩 정신을 차리게 된 계기는 동생의 문자. 6학년인 동생은 아버지가 병원에 입원한 뒤 빈집에서 혼자 등하교하고 있었다. 사회에선 불량의 낙인을 찍고, 친구들도 하나씩 멀어져가던 가운데, 가족까지 잃을 수 없었던 은주는 모텔에서 나와 귀가했다. 2009년 1월 2일. 성인이 되자마자 바로 노키아 tmc에 전화를 걸었고, 지금 이 자리에 있었다.

"장난 아이네……"

은주가 한 시간에 걸쳐 털어놓은 푸념을 요약한 내 한마디. 은주는 멋쩍은 듯 어깨를 치켜든 채로, 그동안 누구한테도 힘들다는 말을 해본 적 없다고 했다. 그 말이 너무 애처로워서 나도 모르게 호기를 부렸다. "이런 거 내한테라도 얘기해라. 동창 좋다는 기 뭐고." 은주는 입가와 눈가로 상현달과 하현달을 만들며 활짝 웃고선 슬며시 핸드폰을 밀어주며 물었다.

"니는 뭐 힘든 거 없고?"

나는 아직도 요금 못 내서 수신만 가능한 핸드폰 번호를 꾹꾹 누르며 서운한 감정을 말했다.

"다른 건 아이고. 내가 왜 포장 라인 갔는지 모르겠다. 나름 전자고 나와가 자격증도 땄는데."

내 고자질 아닌 고자질에 은주는 고개를 갸웃했다.

"빠꼼이가 돼가 만다꼬 포장질이나 하고 있노? 내가 얘기 함 해보께."

그저 맞장구인 줄 알았는데 정말로 다음주에 수리 공정에 들어가게 되었다. 납땜이 잘못된 기판을 원상 복구시켜 놓는 일이었다. '셀'이라 불리는 작은 공정은 고등학교 납땜 실습실에서 좀더 복잡해진 모습이었다. 플라스틱 책상엔 초록색 절연 고무판이 놓여 있었고, 그 위로 자그마한 전자 부품들을 담아둔 통과 PCB 전자 기판이 수북하게 쌓인 채였다. 눈 아프게 새하얀 전등 위를 지나는 작은 도르래엔 인두가 대롱대롱 매달려 있었다. 그 옆엔 오실로스코프를 비롯한 온갖 검사 기기가, CRT 모니터엔 측정 계수로 보이는 숫자가 떠 있었다. 무척 깐깐해 보이는 인상의 반장은 도면을 던져주더니 기량 좀 보자고 했다. 공고 나온 애들 몇 번 써봤는데 영 투미하더라는 말도 덧붙였다. 날 추천한 은주에게 누가 되지 않도록 최선을 다했다. 반장은 검사까지 무사히 통과한 기판을 이리저리 살피더니 마산 남자에게서 나올 수 있는 최대의 극찬을 해주었다. "야무지게 잘하네!"

도면 보고 PCB를 알맞게 고쳐놓는 일은 포장보다 훨씬 덜 힘들었다. 눈은 좀 피곤했지만 나름 기능직이란 자부심도 있었고, 벽을 하나씩 뚫어나가는 성취감도 있었다. 바로 옆 공정의 은주와는 교대 시간도 같아서 늘 같이 어울려 다니곤 했다. 남 말하기 좋아하는 중년이 대다수인 공장에 스무 살짜리 남녀가 어울려 다니는 모습은 금세 화제가 됐다. 이윽고 소문은 뱅뱅 돌다 내 귀에까지 들어왔지만, 그냥 친한 초등학교 동창이라 둘러대고 말았다. 물론 이성으로서 관심이 없었다면 거짓말. 하지만 오랫동안 날 놓아주지 않던 자격지심, 키도 작고 못생긴데다 가난하다는 열등감이 고백을 틀어막았다.

공장 알바 사 주차. 잔업이 없는 토요일 야간 근무가 끝나고 일요일 새벽 다섯시 삼십분. 은주는 들뜬 얼굴로 나를 잡아끌더니 팔짱 끼고선 정류장 반대편, 한국산켄을 지나 마산항 제3부두로 데려갔다. 여름 새벽녘의 선선한 바닷바람이 마산만을 간질이고 있었다. 우리는 부둣가 양 옆구리에 달린 방호벽 위에 앉았다. 오가는 배도 자동차도 없어 고즈넉한 풍경 속, 마치 이불 같은 바닷물 아래서 부지런한 아침해가 서서히 기지개를 켜고 있었다. 은주는 태양이 이마 내밀 때마다 시시각각 변해가는 광경을 멍하니 바라보다 문득, 부둣가 끄트머리로 가더니 입가에 두 손을 모은 채로 외쳤다.

"예쁘제?"

"……직이네!"

그때 솔직하게 대답했어야 했다. 가장 예쁜 풍경은, 일출을 등진 네 모습이었다고. 그러나 스무 살 청춘에 맞이한 절묘한 고백 기회 이후 다음은 오지 않았다. 얄궂은 일상이 돌아왔고 보름 후에 첫 월급이 나왔다. 170만원. 취업한 선배가 자랑했던 200만원, 담임이 비웃었던 그 200만원보다도 훨씬 적은 액수. 잠도 제대로 못 자가면서 68시간 꽉 채워 받아낸 그 금액은, 노동강도 생각하면 코웃음 나게 적었지만 내 삶을 뒤바꿔놓기엔 충분했다. 전화 요금 내고, 밀린 집세를 내고, 끊긴 인터넷도 복구하고, 한쪽만 나오는 헤드폰을 바꾸고도 남은 돈으로 엄마 용돈까지 드렸다. 온전히 누려야 할 권리마저 박탈당한 삶이 정상 궤도로 돌아왔을 때의 그 쾌감은 이루 말할 수 없었다. 하지만 기쁨은 월급 받고 얼마 안 가 흔들렸다. 야간 근무 여덟 시간째, 그날도 간식으로 나온 보름달 빵과 우유를 마시고 있었다. 은주는 빵은 남기고 우유만 마셔서 내가 빵 두 개를 먹었다. 입에 크림 묻힌 채로 첫 월급 이야기를 하자 은주는 흐흐, 하고 씁쓸하게 웃었다.

"존나 짜제?"

"별수 있나. 이거라도 받아가 먹고살아야지."

"내는 니가 대학 계속 댕깄으면 좋겠다."

담배 연기를 뿜어내며 툭 던진 그 말이 어쩐지 서운해서 살짝 정색한 채 되물었다.

"와 그라는데."

"니도 안다 아이가. 여서 계속 땜질해가꼬는 평생 사람 구실 몬하는 거."

"그기야 그치마는."

"내야 집구석 꼬라지 때미 가방끈 짤맀어도, 현우 니는 대학 졸업해라. 대학 졸업해가꼬 돈 마이 벌어라."

무뚝뚝한 그 말투에서 진심어린 걱정이 느껴졌다. 은주

와의 대화 이후, 그제야 기본을 다 갖춘 삶 이후에 대해 생각하게 되었다. 말 그대로 밥벌이해 먹고사는 데야 이 월급으로 충분하다. 하지만 그 이후는 어떻게 꾸려나갈 건가. 170이란 월급으로 경리가 말한 것처럼 '차도 사고 집 구해서 결혼'을 할 수 있을까? 할 수 있다고 한들 고작 납땜 기술로 평생 밥벌이해 살 수 있을까? 먹고살 수 있다 쳐도 밤낮 바뀐 채 일만 하는 삶이 과연 행복할까? 꼬리 잡기 시작한 의심은 단숨에 뇌를 장악해 두통을 유발하더니, 급기야 남진하여 가슴까지 막막하게 만들었다. 그 뒷맛은 하루가 지나도 좀처럼 가시지 않아 휴일인 일요일 동안 속앓이만 한 채 다시 월요일을 맞았다. 또 기계처럼 일했고 공장에서 열두 시간을 보냈다. 힘들진 않았다. 다만 허무했다. 집에 돌아와 샤워하고 영화 한 편이나 애니메이션 네 편 보면 또 회사. 맘놓고 쉴 수 있는 날은 고작 하루. 그나마도 야간에서 주간 전환 시엔 반나절 남짓. 이 굴레 안에 청춘을 계속 가두어놓는 게 과연 옳은 일일까?

육 주차 야간 근무가 돌아올 무렵, 마침내 결단 내렸다. 대학을 계속 다니겠다는 내 선언에 은주는 안도한 듯 "잘됐네"라며 어깨를 다독여주었다. 대학생활이 너무 버거울 것 같다고 징징대자, 힘들 때 전화하면 같이 소주를 먹어주겠다고 말해주었다. 남은 이 주 동안 우린 릴레이 소설 쓰듯 서로의 꿈을 주고받았다. 가령 은주가 피아니스트가 되고 싶다고 말하면 난 작가가 되고 싶다고 답하는 방식이었다. 대화하는 그 순간만큼은 정말이지 무엇이든 이루어질 것만 같았다. 마산 공단에 짙게 낀 쇠퇴의 안개도, 노키아 공장 안에서 뿜어져나오던 체념의 한숨도, 내 머릿속에서 떠나질 않던 불안의 그림자까지도 잊을 수 있었다. 박카스와 커피를 가득 들이켠 밤처럼 말똥말똥하게 보낸 보름. 축제 같던 시간은 금세 끝나고 이별할 날이 왔다.

"아, 복학하기 싫은데……"

"또, 또 그란다."

팔 주차 야간 근무가 끝난 토요일 퇴근길. 철부지 남동생과 소녀 가장 누나 같은 대화를 주고받던 우리는, 오늘 이후 다시는 못 볼 사이처럼 좀처럼 헤어지지 못한 채 삼각지공원을 배회했다. 새벽빛이 옅어져가고 아침색이 짙어지는 동안, 내뱉지 못한 고백의 말들이 계속 목안을 배돌았다. 은주와 나는 어느새 손까지 맞잡은 채 걷고 있었건만, 가장 중요한 고백이 끝끝내 열등감의 장벽을 넘지 못한 채 식도 안으로 삼켜졌다. 발걸음이 멈춘 곳은 공원 내 참전기념탑 앞. 오가는 이 없는 풍경 속, 우리는 마주선 채 한참 동안 눈동자에 서로의 모습을 담고 있었다. 담고만 있었다. 스무 살. 나는 너무 빨리, 너무 잘못 철이 들어서, 가난과 상처의 껍질 속에 불안과 소심을 감춘 채 친구면 족하다고, 연인이 되면 불행하기만 할 뿐이라고 자신을 속였다. 시작도 전에 포기해버린 내게 은주는 조용히 다가와 살포시 안아주었다.

"대학 가서 잘해라이. 파이팅."

고맙고 사랑스러운 이가 돌아섰다. 길었던 1학기의 끝이 보였다.

산재를 당하다

1학년 2학기 학교생활은 노키아 나올 때의 비장한 각오가 쪽팔릴 지경으로 힘겨웠다. 힘들 땐 일기를 잘 쓰지 않는 버릇으로 미루어보건대, 9월부터 이듬해까지 새하얀 일기장은 사실상 고문의 흔적이나 다름없었다. 억지로 기억을 더듬어보자면 우선 수업이 많았고, 받은 학점은 처참했다. 그나마 친하게 지내던 친구들은 전부 군대에 가버렸으며, 심여사의 병 앓이로 모아놓은 돈 200만원도 허망하게 녹아버렸다. 중간고사 시험지에 '죄송합니다'를 써서 내는 한편, 새로운 게임에 빠져 밤새우다 학교 가고 주말엔 편의점 아르바이트를 하며 걸음걸이만 멀쩡한 좀비처럼 지냈다. 이따금 너무 힘들어서 은주에게 문자를 보낼까 했지만 관뒀다. 본인도 힘들 텐데 짐을 더 얹어주고 싶지 않았다.

만약 내 기억이 피자 한 판이라면 한 조각 삽으로 퍼내진 것만 같던 2009년 하반기를 지나 마침내 겨울방학이 다가왔다. 종강식 마치고 귀가하는 버스 안에서 교차로를 뒤적였다. 공장 알바를 알아볼 시간이었다. 주야 교대 68시간 170만원의 세계를 몸소 경험한바, 다음엔 무조건 정시 출근 정시 퇴근 직장을 구하기로 했다. 마침 신문을 넘기다 문득 눈에 띈 직장 하나가 있었다. 자동차 엔진 부품 도장 업체였는데 아예 정시 퇴근을 명시해놓았다. 위치도 마산이라 고민 없이 전화를 걸었다. 그렇게 잠시 후, 전 직장에서 십 분 거리의 수출자유지역 안쪽까지 가보지 않은 내 게으름을 반성하게 되었다. 늘 아래엔 더 아래가 있다고 하던가. 그나마 외국계 대기업이라도 몇 개 있던 곳과 달리, 국내 중소기업만 몰려 있던 제3공구는 마치 3공 당시 지었다가 적어도 십 년쯤은 멈춘 폐공단을 재가동시킨 느낌이었다.

내가 일할 곳은 그중에서도 상태가 아주 나빴다. 새까만 곰팡이가 눌어붙은 외벽을 담쟁이덩굴이 끌어안고 있었다. 찌그러진 간판은 모서리 나사가 빠져 흔들거렸다. 두꺼비

집과 에어 컴프레서가 놓인 공간은 석면 지붕과 외벽으로 막아놓았다. 페인트칠한 곳보다 벗어지고 녹슨 자국이 더 많은 문짝엔 '제일 용달'이란 스티커가 너덜너덜 붙어 있었다. 건물 안으로 들어서면 위는 거미줄이요, 아래는 먼지투성이였다. 차라리 귀신의 집으로 리모델링했다면 돈 좀 만졌을 법한 건물 내부, 놀랍게도 중년 여성 한 분이 일하고 있었고, 나름의 사무실도 존재했으며, 파키스탄인 부부가 흉가 같은 방안에서 거주하고 있었다. 사장님도 일에 별 의욕이 없으신 듯 나가기 일주일 전에만 얘기해달라고 말씀하셨다. 내 업무는 체스 말처럼 생긴 자동차 부품을 쉴새없이 기계에 올리고 내리는 일이었다. 정신없이 손가락을 움직이다 가까스로 맞이한 점심시간. 회사 옆 식당에서 먹었던 밥은 훗날 훈련소에서 먹은 배식보다 맛이 없었다.

끔찍한 공장에서 한 달을 채워갈 무렵, 학교에선 자율학습 명목으로 자격증 공부가 시작되었다. 말이야 자율이지 사실상 강제였다. 좋은 변명거리도 생겼겠다 얼른 회사를 관두고 학교로 복귀했다. 우리의 목표는 전자 산업기사. 응시 인원 적고 필기 합격률은 낮지만 실기 합격률이 절반 넘는 자격증이었다. 이미 두 번의 공장 알바 경험을 한 나는 죽어라 공부했다. 거쳐왔던 회사들과 비슷한 직장에 두

번 다시 가고 싶지 않았다. 과년도 기출 십 년 치 쌓아놓고 오답 노트 만들며 말 그대로 암기 노가다를 했다. 그러나 하늘은 학교에서 농땡이 부리다 시험 철만 벼락치기 하는 모습이 괘씸했던 걸까. 첫 산업기사 시험은 80 문항 중 정답 47개를 맞혀 불합격했다. 합격선은 48개. 몇 번이고 채점을 되풀이해봤지만 부족한 한 문제에 동그라미가 쳐지는 일은 없었다.

절망스러웠다. 드디어 몰입해서 제대로 해나갈 일을 찾았는데 결과는 왜 이 모양이란 말인가. 하필 또 그날은 심 여사의 퇴원 날이기도 했다. 전화를 걸어온 엄마는 조심스레 "병원비가 부족해서 퇴원을 못한다"라고 말했다. 그 순간 일 년 내내 품어왔던 울분이 솟구쳤다. 누구 때문에 이 학교를 다니게 됐는데, 덕분에 돈도 없어서 학기 중에 편의점 알바하다 취객한테 못 배워먹은 놈 소리나 듣고, 방학 땐 최저 시급 받아가며 하루 열 시간 넘게 공장에서 일했건만 병원비 부족하다는 소리나 해대고…… 다들 가채점 결과를 들고 왈가왈부하던 강의실 안, 의자를 박차고 일어나 고래고래 소리쳤다.

"씨발! 내도 할 만큼 했다! 대체 뭘 더 해야 되는데? 그냥 자살하까?"

사방에서 밀려드는 시선은 이미 쏟아내기 시작한 막말을 막아내기엔 한참 부족했다. 스물한 살이 된 지 석 달째 되던 그날. 성인이 된 순간부터 참아왔던 설움을 미친 듯 쏟아냈고 넋두리는 심여사가 먼저 전화를 끊어버릴 때까지 계속되었다. 강의실로 돌아왔을 땐 눈물 콧물 다 쏟아서 얼굴이 시뻘겋게 부은 채였다. 가방만 주섬주섬 챙겨 학과 건물을 나왔다. 그때 누군가가 뒤쫓아왔다. 다른 반 복학생 형님이었다. 형님은 등을 툭툭 치면서 능청스레 물었다.

"현우 니도 47개 맞았나? 내도 딱 47개데. 이야, 오늘 공부 몬해먹긋다. 같이 낮술이나 까러 갈래?"

그 배려를 어찌 거절하겠는가. 택시 타고 상남동으로 가는 동안 작금의 사정을 털어놓았다. 집은 가난하고 엄마는 지병이 있다. 온갖 알바 다 해서 상황을 진화하려 했지만 쉽지 않았다. 와중에 열심히 준비한 시험까지 떨어져서 정신이 너덜너덜해졌다. 이윽고 술집에서 오뎅탕 한 그릇에 소주로 성 하나 쌓을 동안, 가만히 내 얘기만 듣던 형님은 막잔을 털어주었다.

"괘안타. 그랄 수도 있지. 얼마나 참고 살았으면 그랬겠노. 마시라. 병원비는 우째해볼게."

다음날 학우들이 십시일반 만원, 2만원씩 모아 병원비를 건네주었다. 또 한번 눈물이 났다. 사람들과 잘 어울리지 못하고 학교생활도 엉망으로 했건만 이런 나를 외면하지 않고 도와주었다. 은혜를 갚을 방법이 없어 다음 필기시험까지 그저 열심히 공부했다. 두번째로 본 필기시험은 55개를 맞혀 커트라인을 아득히 넘겨 합격. 실기야 공고 출신이니 말할 것도 없이 합격. 6월 말에 마침내 전자 산업기사 자격증을 손에 쥐었다.

2학년 2학기 졸업 학기 초반의 학교는 그야말로 시끌벅적했다. MB 정부의 고졸 채용 정책 때문이었다. LG디스플레이와 삼성전자 고졸 티오가 스물두 개나 떨어졌다. 군대 다녀온 복학생들은 말 그대로 노났다. 너도나도 대학 졸업 미루고 원서를 썼다. 얼마나 복에 겨웠던지 LG 떨어지고 삼성 가게 된 형님들은 마치 2군 강등된 야구선수처럼 실의에 빠졌다. '어차피 연봉 비슷하고 위치도 똑같은 구미인데 거기서 거기 아닌가?' 당시엔 그리 생각했는데, 한참 지나서야 형님들이 왜 삼성을 꺼렸는지 알게 되었다. 들은귀로는 열두 명 중 열 명이 나가떨어졌다고 하던데 이유가 다 있었다. 잠시 이 년 못 채우고 퇴사한 복학생 형님의 증언을 빌려보자.

"삼성? 가기 전까진 좋았제. 꼴통이 드디어 사람 구실 하겠다구 가족끼리 잔치까지 벌였으야. 근디 막상 드가보니깐 장난이 아니여. 하루쬥일 여덟시부터 열시까지 라인서 뺑이 치는데 죽겄드라. 연봉이라도 쎄믄 몰겄는디 초봉 3500 받고 할 짓은 아니다 싶드라고. 연봉이 팍팍 오르는 것도 아니구. 게다가 구미 거기 주변에 뭐가 있드냐. 죄 논밭인데 돈 벌어봐야 쓰잘데도 없고, 기숙사도 규정 허벌나게 빡세서 함부로 나가기도 힘들어부러. 게다가, 어휴. 선배라는 것들이 삼성 부심은 또 오지게 부려요잉. 회사가 시키면 군말 없이 하는 게 삼성맨이라나. 누가 들으면 즈덜이 이병철 이건희 줄 알겄어 기냥."

복학생 그룹이 취업 전선에서 전쟁 치르는 동안, 병역 해결 못한 우리도 나름의 계획을 세우고 있었다. 2학기 과목 중 현장실습이 있었는데 사 개월간 회사에 취업해서 일하면 나머지 학점은 자동 A$^+$ 처리였다. 사실상 강제 조항. 미필자들은 각자 주변 중소기업의 상태를 공유하며 최대한 멀쩡한 회사에 입사하려 애썼다. 내 그룹엔 교수 추천 직장이 지뢰임을 일찍 파악한 친구들과 공장 알바 경력이 있는 내가 있어 좀더 영리한 계획 수립이 가능했다. 고르고 골라 눈에 들어온 회사 하나가 효성 하청기업. 주야 교대 없고, 통근 버스 있고, 대기업 하청이라 시스템도 갖춰놓았을 테고, 수요가 많은 제품 만드는 곳이 아니라 잔업도 적을 터이니 다니기 나쁘지 않겠다는 결론이 나왔다. 그땐 정작 중요한 대전제를 빼먹고 있었다. 대기업이라고 어찌 멀쩡한 곳만 있겠는가. 그 당연한 사실을 알기 위한 수업료는 꽤 비쌌다.

효성 공장이 위치한 창원 신촌 공단은 빈틈도 멋대가리도 없었다. 봉암교 너머 신촌로터리에서 시작해 성주사역 사거리까지 일직선으로 이어진 길 위를 보고 있노라면, 한겨울 금속 같은 차가움이 느껴졌다. 곳곳에 대기업 간판이 붙어 있었고 각각의 부지 또한 넓어 회사 하나하나가 소공단 같았다. 마산 공단을 걸으며 듣고 맡았던 요란한 공작기계음과 절삭유 냄새는 6차선 도로 좌우로 분주히 오가는 차들의 엔진 소리와 배기가스 냄새로 바뀌어 있었다. 우리가 일할 4공장은 한전 발전소에 납품할 절연체를 만드는 곳. 노키아보다야 훨씬 작았지만 건물 세 동에 자체 식당까지 있는 '꽤 큰 중소기업' 정도의 규모였다. 회사 사무실은 이층에 있었는데 첫 입사일이 생생하게 기억난다. 사장은 "초보들한테까지 최저 시급은 못 준다" "일 잘하면 시급 금방 올려준다"라고 했다. 당시엔 그 말이 너무 생경

했다. 최저 시급도 안 주겠다는 공장이 처음이었기 때문이었다. 최저 시급도 안 주니 근로 계약서를 쓸 리가 없었다. 곧바로 현장으로 넘어갔고, 안전 교육도 뭣도 없이 첫날부터 일을 시작했다.

제품을 만드는 공정은 꽤나 단순했다. 고온에서 액체 상태였다가 실온에서 고체가 되는 에폭시수지를, 내 몸통 반쯤 될 법한 네모난 금형에 부어 넣는다. 그 상태로 냉각을 거친 후 금형을 분해하면 제품 완성. 전자공학과는 장자와 뉴턴만큼 연관성 없는 회사였다. 내가 할 일은 수지를 온장고에서 꺼내 금형에 붓는 '주형'. 사수 형님은 자기 일은 잘했지만 후임 키울 여유까진 없는 대한민국 공장 아재의 전형 같은 인물이었다. 원체 바빴던 사수 형님은 업무를 지시하고 자기 볼일을 보러 갔다. 비극의 시작이었다. 수지통의 무게는 40킬로그램을 넘어갔고 당시 내 몸무게는 50킬로그램을 겨우 넘었다. 이걸 들고 계단을 통해 이층까지 올라가 '주형기'라는 기계에 부어야 했는데 정말 미치도록 힘들었다.

사고는 세번째 주형 작업중에 일어났다. 팔이 후들후들 떨리는 걸 억지로 참다가 그대로 수지를 바닥에 쏟았다. 재빨리 통을 기울였지만 섭씨 400도 온장고에서 갓 나온 따끈따끈한 수지가 발등에 떨어지는 걸 막을 순 없었다. 절로 비명이 나올 줄 알았는데 정말 아무런 감각도 느껴지지 않았다. 어찌할 줄 몰라 진땀 흘리며 수지를 쏟았다고 외쳤다. 사수 형님이 펄쩍 뛰며 어딘가 다급하게 전화를 걸었다. 이내 사장이 쿵쾅대며 뛰어오더니 이마를 짚은 채 대뜸 병원부터 가자고 했다. 그 병원이란 게 커다란 창원병원도 아닌 내동 상가에 있는 작은 동네의원. 대기열엔 외국인 노동자들이 끙끙대고 있었고 내 차례는 한참 이후에 왔다. 그렇게 초기 냉각이 중요한 화상을 한 시간 넘도록 방치했다. 의사는 발목을 몇 번 둘러보더니 어쩌다 다쳤느냐는 질문도 없이 파상풍 주사와 항생제만 맞혔다. 사장은 택시비 2만원을 쥐여주고 선심 쓰듯 내일부터 나오라고 했다. 아무리 생각해봐도 이상한 수습 같았다. 결국 엄마에게 사실을 알리고 다른 병원에 가기로 했다. 3·15 의거탑 옆의 친절신경외과의원. 실력은 좋지만 손님한테 버럭대기로 유명한 원장은 특유의 부산 사투리로 물었다.

"와, 심하네. 발 똑띠 움직이나?"

"예. 발은 왜……"

"여여 발모가지 안에 바로 신경이 지나가그등. 딱 일 센치만 더 드갔음 발목 짜를 뻔했네. 니 우짜다 이리 다칬

노?”

사정을 솔직하게 이야기하자 원장은 허공에 한숨 쉬었다.

“사장 글마 완전 상도라이네. 산재 처리 안 해주드나? 이거 최소 전치 오 주감인데, 고마 드러누우뿌라.”

그때 만약 내가 산업안전보건법을 알았더라면, 하다못해 교수님께 전화를 걸 ‘시근머리’라도 있었다면, 제대로 치료를 받을 수 있었을 터. 하지만 망친 학점을 메워야 한다는 생각에, 출근 첫날 회사를 관두었을 때 생길 불이익이 무엇보다 두려웠다. 원장에게 그냥 통원 치료를 받겠다고 했고 무지의 대가는 고통으로 돌아왔다. 그날 밤은 내 생애 최대로 앓았다. 감각이 돌아오자 피부에서 찌그러지는 듯한 통각이 느껴졌다. 발목에 꺼지지 않는 불이 붙은 것만 같았다. 입에선 이따금 끅끅하는 신음이 흘렀다. 아픔과 설움이 섞이고 진땀과 눈물이 섞인 밤이었다.

문자 그대로 화끈한 데뷔전 이후 보름여가 흘렀다. 내 첫 스마트폰에 모르는 번호로 전화가 왔다. 발신자는 아버지와 함께 사는 동거인. 그녀 입에서 나온 말이 화상통으로 잠 설쳐 몽롱한 머리를 세게 후려쳤다. 평소 턱걸이 스무 개, 팔굽혀펴기 일흔 개씩 하던 아버지가 갑자기 시름시름 앓고, 몸무게가 쭉쭉 빠져나가기에 병원에 가보니 급성 백혈병 판정을 받았다고 했다. 할아버지와 사촌형님의 목숨을 앗아갔던 그 병이었다. 잔업 하라는 말을 무시하고 마산 삼성병원에 들어선 순간부터 불길한 예감이 들었다. 아니나다를까. 아버지의 병세는 이미 심각한 단계였다. 수북했던 머리털은 다 빠져나갔고, 작은 체구에 오돌토돌했던 근육도 모조리 빠져나갔다. 아버지와 나는 몇 년 만의 재회가 무색하게 아무 대화도 없이 이십 분을 보냈다. 무슨 말이라도 띄워보려 해도 도통 감정을 정리할 수가 없었다. 평생 노라리로 살았던 아버지가 인과응보를 치르고 있단 생각도 드는 한편, 그래도 나를 낳아준 사람이 죽어가는 모습을 보는 게 너무도 안타까웠다. 어색하고 무거운 침묵 끝에 깨달은 사실이 있다면, 모든 사람 사이를 호오로만 판별할 수 없으며, 모호함의 경계 속에서 각자가 내린 판단으로 관계를 맺고 끊으며 살아간다는 것. 짧은 생각의 띠를 이어 붙여 결론에 도달하고서야 간신히 입을 뗄 수 있었다.

"아부지, 꼭 나을 낍니더. 꼭."

그제야 아버지는 다 쉰 목소리로 혼잣말하듯 웅알댔다.

"내는 아직 못 죽는다…… 두 달 더 채워야 된다……"

부자간 대화는 거기서 끝. 이후 보름마다 한 번씩은 꼭 찾아뵈었다. 버린 자식에게 용서받았다고 생각하신 탓일까. 잘 안 들었던 첫 치료 이후의 경과는 계속 좋아졌다. 동거인 말로는 식욕도 점점 좋아지고 말수 또한 많아지셨다고 했다. 일요일까지 특근한 후 피곤해서 뻗은 날엔 말짱한 낯인 아버지와 등산하는 꿈도 꿨다. 병마 극복이 기정사실처럼 느껴졌던 12월, 죽음은 갑자기 찾아왔다. 여자에게서 아버지가 중환자실로 이송됐다는 전화가 왔다. 치료 막바지에 폐렴이 왔다고 했다. "회사 마치자마자 가겠습니다." 애써 침착한 척 전화를 끊은 한 시간 뒤, 또다시 연락이 왔다. "현우씨. 얼른 오세요…… 경철씨가……" 그때 내 몸은 이미 사장실로 달려가고 있었다. 사장은 부친의 부고를 듣자 표정 변화 없이 얼른 가보라는 말만 했다. 그때 내 주머니엔 차비가 없었다. "사장님, 제가 차비가 없어서 그런데……" 사장은 냉장고 밑에서 죽은 바퀴벌레를 발견한 듯한 시선으로 날 바라보더니, 지갑에서 2만원을 꺼내 책상 위에 툭 던졌다. "……감사합니다." 굴욕감을 느낄 새도 없이 병원으로 향했다.

숨을 쉴 수 없게 된 아버지의 온몸은 퉁퉁 불어 있었다. 눈을 뜰 수 없게 된 아버지의 표정은 온통 일그러진 채였다. 생명을 수확당한 육체 앞에 선 순간, 다른 어떤 감정보다 안타까움이 앞섰다. 정신 차릴 틈도 없이 상복으로 환복한 채 사흘 동안 병풍 앞과 식당을 오갔다. 그 시간 동안 마음속에서 천천히 아버지의 존재를 비워냈다. 일단 비워내고 나자 이후 모든 다툼이 다 부질없게만 느껴졌다. 동거인과 친가는 얼마 안 되는 부조금과 5000만원 남짓한 사망 보험금으로 서로 싸워댔다. 와중에 얼굴도 기억 안 나는 자칭 아버지의 친한 친구는 귀신같이 돈냄새를 맡았다. 어느 날 동거인과 함께 와서는 확약서에 서명 하나만 써달라고 했다. 이후 모든 송사에 관여하지 않겠다는 내용이었다. 고개 들어 둘의 비굴한 낯을 본 그 순간, 마침내 저들 세상의 민낯이 보였다. 인간의 존엄을 포기하고 승냥이로 살아가는 자들. 떳떳하게 벌어낸 돈의 가치를 망각해버린 짐승들. 그 모습이 너무 역겹고 혐오스러워서 오히려 머리가 꽁꽁 얼어붙었다. 얼른 서명을 한 다음 자리에서 일어났다.

"그렇게 평생 남한테 빌어먹고 사이소. 평-생."

냉소와 함께 자리를 박차고 나온 2010년 12월 31일. 고통밖에 없었던 한 해가 저물어가는 게 느껴졌다. 일 년을 용케 버텨낸 스물한 살의 내가 대견스러웠다. 병원에서 첫 재회 때 아버지가 했던 "두 달 더 채워야 된다"란 말의 의미는 십 년이 지난 후에야 얼추 짐작할 수 있게 되었다.

2021년 6월, 건설 근로자 공제회라는 곳에서 문자가 왔다. 법이 바뀌면서 아버지의 퇴직금을 받아갈 수 있게 된 것이었다. 아버지가 일한 기간은 딱 십 개월. 제대로 된 일이라곤 안 해봤던 아버지는 노가다판에서라도 일 년을 꼭 채워보고 싶었던 게 아닐까. 거기까지 생각이 닿자 눈가가 매워졌다.

학기가 끝나는 1월. 상처 가득했던 현장실습이 끝나자 미루어놓았던 현실의 과제가 마구 몰려들었다. 병역 문제부터 시작해 취업과 편입의 갈림길, 창원에 붙박이 칠지 타지로 옮겨갈지까지. 무엇 하나 명확히 정해둔 게 없어 한 달 내내 두통에 시달렸다. 꾸역꾸역 얻어낸 전문대란 애매한 가방끈은 지긋지긋한 현실에서 벗어나게 해줄 동아줄이 아니었다. 불청객 같은 2월이 오고 마침내 졸업식, 타지로 취업 나간 사람들이 참석하지 않아 허전한 학교 안. 교수님께 졸업장을 받아들었을 땐 뿌듯함보다 불안함이 앞섰다. 인생이라는 아파트 계단을 올라 졸업이란 층까지 도달했지만 군대라는 층마저 지나면 절벽만 남아 있을 듯한 예감. 마침 '지잡대'라는 단어가 한창 유행하던 시기였다. 인터넷에서 지잡대 졸업생들은 이제껏 배운 공부가 무용한 삶을 살아가는 인간 군상으로 묘사되곤 했다. 나로서는 그 말을 부정할 수 없었다. 한창 갤럭시 S2가 보급되던 시기에 고작 스위치로 스피커를 껐다 켰다 하는 회로 만드는 지식으로 뭘 할 수 있겠는가. 졸업생끼리 "자주자주 연락하자"라는 공허한 약속을 주고받고서 집으로 돌아갔다.

얼마 안 가 입영 통지서가 날아왔다. 입영 일자는 2011년 6월 6일. 약 네 달의 붕 뜬 시간 동안 편의점 알바를 하며 지냈다. 처음엔 노키아 하청도 고려했지만 도무지 갈 마음이 들지 않았다. 효성 하청에서 다섯 달 근무하면서 공장 일에 환멸도 느꼈거니와, 무엇보다 작년 10월에 정직원이 됐다고 문자를 보내온 은주가 마음에 걸렸다. 그때의 나는 놀라우리만치 찌질해서, 나보다 많이 버는 동갑 여자와 같이 일하는 상황을 도저히 견딜 수가 없었다. 새벽 편의점 알바는 그럭저럭 수월했다. 손님도 많이 없었고 카운터에서 소설 쓰다보면 시간도 금방 갔다. 진상 손님과 진상 사장의 이중고는 공장 노동의 괴로움에 비할 바가 아니었다. 어디서 갈등이 생기고 짜증이 나는지도 금방 파악할 수 있었다.

편의점은 딱 석 달 채우고 관뒀다. 5월 중순부터 하루하루 가슴과 머리가 따로 놀았다. 병역에 대한 본능 같은 거부감과 각오를 가장한 체념이 한자리에서 놀았다. 심장은 복학생들의 군대 썰 들을 때마다 느꼈던 두려움에 떨었고, 이성은 어차피 거쳐가야 할 길 걷는 동안 진로 결정을 유예할 수 있다며 위로했다. 입대일이 일주일 앞으로 다가왔을 때였다. 한창 집에서 주호민 작가의 『짬』을 읽으며 시간 죽치고 있을 때쯤, 바라지 밖으로 쬐어들어오는 볕에 일광욕중이던 핸드폰이 발악을 해댔다. 지도 교수님이었다. 당시 핸드폰 너머로 들려온 목소리는 마치 구세주의 계시처럼 들렸다.

"현우야, 기능 요원 함 해볼래? 자리 생깄다!"

2011년 현역 대상자는 33만 3000명. 현역 산업 기능 요원 티오는 3600명. 경쟁률이 공무원에 버금갔기에 일찌감치 버린 선택지였다. 그런데 특례라니, 살면서 가장 괴로운 일 년을 견뎌낸 보상이었을까. 입대 날짜가 얼마 안 남았다고 말씀드리니 얼른 면접 날짜를 잡자고 하셨다. 그리하여 다음날. 교수님을 대동한 면접은 라면 한 봉지 끓이는 데 물 일 리터 부은 듯 싱겁게 끝났고, 앞으로 이 년 십 개월을 함께할 직장에 첫발을 내디뎠다.

산업 기능 요원

마산 한국전력공사 바로 앞 창원육교를 지나면, 마산 구암동에서 창원 팔용동으로 행정구역이 바뀌고, 공단과 민가의 경계는 희미하지만 난개발지와는 확연히 다른 팔용 공단의 독특한 풍경이 보인다. 비유하자면 마치 가는 선으로 그린 빙고판 같아서 공장의 숲에서 2차선 도로 하나만 건너면 민가에 도달할 수 있다. 덕분에 출퇴근 시간엔 자전거로 오가는 이들이 많았고 점심에도 작업복 차림으로 산책하는 이들이 많았다. 사방팔방 전후좌우에 공장뿐인 산업지구 신촌 공단과 달리 사람냄새가 옅게나마 풍겼다. 2011년 6월 1일. 대학생활 일 년 반 동안 등하교 버스 안에서만 보던 풍경 속에서 일하게 되었다. 팔용동 끝자락 유남 주유소 맞은편에 있는 의료기기 회사. 사장님 포함 종업원 열다섯 명도 되지 않는 중소기업이었다.

처음 막 현장에 들렀을 땐 그야말로 1990년대 전파상 같은 전경에 깜짝 놀랐다. 오십 평 약간 넘는 조립동엔 온갖 잡기가 담긴 박스가 나뒹굴었다. 제품 생산은 널브러져 있는 박스 안에서 재료를 하나씩 꺼내 조립하는 방식이었다. 그야말로 비효율의 극치. 처음 사업 시작할 때 물불 가릴 처지가 아니었다보니 아무 제품이나 막 만들기 시작한 대가가 이리 돌아온 셈이었다. 중소기업에서 무계획 소품종 다량 생산을 시도하면 햄릿과 리어왕, 오셀로와 맥베스가 사이좋게 저승에서 탄식할 비극이 벌어진다는 사실을 그때 깨달았다. 당시 현장은 기능 요원 넷과 상시 직원 셋, 현장과 사무실을 바삐 오가는 과장님까지 총 여덟 명 체제로 돌아갔다. 생산 쪽은 중년 여성 두 분이 사실상 사령탑을 맡고 있었다. 십 년 경력의 반장님은 그 아비규환의 현장 속에서 제품에 들어가는 부품의 위치를 전부 기억하고 있었다. 오 년 차 이모는 손이 빨라 내가 제품 하나 만들 시간에 두 개를 너끈히 만들곤 했다. 술을 정말 좋아하던 아저씨는 주로 제품 배송을 하느라 자주 뵙긴 어려웠다.

내 바로 위 기능 요원 선배는 동갑내기였고 성격도 좋아 금방 친해질 수 있었다. 그 위의 두 선배는 나보다 세 살 많은 형님들. 둘은 대단히 막역했지만 회사 사람들과는 사이가 좋지 않았다. 둘 다 친해지기 어려운 타입이었지만 특히 경남 사나이 쪽은 덩치 크고 말도 거칠게 해서 정말이지 엮이기 싫었다. 한번은 동갑내기 선배를 화장실로 데려가 욕하기도 했다. 때린 적도 있다고 했다. 다들 그 사실을 알았지만 적당히 묵인하는 분위기. 군대와 유사한 문제점이었다. 피해자가 기능 요원이다보니 '더러워 이직한다'가 거의 불가능했고 그렇다고 경찰이나 노동부에 찌르자니 분위기가 흉흉해질 게 뻔했다. 골치 아픈 상황이었다. 다행히 회사는 대체로 여덟시 반 출근 다섯시 반 퇴근이 가능했기에 최대한 숨죽이며 선배들의 소집 해제만 기다렸다.

2011년 11월, 마침내 선배들의 퇴사일이 다가왔다. 서울 출신 선배에게 에이에스 업무를 인수인계받으면서 드디어 제대로 된 보직이 생겼다. 납땜만 잘하면 됐던 노키아 때와는 달리 변수가 많았다. 워낙 제품 종류가 많았거니와 프로그램이나 작동 방식도 다 달라서 많아야 일 년에 두세 번 고칠 제품조차 늘 염두에 두어야 했다. 연구실의 전문 연구 요원 형님께 부탁해 제품 도면을 꼼꼼히 살피고, 검사 기계 작동 방식을 익혔다. 수리 후 처리 양식도 새로 만들어 조회가 편하게 만들었다. 그땐 제품 잘 고치고 기록에 누락만 없으면 무탈하겠다 생각했건만, 복병은 의외로 가까운 장소에 있었다. 체계 없는 중소기업에서 나올 법한 비극의 전형이었는데, 에이에스를 맡으면서 전화 응대가 덤으로 딸려들어오고 만 것. 전화는 하루에 수십 통이 걸려왔고 하나같이 골치 아픈 문제들이었다.

의료기기는 특성상 분석에 모호한 영역이 많고 효능의 인과 증명이 어렵다. 약발이 먹혀서 병이 나은 건지, 원래 나을 병이었는데 약발이 있다고 착각한 건지 알 수가 없다. 더군다나 의료기기 사용자 대다수가 노령층이라 자연스레 실버 머니를 노리는 장사꾼도 꼬이기 마련. 판매 과정은 사실상 다단계랑 똑같다. 다만 이익을 안겨주겠다고 접근하는 수법과는 좀 다르다. 우선 그럴싸한 이름의 회사가 지점을 이곳저곳에 만든다. 지점장이 동네 요양원과 복지 센터를 돌며 손님 몰이 한 다음 제품을 체험시켜준다. 주로 안마나 복부 온열 계열 상품이다. 여기서 핵심은 제품의 효능이 아니라 지점장의 서비스, 즉 손님에게 마음의 빚을 지우는 과정이다. 이 기간에 지점장은 수백억대 상속재산을 쌓아둔 노부부의 자식처럼 손님에게 극진해진다. 차와 다

과를 대접하면서 온갖 한탄을 다 들어준다. 직접 안마도 해주고 건강 상식을 알려주기도 한다. 나갈 땐 비누나 샴푸 같은 선물도 한 꾸러미씩 안겨준다. 이런 공짜 서비스는 금세 입소문을 타고 동네에 퍼진다. 손님이 많아지면 그때부터 본격 장사 철. 노인들이 여태껏 체험한 기계의 효능을 과장해서 떠벌린다. 관절염이 낫는다거나 면역력이 강해지는 정도면 양반. 살이 빠진다거나 항암 효과가 있다, 성욕이 돌아온다, 수명이 늘어난다, 머리카락이 다시 자란다 등등 의사들이 수천 년 동안 쌓아올린 의학을 모조리 전복시키며 원가 40만원가량의 의료기기를 200~300만원에 팔아넘긴다.

그들이 만병통치약인 양 광고하며 팔아낸 기계의 뒤처리는 모두 내 몫이었다. 특히 도산한 업체 제품은 천덕꾸러기 그 자체. 하나같이 덩치가 큰 제품들이라 노인들이 택배로 보내는 게 불가능했다. 이런 경우가 너무 비일비재하다보니 궁여지책으로 낸 아이디어가, 우선 우리 회사에서 택배로 빈 박스를 보낸 다음, 고객이 포장해서 도로 반송하는 방식이었다. 비용이 이중으로 나갔지만 더 좋은 방법이 없었다. 어찌저찌 회사까지 도착한들 역경은 끝나지 않는다. 부품은 부족하고, 명령어 프로그램이 소실된 경우도 있었다.

특히 만든 지 십 년이 넘은 제품들은 골칫덩어리였다. 고치는 데만 최소한 반나절, 그나마도 작동 잘되리라 장담도 불가능. 덕분에 늘 회사의 이익과 개인의 양심이 부딪치곤 했다. 과장님은 "못 고치니까 돌려보내라"라고 딱 잘라 말했다. 처음엔 나 몰라라 하는 그 태도가 몹시 고까웠다. 하지만 하루 꼬박 매달렸던 제품을 수리하는 데 실패해보니 마음이 변했다. 우리는 그저 납품했을 뿐이고, 고장은 망한 회사 제품을 산 고객들이 감내해야 할 몫. 그때부터 욕을 하든 말든 안 된다고 잡아떼기로 일관했다.

하지만 도저히 외면 못할 사정도 있었다. 이 경우엔 내 사비와 시간을 털어 넣곤 했다. 한번은 노파에게서 전화가 왔다. 거동이 불편한 그분은 남편을 먼저 보내고 대부분 집 안에만 있었다. 그러다 한 교회 사람이 제품을 소개해줬는데, 그 기계로 물리치료를 하고 나면 삼십 분은 걸어다닐 수 있다고 했다. 결국 200만원이란 거금을 들여 구매했는데 기계가 고장났고, 그 교회 사람은 연락을 받지 않아 혼자 겨우겨우 제조사 전화번호를 알아냈다고 했다. 새 제품을 사야 한다는 내 말에 그분은 눈물을 흘렸다. 기초 생활보장 수급자라 비싼 의료기기를 다시 살 여력이 없다고 했다. 그땐 도저히 이성의 줄자를 갖다댈 수가 없었다. 인근 공구 상가에서 다이오드와 트랜스를 사고, 고등학생 때 이후 집에 처박혀 있던 인두와 멀티미터를 챙겨 휴일 순천행 버스에 올랐다. 동 이름도 기억나지 않는 낡은 마을. 물어 물어 도착한 허름한 집 안에서 허리 구부정한 노인이 나왔다. 다행히 수리는 성공했고, 꼬깃꼬깃한 만원짜리 석 장을 극구 사양하며 마산으로 돌아왔다.

경남의 한 중년 여성은 초고도비만인 탓에 밖으로 나오는 게 너무 두렵다고 했다. 오랫동안 정신과 치료를 받다가 겨우 자신을 바꿔보자는 각오가 생겼고, 발코니에 짱박아둔 의료기기를 꺼냈다. 허리까지 오는 철판 위쪽 '헤드'라는 패널엔 다양한 안마기기를 꽂아서 쓸 수 있었고, 아래쪽엔 경첩을 물린 발바닥 안마기가 있는 제품이었다. 그런데 발판에 올라선 순간 플라스틱 외장이 와장창 부서졌다고 했다. 판매사는 이미 폐업한 지 오래. 결국 인터넷 검색 끝에 납품 회사 전화번호를 알아냈다고 한다. "제가 비만이라 그런 건 알지만……" 풀죽은 목소리에 건조하게 대답해드렸다. 원래부터 발판 쪽 경첩 부분이 약해서 잘 부서진다. 설계한 사람 찾으면 홀딱 벗겨 양봉장에 던져버리고 싶다. 그런데 너무 오래된 제품이라 발판 껍데기가 회사에 없다. 여기까지 말하자 여성은 "알겠습니다……"라는 시무룩한 대답을 끝으로 전화를 끊었다. 통화 후에 한참 고민했다. 어쩌면 내가 변화로의 여정을 떠나려던 자동차 바퀴에 펑크를 낸 건 아닐까. 고민 끝에 점심시간 동안 창고를 뒤졌다. 다행히 외관에 큰 흠집이 난 발판 껍데기 하나가 방치되어 있었다. 다시 전화 걸어 주말에 제품을 수리해 드리기로 했다. 드라이버와 니퍼, 롱 노즈 플라이어를 들고 가 외관을 교체하고 성능 점검까지 마쳤다. 고맙다고 연거푸 인사하는 그녀와 의남매를 맺었다. 이 년 후, 기능 요원 말년일 때쯤 누님은 살이 쪽 빠져 늘씬해진 사진을 보내왔다. 그날은 온종일 흐뭇했다.

마지막 한 고객은 외제 차를 몰고 직접 회사로 와서는 생전 처음 보는 기계를 트렁크에서 꺼냈다. 홈페이지를 찾아봤더니 아예 회사 초창기 모델이었다. 네 발 바퀴에 굵직한 스테인리스 지지대가 달려 있고 끝자락엔 흡사 잠수 헬멧처럼 생긴 원형 기계가 매달린 형태였다. 그 원통 안에 용접봉과 똑 닮은 카본 막대기를 끼우면, 그것이 타면서 나오는 광선을 얼굴에 쬐는 기기였다. 기계는 아예 먹통이 되어 있었다. 고객은 말기 암 환자인 아버지를 둔 아들이었는데, 아버지는 이미 완치 불가 판정을 받고 집으로 돌아온 상황. 그때부터 아버지께서 계속 이 의료기기에 집착

한다고 하셨다. 듣자 하니 팔아먹은 업자가 이걸 쬐면 암세포가 타들어간다고 말했단다. 맙소사. 아드님도 터무니없는 소리란 걸 알고 있었지만, 모름지기 거미줄이라도 잡고 싶은 게 말기 암 환자의 마음. 돈은 얼마든지 줄 테니 가시는 길 마지막 효도를 도와달라고 하셨다. 이럴 땐 새걸 팔면 깔끔하게 해결됐겠지만 제품은 이미 단종된 지 오래였다. 결국 그날 전자 업계 짬밥 삼십 년 차 과장님, 전문 연구 요원 형님, 나까지 TF팀을 꾸려 기계를 몽땅 해체했다. 괜한 사명감에 동작 불량 수리부터 시작해 외관까지 새것처럼 만들어놓았더니 아들분은 아예 기곗값을 통째로 주고 돌아가셨다. 그렇게 갑자기 생긴 뜬돈은 회식비로 쓰였다. 반장님 왈 오 년 만의 회식이라고 했다.

바쁘진 않되 다사다난한 두 달을 보냈다. 슬슬 일이 손에 익고 일감은 없어 한가한 겨울. 당시 '월급 루팡'이란 단어가 한창 유행했는데 본의 아니게 내 자기소개가 되었다. 퇴근 후 철철 남아도는 시간을 어찌 써볼까 고민하던 어느 날, 자격증 자율학습을 담당하던 교수님의 목소리가 머릿속에 스쳤다. "전자 산업기사에 전기 산업기사까지 딱 따제? 그라믄 그날로 고마 취업은 날로 묵는 기야." 지금 생각해보면 터무니없는 가짜 뉴스지만 그땐 어떻게든 갈 곳

잃은 열정을 태울 땔감이 필요했다. 지금 아니면 언제 직장생활을 하면서 공부해보랴. 그날로 합성동의 전기 자격증 학원에 등록했다. 원장은 한전 다니면서 기술사를 제외한 전기 관련 자격증 다 딴 빠꼼이였다. 학원 평판도 아주 좋았고 실제 수업도 열정 넘치게 했다. 십 년은 쓴 듯한 낡은 강의 노트 하나를 손에 든 채 "이 문제 백 프로 나와, 백 프로. 별 하나에 빨간 줄 두 개!"를 외치던 원장의 모습이 아직도 생생하다. 다만 학원의 상태는 썩 좋지 않았다. 강의실엔 칼에 긁히거나 볼펜 낙서가 고스란히 남아 있는 책상과 리벳이 달랑대는 의자가 덩그러니 놓여 있었다. 저녁반은 모두 직장인들이다보니 좁고 퀴퀴한 이곳엔 피로의 아지랑이가 넘실댔다. 강의 중간 쉬는 시간에 들려오는 소리는 전부 먹고사는 이야기. 대체로 "요즘 땜장이 해가 살만한교?" "말도 마소. 재우 입에 풀칠하니께" "이명박이 분명 친서민 정책 한다 그러지 않았슈?" "그쟈, 진짜 서민 아구창을 쳤지" 같은 대화가 이리저리 흘러다녔다.

중년만 가득한 학원에 특이한 친구가 있었다. 요란한 모히칸 헤어를 한 동생이었는데 평일엔 추리닝 차림이다가 금요일만 되면 명품 잔뜩 걸친 차림에 포르쉐를 타고 나타났다. 껄렁껄렁한 모습과 달리 지각 한 번 안 하는 모범생이었다. 나와 똑같은 카시오 공학용 계산기를 사용한 터라 사용법 주고받는 과정에서 친해졌는데 알면 알수록 재밌는 친구였다. 나름 잘나가는 중소기업 공장에서 병역 특례로 일했는데, 월급 250만원과 오백 퍼센트 상여금을 몽땅 차 리스 비용과 유지비, 클럽 가서 노는 용도로 썼다. 노는 날은 딱 하루, 금요일 저녁. 그때만큼은 눈치 안 보고 제대로 놀았다. 어째 신데렐라가 떠오르는 생활상이자 중소기업 직장인이 감내할 수 있을 삶의 방식은 아니었다. 처음엔 그 동생을 좋게 보지 않았다. 아니, 몇 술 더 떠서 한심하게 보았다. 그저 허파가 열기구처럼 부풀어 생각 없이 논다고 여겼다. 하지만 학원에서 동생과 같은 회사 다니는 대리님과도 알게 되면서 생각이 바뀌었다. 우리 셋은 수업 전 분식집에 가곤 했는데 그때마다 대리님 입에서 동생 칭찬이 나왔다. 이 친구 누구보다 열심히 일하고 주말 특근도 마다하지 않는다. 그러면서 승진하려고 자격증 공부까지 하고 있다. 윗사람들한테 싹싹하고 후배들도 다 좋아한다고. 비행기 태우는 정도가 아니라 거의 달 탐사 로켓에 실어주는 수준이었다. 그때마다 동생은 일부러 크게 후루룩대며 라면을 빨아들였다.

12월 중순 금요일. 동생은 여전히 요란한 차림으로 학원에 와선 쉬는 시간이 되자마자 내 자리로 와 물었다.

“행님. 끝나고 놀러 안 갈랍니까?”

“놀러? 오데로?”

“전주 쪽 크라부 함 갑시다.”

“클럽? 내는 입구에서 바로 뺀찌 물 낀데……”

그때 나는 후줄근한 티셔츠에 청바지 하나 입은 꼴이었다. 동생은 검지를 좌우로 까닥이더니 “에이, 입구 컷 없는데 딱딱 알아봐놨지”라며 호언장담했다. 호기심이 꿈틀댔다. 예전부터 클럽을 가는 사람들의 정서가 알고 싶었다. 요란스럽고 부대끼는 그 장소와 분위기 안에 무슨 즐거움이 있을까. 우리는 시침이 아홉시에 도착하자마자 후다닥 내려와 차 시트를 깔고 앉았다. 처음으로 타보는 외제 차 느낌은 마냥 생경했다. 상상 이상으로 편안한 좌석, 요란하지 않고 낮게 울리는 배기음, 열린 천장으로 타고 들어와 바로 몸통에 꽂히는 바람, 빨간불에 잠깐 멈췄다가 초록불이 켜지자 순식간에 치솟는 속도계. 이제껏 곁불 쬐듯 얻어 타본 차들과 확실히 달랐다. 과속 카메라와 ‘밀당’하며 고속도로를 내달리는 동안 한껏 신난 동생에게 슬쩍 물었다. 차를 왜 그리 무리해서 타느냐고. 동생은 낄낄 웃더니 특유의 반말 섞인 존대로 답했다.

"행님, 차만 비싼 게 더 싸게 먹힙니더. 차가 좋으면 나머진 짜가리라도 다 믿어주거등. 요-요 시계, 가방, 지갑, 구두, 벨트, 싹 다 짭퉁이라예. 메이드 인 차이나! 일마들 정가 주면 오천 넘어갈걸?"

생각지도 못한 대답에 얼이 빠진 사이 속도계는 150과 160을 오갔다. 덕분에 전북도청 앞까지 도달하는 데 걸린 시간은 고작 두 시간. 그동안 세포처럼 작았던 가슴속 불안은 돌기만큼 불어 있었다. 가서 뭘 해야 하지? 괜히 분위기만 잡치는 거 아닐까? 걱정이 온몸에 드러났는지 동생은 내 등을 힘차게 후려치고선 지갑을 통째로 건네주었다. "걍 술 먹고 노가리 까믄 됩니더. 막판에 계산하는 척만 좀 하시고." 주차장에 차 대놓고 지하층으로 향했다. 동생 말처럼 입장료나 출입 제한 같은 건 전무. 덩치 큰 문지기 한 명이 흘낏 민증만 검사하더니 바로 들여보내주었다. 마침내 클럽 내부로 들어선 순간, 다신 올 일 없겠다는 생각이 확연해졌다. 벙벙대는 우퍼 사운드와 마구잡이로 내리쬐는 조명, 좁은 무대 위 사람들끼리 뒤섞여 몸 흔드는 모습을 보며 아무런 생각도 들지 않았다. 이마를 벨트로 꽉 죈 듯한 두통과 이유 모를 불쾌감만 들 뿐이었다. "온 김에 춤 함 땡겨볼랍니까?" 동생의 물음에 고개를 가로젓고선 테이블 좌석에 앉아 버드와이저만 홀짝였다. 왜 굳이 전주까지 와서 돈 버려가며 이러고 노는지 이해할 수 없었다.

내 신세가 물에 빠진 고양이였다면 동생은 그야말로 바다 안 범고래. 녀석은 춤 바다로 뛰어든 지 이십 분도 지나지 않아 두 여자를 자리에 데려왔다. 한 명은 자대고 자른 듯 단정한 앞머리에 좁은 라운드넥 셔츠와 스키니진 차림이었고 유달리 키가 작았다. 다른 한 명은 마른 몸에 핑크색과 흰색이 섞인 후드티, 야구 모자를 쓴 미인이었다. 두 명이 자신을 전주대 3학년이라 소개하는 동안, 공개된 장소에서 낯선 여성과 맞대면 경험이 없던 나는 무슨 말 해야 할지 감도 잡지 못했다. 동생은 능청스럽게 레드불과 예거마이스터를 말아 앞앞이 놓았다.

"아이고, 누님들이네. 저는 대학생은 아니고요. 졸업하고 군 복무 대신 IT 업체에서 일해요. 그 병역 특례 알죠? 싸이가 요거 하다가 군대 두 번 갔자네. 원래 드가기 겁나 힘든데 이 행님이 꽂아줬어요. 아, 이 행님은 사장님 아들. 여 위쪽 대전 카이스트 다닙니다. 노는 건 잘 못하는데 지갑은 두꺼우니께 맘껏 마시랍니다. 행님, 내 맥주는 잘 모르는데 기네스? 이거 맛있어요?"

여자 둘은 손뼉을 쳤고 몇 초 만에 카이스트 학부생이

되어버린 나는 "어어, 뭐…… 괜안치"라며 술만 홀짝댔다. 술기운이라는 게 참 마술 같아서, 예거밤 두 번이 들어갈 즘엔 나 역시 놀라울 정도로 거짓말을 잘해내고 있었다. 어디서 주워들었던 정보를 엮어 풀어놨는데 정말 그럴싸한 스토리가 나왔다. 과고 나왔는데 일 년 아끼려고 카이스트에 조기 입학했다. 내년에 졸업하고 회사에 전문 연구 요원으로 들어갈 생각이다. 회사 물려받을 생각은 없고 구글이나 아마존 쪽 취업을 노리고 있다. 카이스트 와봐야 오리밖에 구경할 거 없으니 오지 마라…… 양치기 소년처럼 떠벌린 말을 다들 새끼 강아지 같은 눈빛으로 듣고 있었다. 죄책감이 들었다. 한 시간 정도 열심히 구라를 풀던 동생과 나는 슬며시 화장실로 향했다.

"와, 이 행님 뻥카 장난 아이게 잘 까네. 그냥 앉아 계시라고 애드립 좀 쳤드만 그걸 다 소화해요?"

"그르게나 말이다. 술 좀 드가니께 구랏발이 좀 서네."

"슬 인나서 이차나 가입시더."

"그랄까?"

이차는 근처 이자카야에서 마셨다. 오뎅탕에 사케로 세 시까지 죽치다가 삼차는 '간이역'에서 신나게 섞어 마셨다. 그사이 우리는 자연스럽게 야한 농담까지 주고받기에 이르렀다. 들떴던 분위기가 무르익었다가 서서히 식어갈 시간, 대학생 둘 다 한마디할 때마다 혀 꼬인 발음을 냈다. 어쩐지 그 모습이 철없어 보였다. 은주는 지금쯤 퇴근하느라 녹초가 되어 있을 텐데.

밖으로 나와 뜰락 말락 한 새벽 해를 보는 순간 난처해졌다. 이제 어떻게 하지? 설마 이대로 잠자리까지 가는 수순인가? 번져가던 우려의 얼룩은 동생이 말끔하게 빨아버렸다. 동생은 전화번호 주고받더니 그 둘을 택시 태워서 귀가시켜버렸다. 음흉한 목적이 있을 줄 알았기에 적잖이 놀랐다. 눈만 깜빡대는 내 모습을 본 동생이 입꼬리를 씩 말았다.

"와예. 아, 혹시 뭔나잇 기대했어요?"

"아니, 내야 이쪽이 훨씬 편하지. 니는 괜않나? 돈만 마이 쓰고."

"에헤-이. 전라도까지 와가 만다꼬 그리 지저분하게 놉니꺼. 타지 왔으믄 고마 밤새 마시다 조용히 헤어지는 기지. 술 깨그로 목욕이나 좀 조지고 돌아가입시다."

노인들이 하나둘씩 모여드는 오래된 목욕탕 안에서 우린 계속 이야기를 나누었다.

"행님, 내는요. 지금은 짭퉁 인생이지마는, 언젠간 진퉁

롤렉스 찰 낍니더. 중고 포르쉐 말고 람보르기니 쌔삥으로 뽑을 끼고."

"그라믄 지금부터 애끼야 되는 거 아이가?"

"아이지, 아이지. 공장에서 조 빠지게 벌어봐야 그런 것들 평생 몬 사지. 지금은 동기부여만 하는 기라예. 행님은 우예 생각할지 모르겠지만, 내는 이리 노는 기 너무 재밌그등. 두고 보이소. 존나 성공해가꼬 매주 이거보다 더 까리하이 놀 끼라."

그제야 동생이 그토록 열심히 일하고 공부하는 이유를 어렴풋하게나마 알게 되었다. 화려하게 놀기 위해 노력한다. 그 나름 멋진 삶의 방식 아닌가. 헤어지는 길에 돈을 뽑아 동생에게 20만원을 건네주었다. 재밌는 경험 시켜줘서 고맙다는 인사에 동생은 씩 웃어 보였다. 그 웃음은 짝퉁이 아니라 진퉁이었다.

시련과 마주할 시간

불행히도 3월 필기시험 이 주일 전 갑자기 회사에 비상이 걸렸다. 거래처 몇몇 지점에서 대박을 쳤다는 소식, 지점장이 판매 수익으로 한 달간 억을 벌었다는 낭설이 돌았다. 팩트 체크 안 된 그 소문에 너도나도 몰려들어 지점을 만들기 시작했다. 한때의 광란이거니 싶던 현상은 좀처럼 그치지 않아서, 우리 회사도 작년 총판매량을 보름 만에 갱신하기에 이르렀다. 창고를 꽉꽉 채웠던 재고가 순식간에 동났다. 회사는 아르바이트까지 고용해 물량을 쳐내야 했다. 반장님 통장에 밀리고 밀렸던 명절 보너스 1000만원이 일시불로 꽂히면서 퇴근 한 시간 전 설렁설렁 폐자재 정돈이나 하던 현장 분위기가 확 달아올랐다. 밤 열시 퇴근에 토, 일요일 특근 일정이 이어졌다. 어느새 출고 담당까지 맡게 된 나는 회사에 하루도 빠질 수 없는 신세였고 시험마저 치러 갈 수 없었다. 시험 다음날 포르쉐 동생에게 전화했다. 녀석은 필기 합격했다는 소식을 전해왔다. 같이 자격증 따고 또 한번 놀러가자던 약속을 못 지켜 미안하다고 답했다.

계속되는 잔업과 특근에 힘듦보단 따분함을 느꼈다. 직장생활이 적응에서 안정의 단계로 돌입한 듯했다. 이는 비로소 노동을 일상에 초대하는 데 성공했다는 뜻이되, 앞으로의 회사생활이 점차 무료해져갈 것을 예고하는 복선이었다. 일은 바쁘고 헛짬밥만 쌓여 실수하기 딱 좋을 무렵, 결국 대형 사고 하나를 터뜨리고 말았다. 제품이 많이 팔리면서 복부 안마 기계 때문에 화상을 입었다는 고객들이 속속 나타났다. 대체로 비만 환자를 상대로 판매하다보니 지방 연소라는 명목으로 설정 가능한 최대 온도를 높여둔 게 화근이었다. 연구실에선 부랴부랴 제품 내부 설계를 바꾸었다. 워낙 바빴던 나날이라 부서 간 소통이 제대로 안 된 탓에 나는 설계를 바꾼 제품에 기존 운영체제를 깔고 말았다. 검사에서라도 걸러졌다면 다행이었겠지만 하필

이면 동작 테스트를 맡은 친구가 아르바이트생. 켜지는 것만 대충 확인하고 제품을 포장해버렸다. 결국 켜지기만 할 뿐 먹통이나 다름없는 제품 스무 대가 고스란히 출고됐다. 매장에 도착한 기계들이 작동하지 않는 상황. 지점장도 하필 약은 인간이어서 온갖 곳에 전화를 걸어 영업 망했네, 장사 접어야 하네 떠들어댔다. 결국 입막음 조로 해당 매장에서 쓰던 중고품을 모조리 새걸로 교체해주어야 했다. 사태는 진화됐지만 내리 갈굼을 피할 수 없었고 그날은 종일 욕 변기로 살았다. 집에 돌아와 처음으로 회사생활 때문에 울었다.

산업혁명 시기를 방불케 했던 비상 생산 체제가 끝난 건 두 달 뒤. 5월 되자마자 블랙 프라이데이가 끝난 것처럼 출고 물량이 확 줄었다. 그때쯤 회사에 오만정이 다 떨어져 이직을 생각하고 있었다. 주 76시간의 강행군 탓에 날카로워진 현장 사람들과 감정싸움도 잦았고, 오전 아홉시 종 치자마자 시작되는 거래처 본사와 지점장의 항의 전화 릴레이에 지쳤고, 무엇보다 의료기기라는 제품이 시장에 유통되고 소모되는 방식을 보며 환멸을 느꼈다. 그땐 어리석게도 회사에서 대놓고 일 년 지나면 이직하겠노라 떠벌리고 다녔다. 회사 사람들과 사이가 좋을 리 만무했으니 출근만 하면 괴로웠다. 입사 일 년 일 개월 차. 무기력에 찌들어 햇볕조차 혐오스러워져가던 2012년 7월. 도망치듯 사 주 기초 군사 훈련을 받으러 갔다. 물론 본 목적은 다른 특례 회사를 알아보기 위함이었다. 사 주 훈련은 같은 지역 공익 요원, 기능 요원, 전문 연구원만 소집되기에 이직할 회사 알아보기에 아주 적합한 무대였다.

당시엔 직장 동료만 아니면 누구라도 쉽게 친해질 줄 알았다. 한 이 주일쯤 지나면 내무반 사람들과 잘 소통하여 괜찮은 회사를 찾을 수 있으리라 생각했다. 착각이었다. 군대란 환경 탓일까. 분대 사람들은 지나치게 쉽게 이빨을 드러내거나 자신을 숨겼다. 무례하거나 벽이 높거나 양극단의 인간상만 존재하는 좁은 세계에서, 소기 목적은 전혀 달성하지 못하고 군인들을 향한 존경심만 쌓은 채 사 주 만에 퇴각했다. 회사로 복귀하니 새 후배가 기다리고 있었다. 작업복보단 잘 다린 정장이 어울릴 듯한 친구였다. 사람도 착하고 입담도 탁월해서 금방 현장 직원들과 친해졌다. 특히 고객 응대를 잘했는데, 며칠 안 되어 그 능력을 발휘했다. 후배가 오기 전까지 수개월 동안 나를 괴롭힌 납품사 사장이 있었다. 제품은 몇 개 안 사가면서 바라는 건 많고 제 잇속 챙기기 위해선 거짓말도 서슴지 않는 진상의 전형.

한번은 전화로 육 개월 쓴 액세서리 제품이 고장났다며 바꿔달라고 역정을 냈다. 이미 사장과 합의한 사안이라고 해서 의심 없이 바꿔줬더니 아니나다를까, 뻥이었다. 그날은 또 속았냐고 과장에게 반의 반나절 정도 혼났다.

어느 날 그 진상 사장이 퇴근 시간쯤에 우리 공장에 들렀다. 사장의 악명을 익히 들었던 후배는 자신이 알아서 구워삶아놓겠다며 자리를 떴다. 이후 담배 한번 같이 피우러 나가더니 금세 형 동생 사이가 돼 있었다. 그것도 모자라 너스레를 떨며 사장에게 어깨동무를 하더니 "행님, 서울서 내리왔으믄 회 한 사바리 하고 가셔야지예?"라는 게 아닌가! 그리하여 예정에도 없던 저녁 회식을 하게 됐다. 횟집 탁자 위에 이 홉들이 열 병쯤 쌓일 때까지 마셨다. 사장은 쉴새없이 떠들어댔다. 주로 자신이 얼마나 힘들게 살아왔는지, 얼마나 많은 여자랑 잤는지 따위 허세였다. 후배는 추임새를 넣어가며 잔을 채웠다. 넉살 좋게 대화를 이어가다 끊기면 한마디씩 내 사정도 대변해주었다. 그날 이후 진상 짓이 눈에 띄게 줄어들었다. '이런 게 처세술이구나.' 감정이 부러움을 느낄 사이, 이성은 편할 궁리를 번뜩 떠올렸다.

'이 친구가 전화 받으면서 서류를 처리하고, 나는 수리

만 전담하면 훨씬 효율이 높아지지 않을까?'

다음날 내 생각을 정리해 과장에게 말했다. 에이에스 기능 쪽은 내가 맡고, 전화 업무는 후배가 맡으면 좋겠다고. 생산 쪽은 피크 타임만 합류하면 물량 맞추기엔 문제가 없다고. 제안의 근거로 예상 출고 물량과 생산 시간까지 보여주었다. 과장은 망설였다. 제아무리 생산관리와 계획 개념이 없는 영세기업이라지만, 생산 파트인 후배가 두 부서를 오가며 일하는 모습을 위에서 탐탁지 않게 여길까 걱정하는 듯했다. 매우 일리 있는 우려였다. 원칙이냐 효율이냐 고민하는 상급자를 끈질기게 설득해 겨우 허락을 받았다.

욕먹을 각오로 일 벌였으니 이젠 성과를 내야 하는 상황. 다행히 내 예상은 옳았다. 후배는 현란한 말솜씨로 고객과 거래처를 상대했다. 내 눌변 덕에 질질 끌리기 일쑤였던 통화는 이제 길어야 오 분을 넘기지 않았다. 시간과 능률을 모두 확보했으니 효과 또한 금방 나타났다. 에이에스 대기 제품이 언제나 0개 상태를 유지했다. 과장이 제일 걱정했던 생산량도 되레 늘어났다. 효율이 금세 숫자로 나타나자 입사 후 처음으로 칭찬을 들었다. 뿌듯했다. 이 회사에 오기 전까진 시키는 일만 묵묵히 수행하곤 했다. 더 좋게 바꿀 수 있는 요소가 있어도 웬만해선 이야기하지 않았다. 말해본들 대번에 무시당하거나, 그때부터 새로운 발상을 끊임없이 강요당하는 신세가 되곤 했다. 그 경험을 몇 번 반복하자 회사 개선이 내게 어떤 이익도 주지 않음을 깨달았다. 하지만 이 한 번의 작은 성공이 꾸준히 쌓여가던 내 무기력함을 깨부쉈다.

다시금 신명나게 일하는 사이 병역 특례 근무라는 이 년 십 개월 거리의 거대한 운동장을 절반이나 돌았다. 2012년 12월, 휴대폰에 일 년간 연락이 없던 친구의 번호가 찍혔다. 부산 살던 그 친구가 사수 끝에 드디어 인서울 했다는 소식을 전해왔다. 마침 어머니가 일수놀이로 재미를 보던 터라 여윳돈이 생겨 친구들을 모아서 축하주라도 돌리자고 했다. 그렇게 전국 각지 흩어져 있던 스물세 살 남정네 네 명이 부산에 모였다. 우리는 중학생 때 처음 게임에서 만나 메신저로 지금껏 관계를 유지해온 사이였다. 각자 서로를 비하하는 별명으로 불렀는데 '돼지' '오덕' '허세' '찐따'였다. 오늘의 주인공은 허세였고 나는 찐따. 돼지와 오덕은 각각 전남과 경북에서 왔다. 웹에서 지속했던 관계가 현실로 옮겨올 때는 언제나 색다르다. 지역, 나이, 성별을 떠나서 친하게 지내왔던 이들과 얼굴을 맞대는 순간, 편견의 벽은 허물어지고 반가운 마음만 남아 서로 악수 나눌

때의 그 벅찬 느낌은 말로 다 할 수 없다. 아마 엄마 아빠 세대가 펜팔 친구들을 실제로 만났을 때 이런 느낌 아니었을까. 지하철 2호선 광안역에서 근 사 년 만에 재회한 우리는, 한겨울의 따가운 바닷바람이 부는 해수욕장 부근을 패딩 하나 덜렁 걸친 채로 활보했다. 횟집, 노래방, 펍을 돌며 놀 때까지만 해도 참 즐거웠다. 훈련소에서 막 나오기도 했거니와 재수를 거듭했던 친구의 활짝 핀 모습이 보기 좋았다. 마무리로 칵테일 바만 가지 않았다면 정말이지 완벽한 하루였을 것이다.

사수생 친구는 늦은 사회 진출이 내심 마음에 걸렸던 모양이었다. 남들보다 삼 년 느리게 시작했는데 또 대학 사 년을 다녀야 한다며 한숨을 쉬자, 나는 "얼른 나와가꼬 사회인 리그서 보자"라고 말해주었다. 말 그대로 학생 딱지 떼고 넉넉한 신세로 만나자는 뜻이었다. 다들 학생이라 돈이 없었고 얻어먹는 걸 미안해하는 눈치라 그리 말했을 뿐이었다. 그러나 허세에겐 별 뜻 없던 그 말이 무시하는 것처럼 들린 듯했다.

"니는 참 좋긋다. 졸업 빨리 해서 돈도 벌고. 근데 전문대 나와가 대기업 갈 수 있나?"

허세는 단숨에 선을 넘어버렸다. 바에서 흘러나오던 재

즈 음악처럼 늘어져 있던 분위기가 단박에 얼어붙었다. 우리는 한동안 말없이 눈싸움만 했다. 나머지 두 명은 어쩔 줄 몰라 숨죽였다. 결국 먼저 자리를 박찬 쪽은 나였다. "앞으로 연락하지 마라." 술값을 계산하고 근처 모텔로 가는 동안 긴 한숨에서 뿜어져나온 입김이 마치 담배 연기 같았다.

학벌을 의식하지 않고 살았다면 거짓말. 수능도 안 봤지만 대학 순위표는 머릿속에 줄곧 각인되어 있었다. 한국에서 명문대란 만병통치약 같아서 어딜 가나 약발이 들었다. 당장 효성만 해도 현장 쉿밥 수십 년 먹어온 기술자가 명문대 학식 몇 년 먹은 관리자 눈치를 살폈다. 게임 속 세상도 예외가 아니었다. 은근슬쩍 대학을 드러내는 이부터, 명문대생을 사칭하는 유저까지 각양각색이었다. 이제껏 봐온 세상이 그 꼴이었지만, 학벌의 그림자가 우리 사이에까진 드리우지 않길 바랐다. 대체 그놈의 학벌이 뭐라고 사람들을 줄 세우고 급을 나누게 만드는 걸까? 앞으로도 이렇게 전문대 나왔다고 무시당하면서 살아가야 하나? 가슴에 시퍼런 멍이 진 느낌이었다. 근처 편의점에서 소주 두 병과 새우깡을 사서 모텔 안에서 마셨다. 다음날 반나절 넘게 침대 위에서 끙끙댔다. 더러워서 편입하고 말 테다. 집으로 돌아가는 버스 안에서 속으로 이를 부득부득 갈았다.

2013년 첫 해가 뜨자마자 편입 자금을 모으기 위해 움직였다. 주말 아르바이트는 몇 푼 되지 않으니 차라리 노가다를 나가는 게 나았다. 마침 심여사가 아는 사람 중 '뺑끼 반장'이 있었다. 반장은 소소하게 빌라 같은 곳을 돌며 페인트칠해주고 돈을 받았는데, 노후 주택이 많아지면서 일감이 늘었다고 했다. 일당은 12만원이었는데 소개료로 만원 떼고 받았다. 나는 주로 통을 들고 나르거나 자 대고 마스킹 테이프를 붙여주는 '시다' 일을 했다. 일이 띄엄띄엄 있었지만 달마다 30만원 정도는 꾸준히 벌렸다. 한편 몸이 불편한 심여사는 화투판에서 노름꾼들에게 돈 빌려주고 이자로 벌이를 했는데 의외로 장사가 잘됐다. 어느새 다달이 이자 장사로만 내 월급 비슷하게 벌어오는 게 아닌가. 덕분에 내 인생 통틀어 가장 빠르게 통장에 돈이 쌓이던 시기를 만끽했다.

그해엔 정말 돈에 미쳐서 잔업, 특근, 노가다 가리지 않고 해댔고, 심여사 역시 아들 편입을 돕고자 빚이란 빚은 모조리 끌어다가 이자 장사를 했다. 정신없이 돈만 보고 살다보니 금세 한 해가 저물었다. 과속하는 시간을 간신히 붙들어보니 어느덧 소집 해제일까지 D-100일. 모든 선배가 회사를 나가고 후배만 세 명인 왕고가 됐다.

소집 해제 한 달 전, 본격적으로 편입할 학교를 알아보던 나는 문득 입사 시절이 떠올랐다. 이렇다 할 수리 매뉴얼이 없어 벽에 부딪힐 때마다 선임자에게 꼬치꼬치 캐물어야 했다. 말은 머릿속에 오래 남지 않았고 선배들은 내가 숙달되기 전 회사를 떠났다. 결국 무수한 야단과 시행착오를 거쳐 스스로 해답을 찾아내야만 했다. 그때마다 '제대로 만든 인수인계서 하나만 있었더라면' 하고 씁쓸히 입맛을 다시곤 했다. 생각이 미친 김에 삼 년 가까운 회사생활을 회고하듯 인수인계서를 쓰기 시작, 퇴근 후 일과를 자발적 잔업으로 보냈다. 고치느라 애먹었던 고장 사례를 샅샅이 뒤져 실업계 고교생 1학년도 알아들을 수 있을 문장으로 꼼꼼하게 써내려갔다. 겸사겸사 불량 통계도 만들어 연구실에 갖다주었다. 나름의 마무리를 끝마치고 마침내 소집 해제일인 2014년 4월 16일. 구중중한 하늘이 비를 힘없이 흐느적흐느적 떨어뜨리던 그날, 함바에서 마지막 점심으로 아귀찜을 먹는 동안, 티브이에선 학생들을 실은 배가 점차 기울고 있었다. 걱정으로 점심식사를 마치고 회사 사람들과 마지막 악수를 나누었다. 마침내 회사 문을 통과했을 때 나는 무슨 일이건 할 수 있으리란 자신감에 부풀어 있었다. 바로 몇 발짝 앞에 인생 최대의 암흑기가 도사리는지조차 모르는 채로.

역사가 세월호 참사로 기억하는 그날 이후 내 삶은 차력쇼에 동원된 송판처럼 층층이 박살났다. 많은 사람이 그러했듯 나 역시 며칠간 우울하고 아무 일도 손에 안 잡혀서 집에서 먹고 자기만 했다. 그사이에도 내 목을 빙 두른 밧줄은 소리 없이 죄어오고 있었다. 이상 징후를 깨달은 건 퇴직금이 입금된 날이었다. 통장을 확인하러 비척비척 은행으로 걸어가보니 돈은 이미 카드 회사에서 빠져나간데다 잔고는 0원. 꼭뒤에 드라이아이스 갖다댄 듯 서늘한 예감이 스쳤다. 심여사가 한창 이자 장사에 빠졌을 무렵, 내가 너보다 돈 많이 번다며 농을 던질 때 장난스레 받아쳤던 말이 떠올랐다. "이러다가 떼먹히는 거 아입니꺼?" 설마. 아닐 거야. 그럴 리 없어. 엄마에게 전화를 걸었다. 통장 잔고가 텅텅 비었다고. 어떻게 된 일이냐고. 어물대던 엄마는 끝내 집으로 들어와서 모든 상황을 실토했다.

착한 동생이 있었다. 나한테도 깍듯했고 아들 주라며 옷이며 빵 같은 것도 잘 챙겨줬다. 본업으로 영어 강사를 했는데 늘 학원을 차리고 싶어했다. 이따금 좋은 투자처가 있다며 돈을 빌려가곤 했는데 100만원을 주면 열흘 내로

10만원을 얻어서 가져왔다. 날짜를 미루는 일도 없어서 믿고 돈을 빌려주곤 했다. 그러다 네가 12월에 술에 잔뜩 취한 채 귀가해서는 편입하겠다며 엉엉 우는 걸 보았다. 마음이 아파서 어떻게든 좋은 대학에 보내고 싶었다. 마침 그때 동생이 큰 투자처가 있으니 한번 맡겨보지 않겠냐고 했다. 무조건 두 배는 건질 수 있다며 15억이 든 통장 잔고를 보여주었다. 거기에 홀려 현금 서비스까지 싹싹 긁어 1억을 맞춰서 건넸다. 그후 보름 지나도록 연락이 없었다. 한 달 지나서야 그녀가 사기꾼임을 눈치챘다. 알고 보니 피해자도 하나둘이 아니었다. 모여서 용역업체 여러 곳에 문의했는데도 도저히 잡히질 않는다. 네 퇴직금으로 급하게 현금 서비스는 막아봤는데 터무니없이 부족하다……

고개를 푹 숙인 엄마 앞에서 스르르 주저앉았다. 아직 넋 놓지 않은 머리가 피해 규모를 냉정하게 추산하고 있었다. 제3금융권에서 끌어다 쓴 돈이 약 2000. 그렇다면 엄마가 빌린 돈이 총 얼마지? 또 한번의 추궁 끝에 심여사의 다이어리를 본 순간 절망의 먹구름에서 떨어진 번개가 머리를 후려쳤다. 사람들한테 진 빚만 3000. 은행권에서 빌려다 쓴 돈 약 3000. 도합 갚아야 할 돈 8000…… 퇴사 직전 월급이 120만원인데, 8000만원…… 내가 처한 상황이 또렷해지자 도저히 집에 있을 수가 없었다. 도망쳐 나와 소주라도 사려고 했다. 편의점에 도착한 순간 지갑에 든 2만원이 사실상 전 재산임을 깨달았다. 그야말로 사면초가. 소주 한 병 마실 돈조차 아까워 멍하니 집으로 돌아와 이불을 끌어안고 잠들었다. 몇 시간이나 지났을까. 거칠게 문 두드리는 소리와 함께 쌍욕과 고성이 들려왔다. 익숙한 느낌. 십대 때 지겹게 보고 겪은 빚쟁이들의 분노. 심여사는 문을 열어주지 말라고 했지만 어림도 없는 소리였다. 저들이 받으려 하는 돈은 여윳돈이 아니라 피 같은 생활 자금. 집 앞에 천막을 쳐서라도 받아내려 할 터였다. "피한다고 해결됩니까." 심여사를 안심시키고 심호흡한 채 문을 열었다.

세상 모든 울화와 슬픔을 얼굴에 묻힌 채무자들이 우르르 몰려들었다. 중년 남성 두 명에 여성 세 명. 한때는 엄마의 친구였을 그들은 저마다 돈 내놓으라며 아우성쳤다. 우선 심여사를 밖으로 내보내고 자리에 앉혀 차 한 잔씩 따라드렸다. 그리고 사정을 솔직하게 설명했다. 내가 편입한답시고 까부는 바람에, 어머니께서 무리하게 빚내서 투자하다가 사기를 당했다. 여러분한테 꾼 돈도 그 투자에 쓰였다. 사기꾼이 잡히면 좋겠지만 그럴 가능성은 희박할 것 같다. 말하는 내내 이상하리만치 덤덤했다. 마치 대출 약관 읊는 은행 창구 직원이 된 것 같았다.

"빌린 돈은 다 확인했습니다. 근데 저희가 은행 빚도 있어서 그것도 갚아야 되거든요. 다 갚는 데 오 년이나 육 년쯤 걸릴 것 같습니다. 이자까진 도저히 못 드릴 것 같아요. 죄송합니다."

다들 수긍하는 듯한 분위기인 가운데, 중년 남자 한 명이 탁상을 치더니 내게 삿대질했다.

"마, 이 새끼야. 이 좆만한 새끼가 돈이 좆으로 보이나? 뭐? 오 년? 이자를 못 줘?"

이성으로 잠재워놓은 휴화산이 결국 폭발했다. 자리 박차고 일어나 맞쌍욕을 했다.

"그럼 씨발 당장 내 배때지 따서 순대라도 뽑아 가든가! 말귀 못 알아 처먹으시나? 이거 내가 그냥 안 갚고 째도 그만인 건 아요? 좀 현실적으로 생각을 하시라고! 10원도 못 받고 집 앞에서 줄창 뻗치든가. 원금이라도 건져 가시든가!"

심여사가 빚 독촉 당하는 상황을 수없이 보았던 난 이들의 생리를 잘 알고 있었다. 막연하고 느슨한 신뢰로 이어진 세계. 법보다 감정이 우선하는 그곳에선 돈을 은행처럼 냉철하게 취급하지 않는다. 투자 역시 전망보단 충동에 의해 일어난다. 당연히 돈 떼이는 경우도 예사. 여기서 원금이라도 주겠다는 제안은 대홍수 직전 노아의 방주에 태워주겠다는 말과 다름없었다. 다들 합심해서 중년 남자를 말렸고, 나는 상환 계약서를 써주기로 했다. 다만 사정 생기면 몇 달 정도 못 낼 수도 있으니 이해해달라고 했다. 다들 잠자코 고개만 끄덕였다. 따지고 보면 이 안에서 최대 피해자는 나 아니던가. 그런 내가 설득하려 노력하는 마당에 더 추궁할 수도 없었으리라. 불청객들에게 계약서를 써주고 돌려보낸 뒤 심여사에게 상황을 전했다. 미안하다면서, 이걸 다 어떻게 갚느냐고, 왜 계약서를 써줬느냐고 말하는 엄마에게 애써 웃으며 대꾸했다.

"일 년도 안 사귄 년한테 1억도 맡깄으면서, 아들은 몬 믿어예? 아들 믿으이소. 어떻게든 해볼 테니까."

그때는 내가 얼마나 태연한 소릴 했는지 감이 잡히지 않았다. 막연함 속엔 절망이 없는 법. 며칠 막노동 뛰고 보니 내 앞에 놓인 빚의 장벽이 얼마나 까마득한지 깨달았다. 한 달 내내 이렇게 일해야 간신히 빚을 갚을까 말까 하는 마당에 일감조차 매일 주어지지 않았다. 모든 미래를 포기한 채 꼬박 오 년 동안 이리 살아야 그 장벽을 허물 수 있었다. 거지꼴로 집에 돌아와보니 먹을 게 없었다. 편의점에서 삼각김밥과 라면 사 먹을 돈조차 없었다. 허기 느끼기 싫어 억지로 잠을 청하자 새벽에 눈이 떠졌다. 배가 고팠다. 속이 쓰리고 우울했다. 살아 있을 이유가 없다고 느껴져 무작정 집을 나왔다. 해안대로 따라 한 시간을 쭉 걷다보니 어느새 수출자유지역에 도착했다. 노키아 공장이 허물어진 자리엔 나무 빛깔 외벽의 커다란 건물이 우뚝 서 있었다. 문득 정직원으로 뽑힌 지 이 년도 안 지나 권고사직을 당했다던 은주의 문자가 떠올랐다. 그래, 노키아도 나처럼 망해버렸구나. 낡은 공단의 담장을 낀 채로 더 걷자 봉암교가 보였다.

그래. 이대로 귀산 지나쳐 마창대교까지 가보자. 거기서 뛰어내리자. 체념이 충동으로 뒤바뀔 즘, 내 몸은 신촌 공단의 건너편이자 마산 공단 맞은편인 적현로를 지나고 있었다. 무심하게 흘끗흘끗 흘기던 바다 위로 배와 돝섬이 보였다. 어릴 적 바라보았던 경치에 현실이 겹치자 순간 우뚝 걸음이 멈추었다. 저 너머에서 노동하는 모든 사람. 그들 모두가 그저 살고 싶기에 살아가는 걸까. 죽음에 자꾸 이끌리는 마음을 책임감의 갈고리로 삶까지 끌어당기는 건 아닐까. 내 육신의 죽음만으론 나에게 닥친 불행들까지 죽일

수 없다. 불행은 내 소중한 사람들에게 옮겨가겠지. 그럴 바에 살아남아 불행과 싸워 이기는 게 낫지 않을까.

어느새 어영부영 다시 집으로 되돌아가고 있었다. 가야 백화점 사거리를 지나 어시장. 추움과 시원함의 경계에 걸친 기온 탓인지 아직 뜨뜻한 콩국을 팔고 있었다. 고소한 냄새에 침이 질질 흘렀다. 도저히 참을 수 없어서 생전 초면인 사장님께 말씀드렸다. 돈을 안 들고 와서 그러는데, 꼭 드릴 터이니 한 그릇만 주실 수 없느냐. 빨간 앞치마 차림의 사장님은 "젊은 놈이 벌써로 외상질이고." 혼잣말하고선 한 접시 내어주셨다. 혀 데는 것도 모르고 허겁지겁 먹다보니 눈물이 났다. 무서웠다. 좀처럼 빚과 싸울 각오가 서지 않았다. 허무했다. 대학 편입이란 목표가 사라지니 미래가 보이질 않았다. 앞으로 어떻게 살아가야 할까. 막연함의 무인도에 고립된 느낌이었다. 멀쩡한 사내놈이 갑자기 질질 짜는 모습을 가만 지켜보던 사장님은 부모님 드리라며 콩국을 가득 담아주셨다. "남자가 쪽팔리그로 시장 바닥서 우는 거 아이다." 마산식 격려를 받으며 돌아온 집에서 마음을 다잡기로 했다.

우선 정공법으로는 해답이 나오지 않음을 인정하고 대한법률구조공단으로 달려갔다. 일주일 지나서 만난 국선

변호사는 신용회복위원회를 알려주었다. 은행권 채무를 통합, 이후 이자를 조정해서 다달이 갚아나가는 제도였다. 이것만으로 이자가 절반 가까이 줄어들었다. 안도하던 그때, 내가 떼온 서류를 쭉 훑어보던 변호사가 안경을 추어올리더니 말했다.

"음? 현우씨. 아버지랑 어머니 다 돌아가셨어요?"

뜬금없는 질문에 잠깐 당황했다. 잠시 후 날 학대했던 생모의 존재가 떠올랐다. 그 인간도 나 모르는 새 죽었구나. 고개를 끄덕이자 변호사는 등본에 '동거인'으로 쓰여 있는 심여사의 이름을 유심히 살폈다.

"보니까 이분은 호적 정정은 따로 안 하셨네요?"

"네."

"지금 어머니께서 따로 하시는 일은 없고."

"네."

"듣자 하니 월세에 재산도 따로 없는 상태고."

"네."

"이거 기초 생활 수급자 자격이 될 것 같은데요?"

"네?"

"수급자가 되면 LH에서 전셋집도 임대해줍니다. 꼭 알아보세요."

바늘구멍 사이에도 볕은 드는 법일까. 성층권 끝까지 닿아 있는 것 같았던 빛의 장벽을 넘어설 방법이 보이기 시작했다.

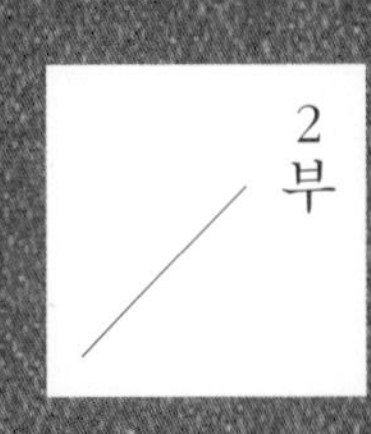
2
부

포터 아저씨

다행히 엄마는 생활 보장 대상자가 되었다. 호적 정정을 하지 않은 덕분이었다. 원래 정식으로 심여사의 친자식이 되고 싶었지만 본인이 기를 쓰고 말렸다. 그 이유가 참 가슴 아팠는데, 만약 아프더라도 아들이 빚을 지지 않게 하기 위함이었다. 좌우간 LH의 전세자금보증 제도의 덕을 받아, 빚 폭탄 터진 와중에 월세에서 전세로 이사가는 기묘한 경험을 할 수 있었다. 이자 줄이고, 수급자 지원금을 받고, 월세까지 안 내니 달에 100만원은 아낄 수 있었다. 다음은 신용회복위원회로 갈 차례. 빌딩 엘리베이터 쌍여닫이가 열리는 순간, 환절기 비염 걸린 듯 숨이 턱 막히는 공기가 몰려들었다. 번호표를 뽑고 기다리는 내내 진땀이 흘렀다. 건물 안을 가득 메운 음울한 침묵, 채무자들의 분노에 가까운 무표정, 시종일관 무뚝뚝한 상담원 목소리까지. 전심전력으로 벗어나고 싶은 분위기 속에서 심여사와 나란히 개인 워크아웃 신청을 했다. 다달이 80만원씩 갚아나가기로 했고, 여기에 개인 채무자들 세 명에게 줄 돈 60만원까지. 달에 도합 140만원을 오 년 반 동안 갚아나가기로 했다. 모든 계산이 끝나자 차라리 후련했다.

페인트칠 막노동하면서 틈틈이 상황을 정리하니 어느덧 7월이 되었다. 일감이 확 준 탓에 급하게 직장을 잡아야 했다. 다음 행선지는 '한국지엠'. 창원 끝자락인 성주동에 위치한 대공단에 있었다. 주야 교대라는 점만 빼놓으면 조건이 나쁘지 않았다. 통근 버스가 있고, 주 5일 고정 업무인데다가, 시급도 괜찮아 얼른 이력서를 넣었다. 주말 아르바이트와 병행하며 빚을 갚아볼 생각이었다. 월요일 첫 출근날, 야간조로 배정되어 두시 반 통근 버스를 타야 했다. 근데 하필 그날 경남대 앞 댓거리로 폭우가 몰아쳤다. 눈앞에 편의점이 있었는데 팔 빠지도록 비를 퍼내는 알바와 꾸역꾸역 몰려드는 손님들의 조합이 흡사 재난영화의 한 장면 같았다. 결국 한참 뒤 도착한 통근 버스는 해안대로와

봉암교, 신촌 공단을 거쳐 성주동에 도달했다. 버스에서 내리니 온 사방이 거대한 공장이었다. 높이도 간판도 색깔도 각각 다른 중소기업이 오밀조밀 뭉쳐 있던 그간의 공단과 달랐다. 어딜 봐도 그림판으로 이미지 일부를 영역 지정해 복사 붙여 넣기 한 듯 똑같은 회색 공장뿐. 무채색의 공단은 땅을 거칠게 후려치는 채찍비에 젖어들고 있었다. 때 탄 솜뭉치 모양의 거먹구름과 퍽 어울리는 풍경이었다.

업무 투입 전 과장과 간단한 대화 후 근로 계약서 작성을 했다. 계약서에는 계약 기간이 명시되어 있었는데 3, 6, 9개월 중 하나를 선택할 수 있었다. 구 개월 지나면 어차피 다른 공정으로 보낸다고 했다. 면전에 대놓고 '우리는 사람 쓰다 버릴 겁니다'란 선언을 들은 듯해서 기분이 좋지 않았다.

업무는 단순했다. 프레스기에 찍혀 나오는 자동차 문틀을 들어 거치대에 걸어주기만 하면 됐다. 작업복과 안전화, 귀마개를 받고 현장에 본격 투입됐다. 수수깡 모양 3M 귀마개를 대충 귓구멍 언저리에 걸쳐놓았다가 낭패 봤다. 프레스기가 내리꽂힐 때의 굉음은 그야말로 둔탁한 천둥소리. 황급히 귀마개를 구겨 넣었지만 소음은 여전히 컸다. 와중에 과장이 무어라 말하는 것 같았는데 하나도 알아먹지 못했다. 자동차 문짝이 초 단위로 쏟아져내리는 풍경에 만 눈이 갔다. 중학교 사회 시간에 틀어준 〈모던 타임스〉를 보면서 낄낄댔던 내가 십 년 후 비슷한 일을 하게 될 줄이야. 속이 쓰렸지만 내색할 틈도 없었다. 며칠 후에 퇴사하는 사람에게 얼른 인수인계를 받아야 했다. 인계자는 동갑내기 친구였는데, 교육대학 다니다가 학비가 부족해서 일 년 휴학하고 실업급여 받을 때까지만 일하러 왔다고 했다. 말투나 태도에서 배려와 여유가 넘쳤다. 안타깝지만 이런 동료들은 공장에 오래 눌러앉는 법이 없기에 일주일이나마 괜찮은 사람과 일할 수 있음에 감사하기로 했다.

한 주가 넘어가자 곧바로 난관이 시작됐다. 주간 출근 시간이 여섯시 반, 통근 버스를 타려면 다섯시에 기상해야 했다. 열두시에 간신히 잠들었다 깨니 눈꺼풀이 프레스기처럼 자꾸 내려앉으려고 했다. 욕지기가 솟구쳤다. 주인 속도 모르고 알람 음악이나 흥얼대는 핸드폰을 집어던지고 싶었다. '대체 뭐 때문에 출근 시간을 이따위로 잡은 거지?' 그 의문은 월급을 받고 나서야 알게 되었다.

인수자가 가고 일은 삼 인 체제로 굴러갔다. 프레스가 작동하는 동안 두 명은 제품을 받아서 걸고, 한 명은 가득 찬 거치대를 밀어주고 유사시 긴급 정지 버튼을 눌러주는

식. 이십 분 단위로 역할을 교대하므로 최소 사십 분은 무조건 서 있어야 했다. 문제는 단연 화장실. 셋의 역할이 빡빡하게 돌아가다보니 위장과 전립선이 약한 나는 항시 속옷에 벌어질 참변을 의식해야 했다. 게다가 프레스기 라인 속도는 너무도 빨랐다. 물건 한번 잘못 쥐면 그대로 라인을 멈춰야 했다. 일도 일이지만 정말로 속 쓰렸던 건 몇몇 정직원들의 모습 때문이었다. 노키아건 효성이건 생산직은 정직원과 하청 직원이 똑같은 일을 했다. 임금, 대우, 고용, 복지 모든 면에서 차이가 날지언정 같은 노동자이며 동료란 느낌은 있었다. 지엠은 아니었다. 우리가 두세 시간 만에 한 라인을 비우면, 정직원은 그제야 간이 사무실에서 나와 프레스기 설정을 교체했다. 십여 분의 작업을 마치면 도로 간이 사무실로 들어갔다. 안에서 뭐하는지 들여다보니 휴대폰으로 주식이나 게임을 하고 있었다. 아예 자는 사람도 보였다. 티브이에서 동일노동동일임금을 해달라 절규하는 하청 직원들을 보았는데, 현실은 동일 노동조차 안 시켜주는 셈이었다. 진짜 욕먹어야 할 주체는 재벌과 대기업이건만, 유달리 노조가 더 비난받는 이유를 알 것 같았다. 보이지 않는 재벌의 횡포가 아메리카노 정도라면 눈앞에서 직접 체험하는 차별은 에스프레소 원액만큼 썼다.

같은 조 선배도 문제였다. 사수는 조용한 사람이었는데 한 살 위 부사수는 입이 너무 가벼웠다. 조원끼리 친해지려고 농담처럼 던진 말을 온통 떠벌리고 다녔다. 한번은 옆 라인 큰형님이 오더니 다짜고짜 멱살을 잡았다. 뭔 일이냐 여쭙기도 전에 "뒤에서 한 번만 더 내 욕하면 죽는다"라고 했다. 고개를 돌려보니 부사수가 어색한 표정으로 옆머리를 긁적대고 있었다. 나중에 알아보니 "무섭게 생겼다"라는 말이 "깡패같이 생겼다"란 말로 와전되어 들어간 것이었다. 그때부터 입 다물고 일만 하기로 했다. 회사 안에선 늘 고개 숙이고 다녔다. 그렇게 한 달간 온갖 굴욕과 불합리를 버텨 간신히 월급을 받았다. 수면 장애로 고생해가며 받은 봉급은 고작 200만원. 하도 적어 고개를 갸웃해보니 문득 이 회사의 특이한 출퇴근 시간이 떠올랐다. 주간은 오전 여섯시 삼십분부터 오후 세시 삼십분까지, 야간은 오후 세시 삼십분부터 오전 한시 삼십분까지. 즉 야근 수당을 받을 수 있는 구간이 세 시간 삼십 분밖에 되지 않았다. 이렇다보니 시급 6000원에 퇴직금 대신 주는 수당을 합쳐 200만원이 겨우 나오는 셈이었다.

하지만 달리 뾰족한 수가 있겠는가? 회사 그만두면 당장 빚에 떠밀려 익사할 판이었다. 버티고 버텨 또다시 한 달이 지나갈 때쯤엔 옆 라인 직원 한 명이 회사를 나갔다. 원래 도면 설계를 하던 분인데 기회가 와서 이직하게 됐다고 말했다. 다들 축하하며 덕담을 주고받는 와중에 정신이 퍼뜩 들었다. 이직자에게 현장 아저씨들은 하나같이 "이런 곳에 다신 오지 마라"라고 했다. 지엠 하청은 제대로 된 경력 쌓을 수 있는 회사가 아니었다. 하물며 지금 하는 이 일 역시 내가 쓰러져도 대체할 사람이 얼마든지 있었다. 언제 해고 통보를 받아도 이상할 게 없는 곳. 외통수에 몰린 내 모습을 떠올리니 목구멍 안이 바삭해지는 느낌이었다. 이대론 죽도 밥도 못 짓고 삶만 허비한 채 서른이 될 터. 진작 망해버린 편입의 꿈이며 대학교 전공 따위에 휘둘릴 때가 아니었다.

기술 배워야겠다. 집으로 돌아가는 통근 버스에서 다짐했다. 근데 무슨 기술을 배워야 할까? 막연함은 의외로 금방 해소되었다. 좋은 인연과 몰두할 수 있는 일을 찾았다. 내 사정을 어렴풋이 알게 된 빼끼 반장이 주말 조경 일당직을 알선해주었다. 소개료를 10원도 받지 않아 온전하게 일당 열다섯 개를 챙겨 갈 수 있었다. 파트너로 포터 아저씨를 소개받았는데, 듬성듬성한 수염에 정중앙부터 벗어지기 시작한 머리, 축 처진 눈에 배까지 나온 못생긴 중년이었다. 첫인사말부터가 몹시 인상 깊었는데 "그냥 아저씨라 불러. 노가다판에서 서로 이름 알면 뭐해"였다. 생김새와 달리 목소리는 성우가 질투할 정도로 맑은 미성이라 더욱 기묘했다.

포터 아저씨와는 항상 둘이서만 일했다. 아직 물 채우지 않은 연못에 다리를 놓을 예정이었다. 제일 먼저 콘크리트로 쌓은 지반 위에 H빔을 세워야 했는데 이 과정에 용접이 필요했다. 내가 한 일은 가접이라고 하여 세워둔 H빔의 균형이 흔들리지 않게 아주 잠깐 용접기를 갖다대는 일이었다. 맨 처음 시도했을 땐 납땜과 전혀 다른 그 손맛에 깜짝 놀랐다. 철판에 용접봉이 자꾸 들러붙어 떼느라 진땀 흘려야 했다. 흔들리지 않도록 네 면의 끝과 중앙에 가접을 놓으면 그제야 포터 아저씨가 왔다. 용접봉을 고데기와 똑 닮은 홀더에 물린 다음, 황토색 용접면을 쓴 채 무릎 굽히고, 아래로 내려다보며 빔에다가 봉을 갖다대는 순간, 용접이 시작되었다. 지이이익. 흡사 고장난 스피커 잡음 같은 용접 소리가 이어졌다. 빔 하나를 다 때우고 다음 가접까지 끝내자 아저씨는 내 얼굴을 빤히 바라보더니 "용접 처음이야?" 물었다. 고개를 끄덕이니 용접면 하나를 내밀었다. 머리에 쓰는 형태가 아니라 가운데에 손잡이가 달린 핸드 실드였다.

"하는 거 함 봐. 용접 배워두면 어디서든 도움돼."

'용접'은 힘든 노동의 상징처럼 세상에 알려져 있다. 나 역시 달리 생각지 않았다. 눈앞에 태양만큼 눈 따가운 빛이 아른대고 사방으로 벌건 불똥이 튀어대는 위험한 일로 치부했다. 처음으로 용접면을 쓴 순간, 내 짧은 인식이 얼마나 큰 편견덩어리였는지 깨달았다. 온통 어두운 시야 속, 번뜩이는 불꽃만 남은 망망대해 위에서 치열하며 섬세한 손놀림이 8자를 그리며 흐느적댄다. 천천히 진군하는 용융 풀은 나긋하게 산책 나온 주홍 반딧불이 같다. 목적지에 도달한 불길이 사그라지고, 지나왔던 길엔 위아래 간격이 똑바른 용접 비드만 남아 철판과 철판 사이를 메우고 있었다. "어때, 해볼 만할 것 같애?" 아저씨의 물음에 살짝 상기된 목소리로 대답했다. "근사하네예!" 처음으로 용접을 접한 날이었다.

포터 아저씨는 전문 노가다꾼이었다. 주말마다 온갖 공구가 실린 트럭을 몰고 날 데리러 왔다. 목소리뿐만 아니라 입담도 무척 좋아서 이야기하는 게 즐거웠다. 특히 고등학생 때 양다리 걸치다 그중 한 명에게 걸려서 얻어맞은 사연이 인상 깊었다.

"내가 분 풀릴 때까지 맘껏 때리라고 했거든. 근데 이년이 무규칙 이종격투기 하라고 들었나봐. 일단 왼 빤치로 턱주가리부터 돌리고 시작하드라. 그담에 배때지에 정제된 바디 블로 한 방, 쪼인트에다 로 킥 한 방, 사타구니로 니킥 한 방 딱 꽂아 넣는데, 와, 새로운 쾌락에 눈뜰 뻔했다니까."

아저씨는 사람이 경박했지만 큰 틀을 보는 통찰력은 놀라울 정도였다. 한번은 편입 실패와 학벌 콤플렉스에 대해서 횡설수설 떠들었는데, 의외로 진지한 표정으로 내 고민을 들어주었다.

"야, 현우야. 우리 없으면 누가 다리 만들어주냐? 우리뿐만 아냐. 청소부, 간호사, 택배, 배달, 노가다, 이런 사람들 하루라도 일 안 하면 난리 나. 저기 서울대 나온 새끼들이 뭐하는 줄 알어? 서류 존나 어렵게 꼬아놓고, 돈으로 돈 따먹기만 하고, 땅덩어리로 장난질이나 치지. 그런 새끼들보다 우리가 훨씬 대단한 거야. 기죽지 마."

저렇게 생각할 수도 있구나. 놀라웠다. 중학생 때 체육 선생님께서 야구 하다가 교직으로 빠진 사연을 얘기한 적 있었다. 예나 지금이나 눈치라곤 없는 내가 곧바로 손을 들었다. "우리가 아는 박찬호 같은 선수들은 엄청나게 많은 돈을 받는데, 선생님은 왜 선생님이 됐어요?" 선생님은 무례함을 꾸짖는 대신 담담하게 대답했다. "박찬호 선수는 공을 잘 던져서 많이 받는 거예요. 선생님은 공을 잘 못 던져서 별로 못 받았어요." 다시 물었다. "선생님은 얼마 받았는데요?" 그때 선생님 입에서 나온 액수를 듣고 너무도 이상하단 생각이 들었다. 박찬호 선수가 선생님 백 명을 합친 것보다 훨씬 뛰어나다는 걸까? 그날의 의문은 끝끝내 풀리지 않았다. 그저 나이를 먹어갈수록, 어딜 가나 얼마 안 되는 승자들이 패자가 응당 가질 몫까지 몽땅 빨아들이는 현실만 알아갈 뿐. 스물다섯 살의 나는 일찌감치 사회에 투항했다. 승자 독식에 의문을 느끼고 저항할수록 나의 초라함만 되새길 뿐이란 사실을 깨달아버렸다. 명문대생은 공부 많이 했으니 유능해서 대단한 일을 하고, 전문대생은 공부 안 했으니 무능해서 못난 일만 한다. 그리 생각하면 세상만사가 일목요연하고 질서정연해졌다. 체념하면 모든 게 편할 텐데, 오히려 '우리가 훨씬 대단한 거야'라니. 확신에 찬 그 목소리가 참 멋지다고 느꼈다.

트럭 아저씨와는 토요일 아침 차에서 만나는 순간부터 일하는 내내 대화를 나눴다. 국밥집에서 소주 한잔 걸치기도 하고, 회 한 접시 사서 아저씨 집에서 먹기도 했다. 그땐 언제나 집안일 끝마친 형수님이 드라마를 보고 있었다. 내가 오면 선반에서 '화요'나 '안동 소주' 같은 비싼 술을 꺼내주시곤 했다. 소독약 같던 희석식 소주완 달리 달큼한 맛이 났다. 도수가 두 배 높은데도 쓰다는 생각이 전혀 들지 않았다. 술에 거나하게 취했을 때쯤 불콰해진 낯으로 물었다.

"형수님. 대체 이 형하고 와 결혼했답니까?"

형수님은 박장대소하며 서랍에서 사진첩을 꺼내 보여주었다. 색 바랜 사진엔 장발 미남이 청재킷 차림으로 통기타를 만지고 있었다. 목에 있는 점 아니었으면 못 알아볼 뻔했다.

"웬수지 웬수라. 놈팽인 거 모르고 상판때기 보고 결혼했드만, 나이 먹으면 먹을수록 애새끼가 되드라니깐."

형수님은 농담 속에 신세 한탄을 섞어 말했다. 포터 아저씨는 원래 경제학과 나와서 경남은행 본점에서 일했다고 했다. 그러나 IMF 외환 위기 여파로 2001년 해가 뜨자마자 정리해고당해 실업자가 됐다. 간신히 마산 수협으로 재취업에 성공했고, 대학생 때의 인연이 닿아 결혼도 했지만, 아저씨는 원래부터 누구 밑에서 일하는 체질이 아니었다. 자리 좀 잡나 싶으면 회사를 나오길 반복하더니 뜬금없이 마흔 줄에 아파트 대출금 다 갚으면 노가다를 하겠다고 선언. 정해진 날 매일매일 일어나 출근하는 게 너무 싫다고 했다. 하도 간절하게 빌기에 승낙해줬더니 오히려 지금 더 열심히 일한다고 했다. 마흔 중반 되어서야 체질에 맞는 일을 찾은 셈이었다. 곰곰이 생각해보니 나 역시 전공을 별로 좋아하지 않았다. 공부는 괴로웠고 일도 손에 맞지 않았다. 편입을 생각했지만 그마저 더 잘 알고 잘하고 싶었던 게 아니라, 그저 전문대 졸업이란 콤플렉스 때문 아니었던가. 남은 회를 쓸어 먹던 아저씨에게 갑자기 든 생각을 물었다.

"용접은 어때예? 뭐 벌이라든가, 일자리라든가……"

"용접? 재밌지. 돈도 되고. 함 해봐. 니 나이 땐 뭘 해도 안 하는 거보다 이득이야."

용접은 어디서 어떻게 배웠느냐고 물으니, 건설 막노동하다가 알게 됐다고 했다. 본인은 막상 해보니까 재밌어서 사비로 학원 끊었지만, 내 경우는 국비 지원 받는 게 나을 거란 팁도 줬다. 그렇게 시간 가는 줄 모르고 떠들다보니 어느덧 시간은 밤 열한시. 안주도 술도 다 떨어진 가운데, 서로 호감과 신뢰가 없다면 나올 수 없는 진짜배기 대화가 오갔다. 나는 세월호 사고 당시의 혼란을 이야기했다. 하필 소집 해제일과 겹쳤던 그 참사는 마음속에 깊은 우울감과 죄책감으로 남아 있었다. 얼굴도 모르는 사람들이 죽었는데 괴로워하는 내가 정상이냐 물었다. 아저씨는 조용히 고갯방아만 찧었다. 이어 선장을 욕하도록 유도하는 언론, 책임지지 않으려 하는 정부의 모습 속에서 대체 어떤 게 진실인지 모르겠다고도 토로했다. 아저씨는 방으로 들어가더니 책 열 권을 쇼핑백에 담아 건네주었다.

"정치를 몰라서 그래. 물론 정치를 몰라도 사는 데 아무 문제 없어. 모르면 대통령이랑 국회의원 욕하면 되거든. 근데 그럼 신문이랑 뉴스 볼 때마다 답답하지. 정치를 모르니 나라가 어찌 돌아가는지 알 수가 없잖아. 만사 관심 끄고 살 생각 아니면 정치를 알아야 해. 자, 이것들 다 읽으면 좀 트일 거다. 그리고 현우야. 넌 앞으로 잘될 것 같애."

순간 냉랭한 공기를 한껏 들이켠 듯 코가 시큰했다. 빚더미에 깔린 후 처음으로 듣는 타인의 격려. 그것은 밑불도 남지 않은 가슴에 던진 화염병이었다. 그래, 더 늦기 전에 정치랑 용접을 공부하자. 다짐을 끝마치고 월요일에 곧바로 회사 사무실로 향했다. 삼 개월만 채우고 그만두겠다고 말하니 과장은 표정 한 번 안 바꾸며 알겠다고 했다.

그때부터 용접을 배우기 위한 밑 작업에 들어갔다. 가장 먼저 할 일은 채무 상환 중단 요청. 직업교육 받는 동안 일을 할 수가 없었다. 다행히 신용회복위원회엔 상환 유예 제도가 있었으나 사람들한테 진 빚이 문제였다. 딱 반년만 미뤄달라고 했더니 다들 난색을 표했다. 그럴 만도 하지, 고작 반년 갚고서 발 빼려는 모양새에 믿음이 갈 리 있겠는가. 전화론 답이 안 나와서 결국 심여사가 고생해야 했다. 한 명씩 일일이 찾아가 고개 조아리면서 상황을 설득해나갔다. 물론 전부 성공하진 않아서, 아주머니 한 분은 아예 한밤에 집으로 찾아와 제발 나 좀 살려달라며 아우성을 쳤다. 그들에게 한 달 25만원이란 돈이 얼마나 큰지 알기에 선뜻 양해를 구할 수가 없었다. 심여사는 조용히 아주머니를 자기 방에 데리고 갔다. 얇은 벽 너머로 두 사람의 대화가 들려왔다. 욕설과 큰소리가 오가고, 엉엉 우는 소리가 들리더니, 한 시간이 지나서야 침착한 분위기로 돌아왔다. 고요 속에서 심여사의 착 가라앉은 목소리가 들려왔다.

"내 아들. 내 때미 인자 대학도 몬 간다. 한창 공부할 나이에 공장 댕기고 주말에 막노동 나간다. 그런 아가 딱 반년만 시간 달라 카드라…… 무슨 생각이 안 있긋나. 내가 직일 년이다. 직일 년인 거 아는데, 진짜 딱 함만 봐도라. 돈 안 떼먹고 꼭 갚을꾸마."

벽에 기댄 채 몸을 웅크렸다. 슬퍼서 자꾸 말려들어가는 아랫입술을 꾹 깨물었다. 그렇게 속앓이로 밤을 지새운 후, 다신 돌아가고 싶지 않은 지엠에서 나와 조경 노가다에 전념했다. 한 달 정도 지나 마침내 완공한 징검다리를 보게 되었다. 떡갈나무색 페인트를 뒤집어쓴 우리의 창조물에 올라섰다. 행여 볼트 하나 빠졌을까, 용접에 균열이라도 있을까 세심하게 살폈다. 아직 물이 차오르지 않은 널찍한 호숫가를 가로지르는 동안, 보람으로 가득찬 심장에서부터 사방으로 찌릿한 느낌이 퍼져나갔다. 전자 기계 따위의 양산품 만들 때와 비할 바 아닌 감격은 이내 흐뭇한 상상으로 이어졌다. 앞으로 이 다리에 LED를 설치하면 멋진 야경이 만들어지겠지. 사람들은 앞으로 수십 년 동안 이 다리 위를 오갈 테고. 누군가는 연인에게 사랑 고백도 하겠지. 어쩐지 근사한 일을 해낸 듯해서 혼자 한 일도 아닌데 괜히 대견해졌다. 그날은 포터 아저씨와 오후부터 시작해 새벽까지 술을 마셨다.

용접을 배우다

'장이'들의 성공담을 좋아했다. 그 속에서 나온 투박하고 낡은 메시지는 오크 통에서 오래 묵은 위스키처럼 무겁고 진득해서, 삶의 고비마다 그 맛이 떠오르곤 했다. 내가 졸업한 폴리텍7대학의 최대 유명 인사를 꼽으라면 단연 김규환 명장이었다. 멘토링 강의 시간에 자연스레 그의 일화며 사연을 접했다. 시다로 시작해 노력과 기술로 인정받은 대우중공업 기술자의 삶. 그 서사 속엔 가난했던 산업화 세대 특유의 처절함과 간절함, 동시에 후대가 도전정신으로 포장했지만 허술한 시대였기에 결국 용인되었던 무모함이 있었다. 당시의 시대상을 고려하지 않은 채 '노력은 배신하지 않는다. 그러니까 너네도 저런 일꾼이 되어야 한다'로 압축하는 수업의 결말이 썩 맘에 들진 않았다. 그가 초등학교 중퇴 학력으로 시작해 대한민국 최고의 기술자까지 도달하는 길 위엔 온갖 요행과 징계 사유가 점철되어 있었다. 그는 독단으로 기계를 분리하다가 회사에 큰 손실을 여러 번 끼쳤다. 요즘 같았으면 손해배상 왕창 물고 감옥에 가 있었을 사안이었다. 흑백 분명한 사연이지만 시대를 뛰어넘어 전달받은 가치는 있었다. 위기를 기회로 만드는 간절함, 벼랑 끝자락에 매달렸다가도 끝끝내 생환하는 의지였다.

우연히 김규환 명장이 나온 영상을 본 후, 다시금 기술 배우자는 결심이 굳었다. 마침맞게 포터 아저씨는 정부에서 운영하는 '취업성공패키지' 제도를 알려주었다. 직업교육비를 최대 300만원까지 지원해준다고 해 어차피 할일도 없는 몸, 무작정 고용 센터부터 찾아가보기로 했다. 처음으로 센터에 갔던 날, 북적대는 내부를 보며 서글퍼졌다. 신용회복위원회가 그러했듯 고용 센터 역시 좋은 일로 찾아올 곳은 아니었다. 모두 나름의 이유와 각자의 사연을 품고 실직자가 된 채 자리에 앉아 있었다. 마침 실업급여를 못 받는다는 안내에 영감님 한 분이 길길이 날뛰는 중이었다. 안타까웠다. 넉넉한 사람이면 왜 굳이 나랏돈을 축내겠는가. 쪼들리고 힘겨우니 몇 달이나마 인간답게 살 기간 좀 달라는 것 아닌가. 분명 어느 정도 나라의 책임도 있을 터인데, 온갖 눈총 혼자 다 받으며 퇴장하는 노인의 뒷모습이 못내 씁쓸했다.

번호표 뽑은 지 한참 지나서야 내 차례가 왔다. 정부 돈 타 먹기가 으레 그렇듯 이런저런 조건이 많았지만 내게 결격사유는 없었다. 재산이 있길 하나, 실업급여 타 먹길 했나. 서류 작성을 하고 유의 사항 숙지 후 전담 상담사가 배정됐다. 상담사는 느릿느릿 나긋나긋한 말투가 인상 깊은 누님이었다. 배려심이 넘쳐서 제도의 취지며 과정까지 하나씩 설명해주는데 긴장된 와중에도 졸려 죽을 뻔했다.

삼 주간의 상담 동안 몇 번을 고심했다. 빚진 상태에서 기술 공부를 한다는 건 사실상 도박이었다. 차라리 용접 말고 안전빵인 전기 자격증에 도전할까? 특히 전기 산업기사는 전공과 가까웠고 선임 자격증이라 쓰임새도 많았다. 이불 뒤집어쓴 채 뒹굴며 김밥을 몇 번이나 말았는지 모른다. 마침내 결정의 날, 반신반의하며 마산역 아래 위치한 프로웰드 용접 학원에 찾아갔다. 2015년 2월, 한낮에도 입김이 모락모락 올라오던 한겨울. 아직 교육생들이 등원하기 전 학원에 당도했다. 낡은 빌딩 일층의 큼지막한 LED 간판 아래로 용접 기능장 합격자 명단이 줄줄 쓰여 있었다. 그 위로 이층엔 안홍준 국회의원 사무실이 보였다. 훗날 벌어질 온갖 '웃픈' 사건의 온상이 될 장소였다. 3월엔 홍준표 도지사가 무상 급식을 끊는 바람에 학부모들이 밤낮 안 가리고 몰려들었다. "진주의료원 날릴 때도 참았는데 이젠 식판까지 날리냐"라고 아우성쳤다. 4월엔 도지사가 성완종 리스트에 엮이는 바람에 또 한번 학부모들이 찾아왔다. "자기는 배 터지게 돈 받아먹더니 애기들은 굶기냐"라며 또다시 아우성쳤다. 죄 없는 사무실 직원들만 바람 잘 날 없는 시기였다.

원장님은 두산에서 현장 일을 뛰던 분이셨다. 아들에게까지 용접을 가르칠 정도로 실력에 자부심이 굉장했는데, 학원 운영하느라 시연하는 모습은 딱 한 번밖에 못 봤다. 전기 용접 시범을 보여주었는데 재봉틀에 자 대고 박음질해놓은 듯 좌우 간격이 똑바른 비드가 인상 깊었다. 원장님과 나는 삼십 분간 현장직의 영원한 친구 맥심 커피와 함께 진로 얘기를 나누었다. 원장님께 용접 전망이 괜찮으냐고 물으니 기대와 전혀 다른 대답이 돌아왔다. 이제 경남 바닥에선 땜질로 먹고살기 힘들다. 한때는 고데기 좀 만질 줄 알면 두산, 볼보, 통일중공업 어디든 일할 수 있었지만 다 옛말이다. 정직원은 노조 아들내미 아니면 꿈도 꾸지 마라. 조선소도 상황 별로 안 좋다. 이젠 정말 죽도록 실력 쌓고 일 들어오면 안 가리고 받아야 겨우 밥벌이한다. 그래도 괜찮겠느냐…… 장사할 마음이 전혀 없어 보이는 그 말투에 오히려 피가 끓었다. "마, 까이꺼 굶어죽기야 하겠십니까." 원장님은 흡족한 표정으로 되물었다.

"그래, 고데기질 이기 돈은 안 돼도 손맛은 직인다. 해보면 재밌을 끼라. 그라믄 니는 자격증 딸래, 아이면 실전 조지볼래?"

원장님 왈, 자격증 따려면 모든 용접을 일정 수준 배워야 했다. 즉 깊이가 없었다. 반면 실무는 하나의 용접만 배워 실전에 바로 쓸 수 있도록 하는 교육이었다. 다만 입사할 때 아무런 스펙도 없이 들어가야 했다. 다시 말해 '회사 들어가긴 편한데 안에서 고생할래' 아니면 '들어가긴 힘들어도 안에서 좀 편할래'의 갈림길. 주저 없이 자격증을 택했다. 경력도 없는데 대체 어느 회사가 나를 써주겠는가. 자격증반은 하루에 이론 한 시간과 실기 세 시간, 주 5일로 이루어져 있었다. 이론 강사님은 중견 기업에서 이십오 년 재직하다 부장으로 명퇴한 분이었다. 학구열이 어마어마해서 시험으로 딸 수 있는 용접 자격증을 다 가지고 있었다. 이론 강의 끝나면 학생들 데리고 따로 영어 스터디까지 했다. 멋진 분이었지만 인기는 별로 없었다. 기본부터 철저하게 가르치는 강사여서 자격증 공부와는 맞지 않았다. 학원에 오는 사람들은 용접 공부가 아닌 기출문제 분석해주는 족집게 강의를 원했다.

책 덮으면 곧바로 실기 시간이 왔다. 실습 첫날엔 TIG 용접을 배웠다. 삼십대 초반의 실기 강사는 빈 용접 토치를 주더니 고무판에 물을 뿌렸다. 손목을 아래위로 흔들며 손잡이를 오른쪽에서 왼쪽으로 이동시켜야 했다. 용접의 시작이자 끝인 '위빙' 우리말로 운봉이었다. 고무판에 상어 지느러미 모양이 쭉 이어져야 한다고 했는데 말처럼 쉽지 않았다. 손목이 아팠고, 손잡이는 전진하질 않았다. 첫날 더이상 진도를 빼지 못하고 집으로 패퇴했다. 일주일 뒤에 첫 실전 용접을 시작했다. 한 면을 미끄럼틀 모양으로 깎은 3mm 스테인리스 평판 두 개를 맞붙여 용접하는 방식이었다. 언제나 실전이 더 어려운 법. 이제껏 연습은 무릎 높이 풀장에서 헤엄치는 수준이었다. 오른손은 좌우로 끊임없이 위빙하며 스테인리스를 녹이고, 왼손은 엄지로 검지 옆구리를 비비듯 가느다란 막대기 모양 용가재를 밀어넣어야 했다. 녹이고, 채우고, 붙이는 과정의 연속이었다. 과정 중 하나라도 잘못되면 바로 불량이었다. 양쪽 평판은 안 녹고 용가재만 녹아서 끝부분이 사탕처럼 동그랗게 되거나, 반대로 양쪽 평판만 가열되어 구멍이 뻥 뚫리거나, 용가재 넣는 속도가 불안정해 용접 결과물이 울퉁불퉁하게 나오는 등 현장에서 낼 법한 온갖 불량을 체험하고서야 드디어 합격점의 결과물이 나왔다. "이만하면 합격 아입니까?" 까불대는 내게 실기 강사님은 씩 웃으며 자세를 바꿔보자고 했다. 그동안 아래를 보며 용접했는데 이젠 평판을 수평으로 세워놓고 시작했다. 아니나다를까 또 불량 릴레이가 시작되었다. 용접을 시작하니 쇳물이 아래로 흘러내리며 순순히 붙길 거부했다. 이젠 중력이라는 변수가 추가된 셈이었다. 자연현상이 그토록 원망스러운 날이 없었다. "건방 떨지 말고 죽도록 연습해라." 결과물을 본 실기 강사님은 낄낄대며 돌아섰다.

용접은 재밌었다. 학원 돌아온 다음이 문제일 뿐. 취업성공패키지 기간엔 일하는 걸 법으로 막아놓았다. 훈련 장려금이라고 나오는 돈은 고작 24만원. 여기에 기초 생활 지원금 55만원으로 생계를 유지해야 했다. 매일 두 시간씩 뛰걸음으로 학원을 오갔다. 점심은 마트에서 세일가에 파는 원 플러스 투 떡. 이미 다 팔려나갔을 땐 근처 무료 급식소에서 식사를 해결했다. 수업 도중 친해진 김형과 강형은 내 사정을 알고 근처 돼지국밥집에 자주 데려가주었다. 삶이 너무 각다분하게 느껴질 땐 셋이서 반주 한 병 나눠 마시고 학원에 들어가곤 했다. 하루하루 힘겨웠지만 괴롭다는 느낌은 없었다. 용접면을 쓰고 땜질 시작하면 현실을 의식할 틈이 없었다. 온 신경이 용접면의 좁디좁은 유리판 너머 불꽃에 몰려 있었다. 이 일을 계속하고 싶었다. 단지 돈 때문이 아니라 오래 또 재미있게 해나갈 자신이 있었다. 그때부터 용접은 생존이 아닌 유희가 되었다. 용접사들 모인 카페에 가입하고 유튜브로 용접 영상을 찾아다녔다. 불씨만 남았던 의지에 열정의 땔감을 몽땅 부어 넣은 시기였다.

학원에 다닌 지 한 달 반쯤 지났을 무렵 산업기사 필기시험이 당도했다. 학원에서 배운 하루 한 시간짜리 공부론 합격에 턱도 없이 모자랐다. 자격증 공부하던 가락으로 혼자 기출 문제를 정리하고 풀었다. 의외로 너무 술술 풀려서 놀랐다. 이론 강의 때 공식을 주로 가르친 이유가 있었구나, 그제야 강사님의 참뜻을 깨닫고 반성하는 마음으로 암기했다. 그리고 필기시험 당일, 시험지를 받는 순간 웃음 참느라 고생했다. 결과는 80 문제 중 정답 58개로 합격.

합격점을 과하게 넘어갔다. 진짜 문제는 실기시험, 하루 세 시간의 실전은 너무 부족했다. 필기처럼 집에 돌아와 더 공부할 수도 없었다. 이번 실기에서 떨어지면 다음 기회는 전무했다. 용접 학원 등록금은 비쌌고, 취업성공패키지에서 지원하는 금액은 금방 한도에 달했다. 고민 끝에 원장님께 고개를 조아렸다. 제발 저녁까지 용접 좀 하게 해달라. 제겐 이번 시험 떨어지면 다음 기회가 없다. 허락해주시면 반드시 은혜를 갚겠다. 원장님은 긴말 없이 "그라믄 그리해라"라고 하셨다.

시험까지 남은 기간 한 달. 용접 산업기사 실기는 세 가지 종류의 용접을 두루 사용하는 시험이었다. 2014년까지는 합격률이 육십 퍼센트가 넘는 물자격증이었지만 2015년부터 룰이 바뀌었다. 본래는 최대한 늦은 날짜를 고른 후 한 자세만 죽어라 연습하면 되었다. 시험 기간 동안 용접 자세가 똑같이 출제되었기에 가능한 꼼수였다. 근데 하필 올해부터 자세가 매번 바뀌어가면서 출제되는 방식으로 변경, 모든 변수를 다 준비해야 했다. 미리 견적을 내보니 TIG 용접 기량은 시험 합격할 정도까진 올라온 상태. 그렇다면 흔히 전기 용접이라 불리는 ARC 용접, 조경 현장에서 쓰던 그 '고데기질'을 배워야 할 차례였다. 초반엔 정말 많이 헤맸다. 특히 적당한 전륫값을 맞추기가 쉽지 않았다. 전류를 낮추면 안쪽까지 고루 용접이 되지 않는다. 전류를 높이면 철판에 구멍이 뚫려버린다. 더군다나 용접봉이 닳으면서 손이 철판과 계속 가까워지다보니 화상 위험도 높았다. 이러다 누구 한 명은 사고 나겠다 싶었는데 꽤 일찍 그 시기가 찾아왔다. 시험을 앞두고 연습중이던 어느 날 김형이 비명을 질렀다. 녹아내린 용접물이 손등에 떨어진 것이었다. 다행히 얼른 장갑 벗고 찬물을 끼얹어 큰일은 안 났지만, 손가락에 허연 굼벵이 모양 물집 자국이 남았다. 그날부터 김형의 별명은 매미 아빠가 되었다.

실기 최대 난제는 ARC 수평 용접이었다. 위아래로 교차 박음질하듯 메꾸며 전진해야 했는데 박자 맞추기가 쉽지 않았다. 쇳물이 흘러내리며 아래쪽에 쌓이므로 위쪽에서 더 오랜 시간 머물러야 했는데, 설명 그대로 용접하면 곧바로 구멍이 나버렸다. 이렇다 할 방법을 못 찾고 며칠 동안 불량품만 냈다. 보다못한 실기 강사님이 결국 맨투맨 교육에 나섰다. 등뒤에서 느껴지는 살벌한 시선 속에서 용접을 시작했다. 얼마 안 가 또 동그라미가 보이기 시작한 그때였다.

“빠꾸해, 빠꾸! 빵꾸 안으로 밀어넣어! 쫄지 마! 빵꾸! 빠꾸! 빵꾸! 빠꾸! 그렇지!”

그렇다. 구멍이 날 땐 움직임을 멈출 게 아니라 용접봉을 안으로 밀어넣어야 했다. 용접을 더 하면 열이 가해져 구멍이 더 커지리란 예감과 달리, 모래사장 구덩이에 물 차오르듯 스르륵 메꾸어지는 게 아닌가. 전진만 할 게 아니라 후진이 필요했던 셈이다. 그날 드디어 처음으로 완작에 성공했다. 진땀을 닦은 채 돌아서서 물었다.

"빠꾸 빵꾸 그거 노린 거라예?"

"아이다. 말하다보이 나왔지."

4월 초순. 마침내 실기시험 접수일이 당도했다. 접수부터 치밀하게 준비했다. 시험 일자는 최대한 늦추되 시설은 가장 좋은 곳을 찾아야 했다. 용접기 상태 불량으로 불합격한 사례가 꽤 많았기 때문. 온갖 카페를 뒤지며 수소문해본 결과 동부산 폴리텍대학이 적합지란 결론이 나왔다. 오지에 있어서 응시자가 적은 반면 기계는 최신형이었다. 왕복 다섯 시간이나 걸리는 위치는 중요하지 않았다. 시험 전날, 스무 개에 달하는 준비물을 철저히 갖추고 시외버스에 올랐다. 사상 버스 터미널에서 내려 또 한참을 시내버스로 이동하는 동안 산과 밭만 이어지는 창밖 풍경에 가슴이 쪼그라들었다. 산속 무술 도장에 승단 심사를 하러 가는 소림사 승려 기분이 이러할까. 잠 못 자 몽롱한 머리를 긴장감으로 간신히 지탱한 상태로 차에서 내렸다. 가까이 가면 기름냄새 풀풀 풍길 듯한 '정밀' '테크' '정공' '기공' 같은 이름의 공장들을 지나자 캠퍼스 풍경이 보였다. 동부산 폴리텍은 창원 캠퍼스와는 달리 산 아래에 있었다. 벚꽃 지고 나면 온통 휘휘한 창원 폴리텍과 달리 무지개보다 더 많은 빛깔의 꽃들이 반겨주었다.

시험 시간 전 매점에서 컵라면과 김밥을 사 먹었다. 매점 아주머니께 창원 폴리텍 학생이 시험 치러 왔다고 하니 비타500 한 병을 주셨다. 마침내 두시가 되고 시험장 입장. 감독관들이 인원 체크하고 작업 지침서를 나누어주었다. 종이를 펼친 순간 수험생들 사이에서 한숨이 간간이 새어나왔다. 골치 아픈 종합 세트였다. ARC 수평, TIG 위보기. 산업기사에서 나올 수 있는 경우의 수 중 최악. 더군다나 TIG 위 보기는 용접 기술 최고봉인 기능장 시험에나 나오는 과제였다. 긴장감 속에서 시작한 실기시험. 다행히 CO_2와 ARC 용접은 완벽하게 해냈다. 학원에서 연습한 것보다 깔끔한 결과물이 나왔다. 난관은 TIG. 용접봉은 자꾸 들러붙고 용접은 좀처럼 앞으로 치고 나가지 못했다. 만점 받길 포기하고 천천히 식히면서 나가기엔 시간이 부족했다. 들러붙은 봉을 깎아내느라 너무 오래 지체된 것이다.

"오 분 남았습니다." 감독관의 독촉에 결국 될 대로 되란 식으로 토치를 휘둘렀다. 결국 잔뜩 가열된 스테인리스판에 구멍이 뚫리고 말았다. 아, 망했다. 끝났다. 결과물을 건네주며 감독관에게 슬쩍 오작誤作 여부를 물었지만, 대답은 돌아오지 않았다.

불합격을 예감하며 마산으로 돌아가는 동안 들숨은 시리고 침은 쓰디썼다. 다음날 학원 분위기도 썩 좋지 않았다. 시험에 도전한 대다수가 불합격을 예감했다. 종강을 보름 앞둔 학원 공기는 차갑고 무거웠다. 열정 가득했던 사개월 전의 풍경이 어쩐지 꿈처럼 느껴졌다. 얼마 후 특수용접 실기시험에도 응시했지만 산업기사 시험 칠 때의 그 긴장감은 없었다. 대충 시험 장소를 정했고 전륫값 조정이 안 되는 폐급 용접기 앞에 앉았다. 잘해야겠다는 의지도 없어서 대충 휘적대다 시간이 아까워서 중도에 나왔다. 이럴 때가 아니지. 일자리라도 좀 알아봐야지. '워크넷'과 '잡코리아'를 오가며 통근 버스 있는 직장이면 무조건 서류부터 투하했다. 면접 보란 전화라도 좀 오면 좋으련만, 창원의 용접 업계는 자격증도 없는 무경력자를 받아줄 정도로 녹록하지 않았다. 보름 동안 똥줄 타는 현실과 실패의 허망함 사이에서 헤맸다. 얄궂게도 종강하는 날은 합격자 발표일이었다. 다들 휴대폰으로 자기 이름을 검색했다. 환희는 거의 없었고, 입맛 다시는 소리만 들려왔다. 그리고 나는 놀랍게도 91점으로 합격이었다. ARC 용접 33점, CO_2 용접 33점, TIG 용접 25점. 이게 어떻게 된 일이지? 고개를 갸웃하다 문득 시험 통과 기준이 떠올랐다. 용접 결과물은 절반씩 잘라서 평가하게 되어 있는데 내 결과물은 구멍이 딱 절반 지점에서 뚫렸다. 감독관은 실격과 감점 사이 애매한 경계에서 후자의 결론을 내린 것. 무거운 분위기 속에서 차마 자랑질하고 다닐 순 없었기에 조용히 학원을 나와 엄마에게 전화 걸었다.

"어무이, 합격입니더!"

종강식은 아귀찜집에서 열렸다. 학원생들 앞앞이 소맥이 놓이고 두 잔쯤 돌아갔을 무렵, 원장님이 화장실에 갈 때 조심스레 따라나갔다. 소변보고 나와서 합격 사실을 말씀드리자 원장님은 건조한 덕담과 함께 등을 힘차게 두드려 주셨다.

"앞으로 몇 년 힘들 끼라. 버티라. 버텨서 기술 쌓이면 어데 가서 굶어죽지는 않는다. 잡생각 말고 기량만 올리라."

학원생활을 깔끔하게 마무리했다. 그러나 정작 취업 길은 여전히 막막했다. 취업성공패키지의 취업 알선도 받아봤지만 신입을 받아주겠다는 공장은 하나같이 격오지였다. 온몸이 아픈 심여사를 두고 어찌 격오지에 가리오. 결국 노가다나 알아볼까 고민하던 2015년 5월의 막바지, 산업인력공단에서 자격증을 받아오는 도중에 이력서 넣은 회사에서 연락이 왔다. 바로 출근할 수 있느냐는 문자였다. 흐름이 하도 매끄러웠던지라 당황스럽기까지 했다. 어쩌면 내 인생도 지금부터 잘 풀리지 않을까? 김규환 명장처럼 멋들어진 '장이'의 삶이 시작되지 않을까? 잔뜩 쏟아져내리는 꿈에 젖어 승낙 답장을 보냈다. 비로소 진짜 쇳밥 인생이 시작되는 날이었다.

절묘한 순간 문자를 보낸 회사는 SNT중공업의 하청업체였다. 출근 하루 전 포터 아저씨한테 전화했더니 "아, 통일중공업……" 하고 심드렁한 반응을 보였다. 할말은 많지만 별로 하고 싶지 않을 때의 말투였다.

"뭐 문제 있는 회사라예?"

"거기 정규직 아저씨들이 좀, 기가 세거든. 뭐라 야단친다고 너무 기죽진 말고."

괜히 겁먹고 예정 시간보다 훨씬 이르게 버스를 탔다. 한 시간이나 일찍 창원에 도착하는 바람에 한 정류장 앞인 창원병원에서 내렸다. 창원 최대 규모의 산재 지정 병원이었지만 외지인에겐 로또 명소인 간이매점이 더 유명한 장소. 그 앞엔 일확천금의 꿈을 꾸는 이들이 모여 인산인해를 이루었다. 회사가 위치한 내동 부근은 평균 연령 이십 세의 오래된 사원 아파트와 상가들이 뒤섞여 있었다. 출입문 활짝 열어둔 삼색등 이발소, 치킨 무 대신 양배추샐러드가 나올 듯한 통닭집, 아저씨 한 분이 창밖으로 고개 내밀고 담배 피우는 당구장. 어째 작업복 입은 아저씨들이 전봇대에 오줌 갈기고 있을 법한 풍경이었다.

회사는 한 블록 전체를 잡아먹을 정도로 거대했다. 면접 장소인 정문은 남천을 가운데 두고 LG전자와 마주보는 자리에 있었다. 정문 앞에선 보안 요원들이 오가는 차 트렁크를 확인했다. 생산품 중 방산 제품이 있어 보안에 몹시 엄격했다. 유행 지난 음료뿐인 자판기가 놓여 있는 외부인 출입처에 앉아 기다린 지 오 분여. 나와 동갑내기쯤 되어 보이는 남자가 서류철을 들고 들어왔다. 동그란 안경에 큰 키와 듬직한 덩치, 잘생긴 얼굴이 눈에 띄었다. 훗날 내 회사생활 끝까지 남아 있던 유이柔易한 동료. 나보다 두 살 위 형님인 홍대리는 내가 면접 볼 사람인지 확신하지 못해 내 맞은편에 조심스레 앉아 외국인 대하는 말투로 물었다.

"어느 나라 사람?"

"한국인이라예……"

"아이고, 미안합니다. 천현우씨?"

중소기업 면접이 대체로 그렇듯, 강렬한 첫 만남과 달리 싱거운 대화가 오갔다. 겉보매 멀쩡하고 한국말 사용하고 빨간 줄 없으니 합격. 다음주부터 바로 출근하기로 했다. 토요일엔 용접 학원 동료들과 만나 뒤풀이를 했다. 국밥집에서 늘 먹던 국물 대신 수육과 순대로 술자리를 가졌다. 형님들은 각자 다음 진로를 정해둔 모양이었다. 강형은 다음주부터 함안의 트랙터 제작 공장으로 갈 예정이었고, 김형은 용접이 손에 안 맞는다며 본래 전공인 전기 쪽으로 구직할 생각이라고 했다. 우리 모두 중소기업 돌아가는 꼴을 알기에 섣불리 장밋빛 미래는 점치지 않기로 했다. 그저 아무리 힘겨워도 버텨내자. 남들이 뭐라 하건 우리 일만 열심히 하자. 개처럼 기면서 살다보면 언젠가는 허리 펴고 사람처럼 살 수 있으리라. 어느덧 여섯 개의 빈 병과 사장님이 총각들 힘내라며 까준 밀감만 남은 상. 우리는 막잔을 털어 넣으며 어엿한 모습으로 다시 만나기를 약속했다.

월요일 여섯시 오십분. 첫 통근 버스가 월영 사거리에 당도했다. 붐비기 직전의 해안대로를 지나 이젠 동네보다 친숙한 신촌 공단을 통과하는 동안, 출근의 긴장감과 기대감을 머릿속에서 비워냈다. 사십 분 여정 끝에 마침내 공단 앞. 아직 정식 출근증이 나오지 않아 신분증 반납하고 신상을 적어 낸 뒤 현장으로 입장했다. 공장이 숨막힐 정도로 다닥다닥 붙어 있던 지엠과 달리 탁 트인 곳이었다. 알박기 목적으로 부지를 샀나 의심될 정도로 텅 빈 곳이 많았다. 공장 부지 정중앙은 아예 잡초투성이 풀밭이었다. 몇몇 아저씨들이 공장 앞에서 커피와 담배로 하루를 시작하는 한편, 납품사 직원은 백미러조차 없는 1톤짜리 지게차로 팔레트를 옮기는 중이었다. 홍대리가 알려준 길을 따라 회사 건물에 도착했다. 공장 이층에 위치한 열 평 남짓한 사무실엔 스무 명쯤 되는 직원이 대기하고 있었다. 월요일은 사내 회의 시간, 정확히는 사장님 훈화 시간이었다.

사장님을 향한 사람들의 평판은 매우 나빴다. 공수표를 막 던지고 다닌 행실이 문제였다. 얘기 들어보니 정년퇴임한 직원들을 회사에 불러 최저 임금으로 부리며 사정 좋아지면 임금 올려준다고 했던 모양이었다. 공공 윤리 의식도 부족해서 정부에 가짜 서류를 제출해 돈을 많이 타 갔다. 돌이켜보면 근로 계약서를 쓸 때부터가 이상했다. 사장님은 삼 개월 동안 사대 보험을 들지 않는 대신 교육비 명목으로 월급에 30만원씩 더 얹어주기로 했다. 그 이유는 퇴사한 지 한참 후에야 알게 됐다. 정부에서 한창 '일학습병행제' 한답시고 회사에 지원금을 줬는데 이걸 타 먹기 위해 알리바이를 만든 것. 덕분에 퇴사 후 창원 고용노동부까지 출석해 검사 앞에서 진술서를 써야 했다. 행동만 늘어놓고 보자면 악덕 기업주가 따로 없지만, 사장님이 싫진 않았다. 일하는 데 딱히 참견하지 않았고, 실수를 두고 크게 야단치는 일도 없었다. 더위가 기승이었던 여름엔 임금을 더 주어야 하는 야간작업 요청도 흔쾌히 허락해주셨다. 적어도 고용법이 대한민국에 존재 안 하는 듯 굴어대던 막장 고용주들보단 훨씬 나은 사람이었다.

사장님과 간단한 면담 후 작업복과 안전화를 챙겨 현장에 돌입했다. 일터는 공장 바깥에 차려진 부스. 본래 자재 창고였지만 용접기와 거치대, 컴프레서까지 설치해 간이 공작소를 겸하고 있었다. 주요 업무는 정규직 직원들이 순환 휴직하는 동안 구멍난 물량을 메꾸는 일이었다. 용접 대상은 대형 트럭의 바퀴와 바퀴 사이를 잇는 차축 하우징. 이름조차 생소한 그 물건의 모양새가 어떤고 하니, 마치 알 큰 손목시계처럼 가운데만 둥글고 양쪽 지지축은 가느다란 모양의 조립재였다. 얄궂게도 추후 부스에서 일할 권리를 두고 두 명이 함께 교육받았다. 실적이 안 나오는 사람은 자동 용접 라인으로 방출, 합리를 가장한 잔혹한 경쟁이었다. 짝지이자 상대는 인도네시아 사람 아짐존, 살갑게 구는 그와 달리 마냥 웃으며 대할 수가 없었다. 자동 용접은 사실상 공장 라인 작업이나 마찬가지여서 경력이 아무짝에 쓸모없는 직무였다. 이미 전공을 한번 돌아온 나였기에 엉뚱한 곳에서 시간 허비할 틈이 없었다.

처음부터 능숙하게 때울 리 없으니 교육 담당관이 붙었다. 정년이 머지않은 원청 직원, 정확히는 '파트장'이라 불리는 '비노조 원청사 직원'이었다. 조 파트장은 걸음걸이가 부자연스러웠는데 그 내막은 한참 후에 알게 되었다. 전해들은즉 암을 겪고 죽음의 문턱에서 살아 돌아와 복직한 것이었다. 입사 초기엔 그런 사정을 몰랐기에 참 원망 많이 했다. 쇳밥 이십 년 차 넘어가는 경남 아재들이 대체로 그렇듯, 실수하면 곧바로 불호령으로 유체 이탈을 선사하는 바람에 일하는 내내 긴장했다. 제품에 사용하는 용접은 CO_2 솔리드, 중공업의 상징 같은 용접 방식. 도르래 모양 공급 장치를 통해 자동으로 용접봉이 공급되는 효율적인 용접이었다.

용접은 그다지 어렵지 않았지만 원반 모양의 '플랜지' 부위를 때우는 게 고역이었다. 차축을 거치대에 물려 고정

한 다음 리모컨으로 회전시켜가며 용접하는데, 빠르게 돌리면 용접물이 앞으로 흘러내리고 느리면 용접물이 뒤로 넘어가서 용접부가 뚱뚱해졌다. 숙련하는 데 반년은 걸릴 듯했다. 용접하는 시간보다 용접 자국을 지우기 위한 화염 절단기와 그라인더를 쓰는 시간이 더 많았다.

한 달 꼬박 시행착오를 겪다 마침내 작업이 손에 좀 익을 때쯤 경쟁은 싱겁게 끝났다. 파트장은 아짐존을 자동 용접 라인으로 보내버렸다. 실력 문제보다는 밉보였기 때문이다. 하필 2015년 6월은 라마단 기간이었다. 독실한 이슬람 신자 아짐존은 기도하다 쉬는 시간을 몇 분씩 넘기기 일쑤였다. 그땐 이주 노동자와 무슬림 혐오에 대한 자각이 없었기에, 아짐존이 혼나는 모습을 가만히 지켜보기만 했다. 만약 한국인이었다면 양해를 구하고 점심시간 동안 못한 몫을 채우겠다고 협상할 수도 있었을 터. 파트장은 소통의 어려움을 감안하지 않고 사칙만 강요해 찍어 눌렀고 나는 침묵했다. 무지로 인한 내 비겁한 행동을 변명하고 싶진 않다. 만약 한국에서 다시 만날 수 있다면, 아짐존이 좋아했던 빈땅 맥주에 양꼬치를 대접하고 싶다.

일을 전담하고 두어 달 정도 지났을 무렵, 본격적으로 회사 돌아가는 현황이 보였다. 원청인 SNT중공업은 만성

적자를 이유로 계속 사업을 축소, 남은 물량을 전부 하청으로 외주 주려는 움직임을 보이고 있었다. 자연스럽게 사측은 통일중공업 시절부터 일해왔던 원청 노동자가 눈엣가시였다. 노조 때문에 해고는 마음대로 못하니 분기마다 파트 단위로 유급휴가를 보냈다. 나와 똑같은 작업 파트원이 휴가를 가면 지옥도가 펼쳐졌다. 긴급 물량이 터진 날엔 24시간 철야를 한 적도 있었다. 반면 같은 파트가 전부 돌아오면 일이 없어서 옆 부스로 지원을 갔다. 용접을 완료한 차축에 자잘한 부품을 붙이는 일이었다.

옆 부스의 길 삼촌은 예순 살 평생 경상도에서 살아온 토박이였다. 쌍시옷 발음을 아예 못 해서 술자리에서 놀려먹곤 했다. 특이하게 오른쪽 약지가 V자 모양으로 휘어 있었는데 농장에서 망치질하다가 생긴 장애였다. 1980년대의 시골이었으니 치료며 산재 처리를 해줄 리가 만무, 결국 뼈가 부러진 채로 방치하다 그대로 굳어버렸다. 길 삼촌 본인은 "반지 끼알 것도 아인데 뭐 어떻노"라며 넘어갔지만 볼 때마다 속이 씁쓸한 건 어쩔 수 없었다.

삼촌은 괴팍한 성격으로 소문이 나 있었다. 곁에서 일하던 부사수들이 전부 뛰쳐나가 늘 혼자 밤늦게까지 일하기 일쑤였다. 확실히 목소리도 까랑까랑했고 말도 험하게 하는 편이었다. 근데 막상 같이 일해보니 친해지기 어려운 성격은 아니었다. 했던 말 반복하고 화나면 목소리를 올릴지언정, 감정을 오래 담아두거나 장유유서에 찌들어 구하지도 않은 조언을 하는 사람이 아니었다. 그저 묵묵히 자기 할일을 하고, 그 일의 삯으로 삶을 꾸리며, 그런 자기 자신에게 자부심 가지는 사람. 투자며 재테크 따윈 알 바 아니며 월급 통장 하나로 모든 걸 다 해결하는 남성일 뿐. 길 삼촌이 법 없이도 살 법한 인간상이 된 이유는 단순했다. 살아오면서 사회에 대한 불신이 너무나 많이 쌓였다. 그는 소년 때부터 노동법 사각지대에서 벌어지는 온갖 불합리를 몽땅 몸으로 받아냈다. 새벽 다섯시에 일어나 정오까지 일하다 숙소. 다시 저녁 다섯시부터 심야 열두시까지 일하는 농장에서 다쳐도 치료 못 받고, 임금 떼이고, 욕받이까지 되어가며 일하다 도망쳐 나왔다. 막노동하면서 그럭저럭 자산 좀 축적하나 했더니 삼십대에 병이 왔다. 나라는 이때도 삼촌을 지켜주지 않았다. 모아둔 돈을 몽땅 다 잃고 재기하기 위해 경남 모든 시를 돌아다녔다. 사십대 후반 와서야 사대 보험의 존재를 알게 되었다고 하니 정상 사회보다 무법지대에서 살아온 기간이 훨씬 길었다. 나도 삼촌도 서로를 이해했기에, 띠동갑 두 바퀴 넘게 돌리는 나이 차에도 절친한 직장 동료가 됐다. 삼촌과 나는 잔업이 끝나면 늘 회사 앞 투다리에서 오뎅탕에 막걸리를 마셨다. 택시를 타고 귀가하는 삼촌은 늘 똑같은 작별인사를 했기에 아직도 귓가에 그 목소리가 생생하다.

"내일도 사부지기 함 때아보자이!"

그해 7월과 8월은 여러모로 괴로웠다. 다른 것보다 육체가 괴로웠다. 처음 겪는 여름 용접의 고통은 상상 이상이었다. 현장에 냉방기 같은 건 없었다. 선풍기를 쐬자니 바람 맞은 용접 부위에 구멍이 송송 뚫렸다. 결국 맨몸으로 버텨야 했고, 덕분에 매시간 힘이 쭉쭉 빠져나갔다. 육체를 한계까지 밀어붙였으면 잘 쉬기라도 해야 할 텐데 그마저 불가능. 점심시간에 쉴 장소조차 없었다. 점심시간만 되면 늘 몽롱했던 나날, 우연히 정직원들이 탈의실을 휴게실로 쓴다는 사실을 알게 되었다. 슬며시 따라 들어가봤더니 불을 꺼놓고 에어컨 틀어놓은 채로 낮잠들 자고 있었다. 온몸의 근육이 따뜻한 치즈가 된 듯 축 늘어졌다. 노곤함을 부추기는 포만감과 내 고생을 안다는 듯 온몸에 부드럽게 감겨오는 찬바람에 그대로 뻗어버렸다. 점심시간 종료 오 분 전, 알람에 맞춰 일어나니 머리가 무척 개운했다. 가벼워진 몸으로 탈의실을 나가려 하던 그때, 정직원 아저씨 한 명이 뱁새눈 뜬 채로 문 앞을 막아서더니 하청 직원은 여기 오면 안 된다고 말했다.

"아, 예…… 죄송합니다."

돌아서서 현장으로 돌아가는 순간 입술이 떨렸다. 물론 차별에 나름의 논리는 있었다. 엄밀히 말해 노조가 회사와의 투쟁으로 얻어낸 협약의 산물을 비노조원과 나눌 이유는 없었다. 하지만 하청 직원 입장에선 서러웠다. 자기들은 냉방기 쐬어가며 일하면서, 우리보다 월급도 두 배 가까이 더 받으면서, 여름휴가 때 출근 안 하고 쉴 거 다 쉬면서, 어째서 잘 쉴 권리마저 독점하려 하는가. 차별의 설움은 이렇듯 사소한 곳에서부터 찾아왔다. 이날 이후로 노조원 개개인과는 친분을 가지되 단체는 신뢰하지 않게 되었다.

일터 안에서만 서러웠다면 모를까 회사 밖마저 고통만 도사렸다. 200만원 될까 말까 한 월급으로 다달이 140만원을 갚아나가다보니 하루하루 목숨 부지밖에 할 수 없었다. 돈 안 들이고 쾌락을 찾는 방법은 게임밖에 없었다. 결국 또 게임에 빠져들었고, 밤새우며 하다가 출근하기 일쑤였다. 게임에 빠져들면 들수록 출근은 더욱 괴로웠고 현실의 삶은 마치 벌받는 과정처럼 느껴졌다. 당시의 힘겨움은 SNS에 고스란히 문자로 남아 있다.

저녁 여덟시 삼십분, 오늘도 힘겹게 잔업을 마쳤다. 퇴근 카드를 찍고 후문을 나서면 불 꺼진 한국재료연구소가 보인다. 길을 건너 마산으로 가는 시내버스를 기다린다. 가장 빠르게 가는 108번 버스마저 십이 분 후에 도착. 뭔 놈의 버스가 이리 느긋한지, 한숨 쉴 기력조차 없어 조용히 벤치에 앉아 휴대폰만 들여다본다. 이 회사는 잔업 근무자를 위한 통근 버스 따윈 없다. 휴게실도 샤워실도 열어주지 않는다. 땀에 찌든 옷을 입은 채 걸레짝이 된 몸으로 버스에 오른다. 오늘따라 유달리 커플이 많다. 연인들의 어깨를 스쳐지나가면서 나도 모르게 수그러든다. 열심히 일했다는 자부심 따윈 느낄 새도 없다. 버스 안 모든 승객이 기름내와 용접 '흄fume'냄새 풍기는 나를 불쾌하게 여길 것 같아 불안하다. 이 인 좌석 구석에 쪼그려앉아 머리를 기대는 동안, 만원 버스임에도 누구도 옆에 앉지 않는 현실에 예감은 확신으로 변했다. 내가 왜 이렇게 살아야 할까. 이 질문에 대한 해답을 누구도 던져주지 않는다. 세상은 그저 냉소로 회답한다. 넌 흙수저 주제에 노력도 하지 않았잖아? 맞는 말이다. 맞는 말이긴 한데, 나도 나름 열심히 살았다고 생각한다. 그래서 좀 행복하게 해달라는 게 그리 거창한 부탁인가?

삶이 암만 괴로운들 시곗바늘은 돌기 마련. 여름이 지나자 달력은 훌렁훌렁 넘어갔다. 퇴근 후 모니터 앞에 앉아 포대 과자와 맥주를 마시느라 몸무게가 10킬로그램 넘게 늘긴 했어도 어떻게든 버텨냈다. 용접 실력도 안정되어 산소절단기를 댈 일이 거의 없어졌다. 조 파트장이 제품 쌓아 놓은 팔레트를 슬쩍 보더니 "인자 좀 쓸 만하네" 하고 흡족한 표정으로 따봉을 날리고 갔다.

가을이 오자 우울을 동반한 권태기에 돌입했다. 두어 달 열심히 하던 게임을 지우고 설렁설렁 독서를 했다. 그쯤엔 이외수옹의 초창기 작품에 빠져 있었다. 중기 작품이 부조리한 속세를 향한 풍자와 유유자적한 내세를 향한 동경으로 점철되어 있었다면, 초기 작품은 가난과 굶주림에서 나온 염세와 설움이 느껴졌다. 점심시간마다 사장님이 놔준 사무실 탁자에서 책을 보았다. 이때만 해도 게임이 지겨워 시작한 독서가 내 삶의 자산이 되리라곤 생각지 못했다.

공장 굴뚝에도 사랑꽃은 피는가

10월 중순, 이젠 누구의 간섭도 받지 않았기에 눈치껏 이어폰으로 음악 들어가며 일했다. 하우징 한쪽 면을 다 때운 다음 뒤집으려 용접면을 벗은 순간, 처음 보는 얼굴이 시야에 들어왔다. 깜짝 놀라 한 걸음 물러서니 그제야 온전한 모습이 보였다. 작은 키에 통통한 얼굴, 귀여운 갈래머리에 안경을 낀 외모. 후줄근한 회색 작업복보다 잘 다린 백색 교복이 훨씬 어울릴 듯한 그녀는 연거푸 고개를 숙였다.

"헉, 죄송해요. 천현우씨⋯⋯ 맞으시죠?"

"네. 맞는데요."

"급여 명세서 나왔어요, 여기."

촌지 주는 학부모처럼 공손하게 내민 봉투를 뜯었다. 이런저런 숫자와 글자가 쓰여 있었지만 결국 '쥐꼬리'라 요약 정리해도 무방한 내용을 읽는 동안, 신입 경리인 듯한 그녀는 현장을 기웃거리더니 갑자기 반색했다.

"소설 보시는구나."

"예, 뭐……"

"『들개』 이거 진짜 재밌게 읽었어요. 여자의 한이랄까, 비참함 같은 게 너무 잘 느껴져서. 혹시 추천하는 작가 있으신가요?"

"저 소설 잘 안 보는데예."

"아……"

급격하게 움츠러드는 모습에 어쩐지 죄지은 듯한 기분이 들었다. 덕분에 잘 쓰이지도 않던 머리가 순발력을 발휘해야 했다.

"음, 이기호 작가님? 갈팡질팡 어쩌구…… 하는 제목이었는데."

"아! 고맙습니다. 꼭 볼게요."

고개 꾸벅 숙이며 돌아서는 그녀의 작업복엔 안초원이란 이름이 박음질되어 있었다. 별난 사람이 경리로 들어왔구나, 생각했다. 제조업 쪽으로 온 젊은 경리 직원들은 낯을 많이 가렸다. 말수도 적고 업무 외 이야기는 최대한 자제하려고 했다. 그럴 수밖에 없었다. 현장 아저씨들은 자기들의 행위며 발언이 실례란 사실을 몰랐다. 공유하는 언어의 세계가 완전히 달랐기 때문이다. 아저씨들의 "애 잘 낳을 것 같네"란 말은 칭찬의 의미를 담았을지라도 여성들이 느끼기엔 그저 성희롱일 뿐이었다. 그렇다고 어디 한국이 연하가 연상더러 불쾌감을 쉽게 표시할 수 있는 나라이던가. 결국 알아서 사리고 최대한 멀리할 수밖에 없었다. 어차피 경리직은 잠깐 거쳐가는 아르바이트이니, 사람들한테 굳이 잘 보일 필요도 없었다. 나 역시 깊은 인연이 되리라곤 생각하지 않았다.

그러나 불과 다음주 월요일. 점심시간 종과 함께 장갑과 앞치마를 벗어던졌는데 초원씨가 불쑥 부스로 들어왔다. 소개해준 책을 정말 잘 읽었다며 묻지도 않은 감상평을 늘어놓는데 참 난감했다. 읽은 지 한참 지나 내용이 기억나질 않았다. 맞장구치느라 가뜩에 땀범벅인 이마 위로 진땀이 주르륵 흘렀다. 자연스럽게 함께 점심을 먹으러 가게 됐다. 밥 먹는 동안 서로의 신상을 교환했다. 초원씨는 나보다 한 살 어린 스물네 살. 여중, 여고, 국어국문학과의 완벽한 여초 사회 사람이었고, 창원대학교에 백일장 상으로 특례 입학했다고 했다. 소설가가 꿈이었지만 학기가 갈수록 문장이며 내용이 맞갖지 않아 펜을 꺾고 공무원 공부에 매진하고 있었다. 나 역시 병역 특례 당시 여러 출판사의 소설 공모전에 도전했지만 다 실패했다고 하니 "정말요?"라며 눈을 번뜩였다. 소심한 건지 대범한 건지 도통 모를 사람이었다.

그날 이후 초원씨는 점심시간 십 분 전마다 부스로 찾아왔다. 음료수를 뽑아오기도 했고, 책상 위에 올려둔 책을 살피다가 용접면을 쓰고 바로 곁에서 구경하기도 했다. 용접하다가 "우앙" 하는 감탄사가 들려오면 점심시간 임박한 것을 알 수 있었다. 근 보름을 함께 붙어다녔을까. 쉬는 시간에 길이 삼촌과 커피를 마시던 도중 초원씨 얘기가 나왔다.

"거 가시내 고거, 니랑 사귀나?"

"아무튼 아재고 아지매들이고 다 똑같네. 남녀 쫌만 같이 댕기믄 꼭 그라드라. 아입니다."

"그래? 신기하네. 평소엔 말도 잘 몬해가 답답하드만 니랑 얘기할 땐 완전 총알이네."

그 이유를 언뜻 알 것 같았지만 굳이 말하진 않았다. 중공업은 본래 남초 직장. 더군다나 이십대 여자가 단 한 명도 없었다. 초원씨에겐 그야말로 격오지. 더군다나 혼자 움직이는 삶이 익숙한 사람도 아닌 듯했다. 점심시간에 허구한 날 카톡 알람이 울려대는 걸 보면 본질은 활달한 사람이었으리라. 단지 낯선 세계에서 자신과 너무나도 다른 사람들과 마주하며 위축되었을 뿐. 그러다 어느 정도 말이 통할 만한 사람을 만나서 반가웠으리라. 정보가 없는 이들에겐 이런 과정이 이성 간 호감으로 보였던 모양이다. 눈치가 노키아 다닐 적보다 더 감퇴한 나는, 그날도 어김없이 찾아온 초원씨에게 "우리, 좀 이상한 소문이 돌던데……"라며 쓸데없는 운을 띄웠다. 덕분에 초원씨의 생글생글 따사롭던 표정은 한순간에 싹 굳어버렸다.

"어…… 죄송해요, 폐를 끼쳤구나."

"아입니다. 제가 미안하지예. 눈치 없이 굴어가."

"죄송해요."

"아니, 미안한 건 내라니까."

"죄송하다니까요."

잠깐 정적 후, 어째선지 이런 이야기를 하고 있는 내 모습이, 씩씩대고 있는 초원씨 모습이, 어째 바보 같아서 입가에서 웃음이 피식 새어나왔다.

"왜 웃어요, 왜."

"아니 자기도 웃는 거 참음시롱 뭐라 캅니까."

그러고는 그 자리에서 둘 다 한참을 웃었던 것 같다. 이날의 일을 계기로 우린 전화번호를 교환했다. 밤늦게 시시콜콜한 메시지를 주고받다가 가끔씩 퇴근길에 같이 저녁도 먹었다. 어쩌다보니 언제 한번 함께 책이나 보러 가자는 묘한 약속도 했다. 시간을 특정하지 않은 약속들이 대체로 그렇듯 공수표가 될 줄 알았는데 웬걸. 10월의 한 토요일 특근 날, 오후 다섯시 정각에 재료연구소가 있는 후문으로 나오니 초원씨가 기다리고 있었다. 스터디 마치고 달려왔으니 약속을 지키라고 했다. 나는 당황했고, 그녀는 당돌했다.

결국 끌려가듯 토월천 맞은편 상남대로를 걷게 되었다. 재료연구소 한 블록을 지나면 경남에서 보기 드문 빌딩 숲이 펼쳐졌다. 은행 앞 카페에 들러 산 커피를 각자의 손에 든 채 번잡한 8차선 도로 옆을 걸었다. 사람이 아닌 건물과 차를 위해 존재하는 멋없고 불친절한 거리. 아직 완전히 달뜨지 않은 단풍잎 가로수와 자동차 소음만이 끊임없이 이어지는 인도 위에서 책 이야기를 주고받았다. 북 토크 주제는 유시민 작가의 『어떻게 살 것인가』. 초원씨는 그 유명한 항소 이유서가 쓰이는 과정을 보면서 절박함이야말로 최고의 동기라고 생각한다고 했다. 그동안 글을 쓰지 못하는 이유를 외부에서 찾으며 재능 탓과 환경 탓도 해봤고, 내부에서 더듬으며 의지박약과 지식 부재란 문제점을 찾기도 했지만, 결국 동기부여가 제일 큰 문제였음을 깨달았다고. 살기 위해 글을 썼고 쓸모 있는 사람이 되기 위해 글을 쓴 유시민 작가가 부럽고 멋지다고 했다. 손짓까지 섞어가며 말하는 그 모습이 어쩐지 웃겨서 "그럼 깜빵 가서 글 함 써보실라예?"라고 했더니, 초원씨는 볼만 부풀려 대답을 갈음했다.

창원시청 앞 초대형 교차로 옆의 이마트에서 햄버거로 대충 저녁을 때운 후, 성산아트홀의 뒤통수를 지나 용지호수에 도착했을 무렵, 땅거미는 완전히 셔터를 내리고 잔잔한 호숫가는 달과 빌딩들의 거울이 되었다. 주홍빛 가로등만 띄엄띄엄 놓인 아늑한 풍경을 지나 한 시간의 여정 끝에 의창도서관까지 당도했다. 이층 일반 자료실에서 초원씨는 소설을 골랐고, 나는 셸리 케이건의 『죽음이란 무엇인가』를 집어들었다. 허세 부린답시고 고른 책이라 좀처럼 잘 넘어가진 않았다. 진도는 거의 못 뺀 채 정신, 영혼, 이원론, 물리주의, 자유의지 따위 단어만 머릿속에서 맴돌 때쯤, 그새 책 한 권 뚝딱했는지 이기호 작가의 책을 몽땅 끌어온 초원씨가 말했다.

"그 책 재밌어요?"

"존나 어렵네예. 다 못 읽지 싶은데."

"빌려 가요 그럼."

"회원증 만들기 귀찮아예."

"그럼 매주 여기 같이 와요."

"예?"

"싫어요?"

"허, 나 참……"

그때 딱 잘라 거절 못한 게 실수였다. 덕분에 10월 내내 도서관에 끌려다녀야 했다. "이 책 다 읽으면 다신 안 올 낍니다!"라고 뒤늦게 못을 박자, 초원씨는 "그럼 감상문까지 써오기!"란 말로 받아쳤다. 결국 책은 가을 다 갈 때쯤에야 간신히 완독, 어느덧 길가에 재킷보다 패딩과 코트가 더 많이 돌아다니는 11월 중순이 되었다. 도서관에서 나오는 길, 초원씨에게 감상평은 이미 머릿속에서 정리했다고 말했다. 반응은 불신을 가득 담은 가시눈으로 돌아왔다. 비싼 소감이니 듣고 싶다면 커피값을 내라고 더 뻔뻔하게 응수했다. 정우상가 부근 카페에서 테이블 앞에 마주앉은 우리 사이엔 전쟁 직전 적국 사신을 만난 듯한 긴장감이 감돌았다. 제일 비싼 아이스 바닐라라테를 갈취당한 초원씨는 한껏 진지한 표정으로 물었다.

"감상평 기대해도 되죠?"

"그야 물론."

"말해봐요."

옳거니, 걸렸구나! 빨대로 커피를 쭉 빨아들인 후 활짝 웃어 보였다.

"어차피 죽을 거 복잡하게 생각하지 말자!"

"뭐예요, 그게!"

"멋지지예? 놀라서 할말이 없지예? 어어, 와예, 때릴라꼬? 응?"

"아, 열받아 진짜!"

한 달 꾹꾹 눌러 참았던 터라 놀림의 쾌감은 컸다. 허나 거짓말은 반드시 대가를 치르는 법. 결국 기망행위를 한 죄로 귀갓길까지 동행하는 형에 처해졌다. 딱히 속일 의도가 아니었음을 열심히 변론했지만 존경하는 안초원 판사님께선 단칼에 기각. 하여 피곤한 몸을 이끌고 멀디먼 초원씨의 동네까지 걸어야 했다. 창원운동장 맞은바라기를 걷는 동안, 슬쩍슬쩍 손잡아보려 했지만 초원씨는 그때마다 주먹을 쥐어버렸다. 마치 가위바위보처럼 빠만 내면 묵으로 응수하는 대치가 이어졌다. 그러나 보가 왜 바위를 이기겠는

가. 손바닥으로 작은 주먹을 통째로 덮어버리자 초원씨는 오리 입을 내밀었다.

"감상평은 진심이었는데."

"됐거든요."

"도서관 좀더 같이 댕기고 싶은데, 그것도 됐어예?"

"그건, 괜찮네요."

"맨입으로?"

"……진짜 치사해."

결국 초원씨는 굳게 다물고 있던 주먹을 펼쳐 깍지 꼈다. 평소 수다스럽던 모습은 사라지고 불긋해진 얼굴로 앞만 보고 걸었다. 가끔 내 옆모습을 흘깃대다가도 시선이 마주치면 도로 정면으로 고개 돌려버렸다. 괜히 어색해서 뭐라 말문 좀 틔워보려다 관뒀다. 아무렴 어떤가. 이토록 기분좋은 침묵을 굳이 깰 필요가 있을까. 발맞춰 걷고, 숨소리 하나하나 의식하면서, 신호등 앞에 멈춰 서면 헛기침 좀 하다가도 초록불 켜지면 느슨해졌던 손을 다시 꽉 붙잡는 정도면 충분하지 않은가. 그간 토요일을 없는 날, 무의미한 하루로 느끼며 살았다. 형편상 특근 안 할 수는 없었기에 꼭 회사를 나왔다. 집으로 돌아오면 피곤하고 만사가 귀찮았다. 맥주랑 과자와 함께 유튜브 영상 두세 시간 보면 주말도 끝. 그렇게 단지 돈과 맞바꿔왔던 시간을 이토록 설레게 보낼 수 있다니 얼마나 좋은가. 시티세븐의 화려한 불빛 맞은편의 으슥한 창원천 골목길엔 몽땅 비슷하게 생겨먹은 벽돌집과 불법 주차한 차만 죽 늘어져 있었다. 반딧불이도 진작에 다 죽어버린 초겨울, 뜬눈으로 외로이 밤을 지새우는 가로등 앞에서 초원씨는 걸음을 멈췄다.

"이제 혼자 갈래요."

"허허. 집 앞그지 데리다달라 칼 때는 은제고."

꼭 잡고 있던 손을 풀고 얼굴 마주본 순간, 자못 진지한 초원씨의 표정을 보았다. 웃음도 짜증도 없는 얼굴은 한껏 굳어 있었다. 내가 모르는 복잡한 감정을 품고 있는 듯 보였다. 그 모습에 실실 웃던 내 입술도 축 처져 일자가 되었다. 무슨 실수라도 했나? 이성 경험이 부족했기에 짚이는 구석도 없었다. 혼자서 머릿속 기억의 테이프를 되감기하던 그때, 눈 부릅뜨고 바라보던 초원씨가 옹송그렸던 입술을 서서히 열었다.

"대답하지 말고 들어주세요."

침 꼴깍 삼킨 채 턱짓만 두 번 까닥댔다. 초원씨는 찬 공기를 담뿍 들이삼키고선, 마치 선전포고하듯 말했다.

"저, 현우씨가 좋아요."

"어……"

"대답 금지. 제스처도 금지."

초원씨가 자기 입술에 검지를 갖다댔다. 나도 모르게 그 동작을 따라 했다. 그제야 흡족한 듯, 본래의 푸근한 미소로 돌아왔다.

"제가 곧 회사를 나가요. 대답은 그때 주세요. 아셨죠? 그럼 가볼게요. 월요일에 만나요."

대기업이 하청업체 납품 단가 후리듯 일방 통보를 내린 초원씨는 그대로 돌아섰다. 작은 뒷모습이 골목을 끼고 돌며 사라질 때까지 그저 멍하니 지켜만 보았다. 집으로 돌아가는 버스 안, 심박수는 좀처럼 떨어지질 않았고 머릿속은 엉망진창 난장판이었다. 서로 호감은 있었지만 설마 고백이라니, 너무 갑작스럽잖은가. 생애 첫 피고백의 느낌은 얼얼했다. 개연성이 너무 없으니 온갖 가설만 머릿속에서 자꾸 증식했다. 나쁜 버릇이 또 시작됐다. 누군가 내게 조금만 살갑게 굴어도 흉가 찾아낸 귀신처럼 의심 암귀부터 번지는 버릇. 그 누가 용접 흄냄새와 땀냄새로 얼룩진, 배 나오고 땅딸막한데다가 못생긴, 시간당 최저 시급 언저리 받는 하청업체 용접공을 좋아하겠는가. 은주에게 고백 못한 이후로 찌질함은 고쳐지긴커녕 더욱 심해졌다. 아직 일

할도 못 쳐낸 빚은 계속해서 자존감을 좀먹었다. 누군가에게 사랑받을 생각도 준비도 되어 있지 않았기에, 남들처럼 뛸 듯 기뻐하지 못한 채 속앓이만 했다.

서로 문자 한 번 주고받지 않은 채 주말이 지났다. 월요일 회의 시간. 사장님은 장기 자랑 무대처럼 직원들 모두가 빙 둘러앉은 가운데 초원씨를 세웠다.

"우리 초원씨가 칠급 나랏미를 먹게 됐습니다! 근데 참 너무하네. 그걸 어제 얘기하면 어떡하나?"

"죄송합니다. 합격한 지 얼마 안 됐는데, 발령이 갑자기 나서요……"

"그래그래, 서울 간댔나? 성공해서 먼 곳 가는데 박수 한번 쳐줍시다."

갈채가 쏟아졌다. 회사에서 잘된 사람 나왔으니 본받아서 다들 열심히 노력하자는 사장님 훈화가 이어지는 동안, 서울이란 지명을 듣고 혼자 가슴이 철렁했다. 대체 뭐지? 이럴 거면 뭐하러 고백한 거지? 장거리 연애라도 하자는 건가? 한순간 자기감정에 취해 내뱉어본 한마디였을 뿐인가? 머리가 지끈거렸다. 초원씨는 줄곧 내 시선을 피했다. 장난에 놀아난 기분이었다. 현장에 복귀해서도 도무지 일이 손에 잡히질 않았다. 그저 얼른 점심시간이 왔으면 했다. 마치 고꾸라진 시침을 억지로 들어올리듯 버티어 간신히 열두시를 맞이했다. 늘 십 분 전에 와서 기웃대던 초원 씨는 오지 않았고 사무실에도 없었다. 홍대리에게 물어보니 이미 회사를 나갔다고 했다. 신기루에 홀린 기분으로 다섯시까지 아무 생각 없이 일했다. 그동안 난도질당해 이리저리 찢겨나갔던 생각이 조금씩 정리되기 시작했다. 차라리 잘됐다. 이게 원래 내 현실, 잠깐 꿈같은 시기가 있었을 뿐이다. 외로웠던 가을 한 달 동안 잠깐 설레며 보낸 걸로 족하지 않은가.

길이 삼촌도 정시 퇴근한 부스 안, 잔업 물량은 평소보다 일찍 동났다. 삼십 분 남은 퇴근 시간만 기다리며 히터 앞에서 맥심 커피를 타 마시고 있었다. 오늘 돌아가면 족발에 소주 두 병 마시고 다 잊자. 멍때린 채 의자에 앉아 부스 밖만 바라보던 그때. 왼쪽 문 끝에서 빼꼼, 고개 내민 이와 눈이 마주쳤다. "어?" 반응하는 사이 사라졌던 시선은 다시금 빼꼼, 하고 나타났다가 사라졌다. 그 모습이 반갑기도 하고, 원망스럽기도 해서 복잡한 감정으로 자리에서 일어났다.

"거참 잔망스럽그로 군다. 드오이소."

그제야 감시자가 총총 걸어들어왔다. 베이지색 캐시미어

코트에 빨간 체크무늬 목도리 차림의 초원씨는, 평소처럼 천진한 표정이었다. 남의 마음도 모르면서. 괜히 속이 끓어 빈정대듯 한마디 툭 던졌다.

"출입 카드 반납 안 했는가베요?"

"현우씨 보려고 남겨놨죠."

"그짓말."

"월요일에 보자고 했잖아요."

"그랬든가예."

"못 믿었구나?"

정곡으로 날아든 한마디에 말문이 턱 막혔다. 길고양이가 사람 보듯 쏘아오는 눈찌에 어색한 헛기침을 했다.

"합격 축하합니더. 잘됐네. 창원보다야 서울이 낫지. 거 뭐, 사람 쫌 득시글대는 거 빼면 살 만하답디다. 가서 적응 잘하시고……"

"왜 말 돌려요?"

"아니……"

"대답 들으러 왔어요."

초원씨는 아예 내 퇴로를 막으려 작정한 듯, 한 발자국 거리도 안 남기고 다가왔다. 속이 울렁댔다. 심장이 가슴 밖으로 튀어나올 듯 뛰었고 이마는 숙취에 절어버린 양 꾹

죄어왔다. 고개 돌려 애써 시선을 피하려 했지만 실패. 털장갑 낀 두 손이 내 양볼을 덮더니 고개를 다시 정면으로 모셔왔다. 어린 시절 엄마에게 거짓말 추궁당할 때가 떠올랐다. 주저앉아 울고 싶었다. 타인의 호의를, 진심을 받아들이는 게 이토록 두려운 일이던가. 시큰해진 콧속에서 터져나오려는 울먹임을 꾹 누르며 말했다.

"참, 너무하는 거 아입니까. 함 물어나보입시다. 내가 와 좋은데?"

"몰라요. 누구 좋아해본 적이 없으니까. 그냥. 책 좋아하고, 같이 있으면 재밌고, 용접할 때 멋지고, 내가 하자는 대로 다 해주고, 그래서 좋아요."

"암만 그래도 그렇지……"

"이기적인 소리 하는 거 알아요. 저도 고백하기 전에 엄청 고민했으니까."

애써 또박또박 말하는 초원씨의 목소리엔 긴장이 가득했다. 마주한 눈은 촉촉했고 입술은 떨리고 있었다. 말마따나 얼마나 생각을 많이 했겠는가. 첫사랑과 첫 고백의 낯섦과 두려움. 마음의 거리는 가깝지만 몸의 거리가 멀어지기 직전의 상황. 감정과 이성의 시소 위에서 얼마나 고민했을지 알기에, 그 용기와 진심에 화답해야만 했다.

"고백 못 받겠습니다."

초원씨의 표정이 일그러져갔다. 실망했겠지. 그 정도 감정으론 부족하다. 감정의 알몸 구석구석까지 몽땅 드러낼 각오를 굳혔다. 그래. 아예 미운 정조차 못 붙이도록, 내 모든 열등감을 쏟아내자. 여덟 살 이후 단 한 번도 가난에서 벗어난 적 없던 삶. 줄곧 공장과 아르바이트를 전전하며 몸에 새긴 주제 파악. 혼자 건사하기도 벅차서 평범함조차 사치라며 걷어내버린 후, 평생 바닥에서 벗어날 수 없는 현실에 절망하고 체념한 이의 한 맺힘. 초원씨가 평생 모르고 살아갈 패배자의 세계를, 몇 마디에 담아 내보내기로 했다.

"저예. 빚쟁이에 그지새끼라예. 게임 폐인이라 밖에도 잘 안 나갑니더. 공부 조또 싫어해서 공장 일 아이면 몬하고, 책도 별로 안 좋아합니더. 조 빠지게 일해봐야 월 200도 못 벌고예. 말 잘 들어주는 기 아이고, 찐따들이 원래 그렇십니더. 여자가 쫌만 잘해주면은 간 쓸개 다 빼줄라 카그든예. 저 이런 새낍니더. 초원씨 생각맨치로 멋진 사람이 아이라예. 그이까는, 얼른 가이소. 서울서 초원씨한테 어울리는 사람 찾으이소."

한마디 한마디마다 굳어져가던 초원씨의 얼굴엔 이제

울먹임만 남아 있었다. 그 표정에 나에 대한 실망이 담겨 있길 바랐다. 그러니 쓸데없이 밑바닥 좀 그만 뒤적대고 자신에게 어울리는 삶을 살길 바랐다. 이만하면 정이 뚝 떨어졌겠거니, 똥 밟았단 생각에 돌아서겠거니 싶어 내심 안도했다. 그런데, 착각이었다.

"그럼 진짜 멋져지세요."

그녀는 울먹거리는 목소리로 또박또박 내게 부딪쳐왔다.

"운동 열심히 하시구요. 책 더 읽고, 글도 다시 쓰세요. 저한테 어울리는 사람이 되세요. 저도 살 뺄 거고요, 소설 다시 쓸 거예요. 일 잘해서 창원으로 다시 발령받을 거구요."

안초원은 말랑말랑한 겉모습이 무색하게 너무나 단단한 사람이었다. 예상에서 정반대로 달려가는 흐름에 얼이 빠진 사이, 단숨에 초원씨의 얼굴이 덮쳐왔다. 입술과 입술이 닿았고, 부드럽고 따뜻한 감촉이 남을 새도 없이 멀어졌다. 그야말로 찰나 만에 입술을 도둑맞았다. 초원씨 본인도 감당 안 됐는지 덜덜 떨면서, 그렇지만 시선은 피하지 않은 채로, 내게서 차츰 멀어져갔다.

"기다릴 테니까. 전화랑 카톡 차단하지 마요. 알았죠? 차단하면 창원까지 내려와서 괴롭힐 거야."

내 의사가 전혀 반영되지 않은 일방통행을 선포한 초원 씨는 대답조차 듣지 않고 가버렸다. "와 씨, 뭐 저런 여자가 다 있노." 다리 힘이 풀려 접지용 철판 위에 철퍽 주저앉았다. 마침 잔업 시간 종료를 알리는 벨소리가 울렸다. 출퇴근 기록부 앞에서 대기하던 사람들이 하나둘 공장 밖으로 나갈 동안, 여운이 좀처럼 사라지지 않아 우두커니 앉아만 있다가, 겨우 엉덩이를 털고 일어났다.

"진짜 너무하네……"

원망스러웠다. 만사 포기하고 사는 게 얼마나 편한데. 뭐라도 될 것 같은 희망을 품고 사는 게 얼마나 힘든데. 또 그런 삶을 살아보라니, 잔인한 사람 아닌가. 퇴근 후, 결국 술은 마시지 않았다. 대신 카톡 하나를 보냈다.

"두고 보자."

칼답이 왔다.

"두고 봐요."

피식, 웃음 짓고선 핸드폰을 매트리스 위에 던졌다. 그래. 이렇게 부풀었던 감정은 또 현실에 꺾이고 깎여나가다 마지막엔 형태도 모를 정도로 엉망이 되어 있겠지. 알고 있다. 그래도 지금 이 순간 정도는 잠깐 즐겨도 되지 않을까. 미래의 내가 겪을 아픔 정도는 좀 떠넘겨놔도 되지 않을까.

감정의 부채를 떠안기로 마음먹은 순간, 모든 잡념이 각오의 파도에 깔끔하게 씻겼다. 그날 월요일은 오래간만에 푹 잠들고 개운하게 일어났다.

대통령도 바뀌고, 직장도 바뀌고

"꼭 노회찬 찍으라, 꼭!"

"노회찬이 누굽니꺼?"

인상 깊던 겨울이 가고 일상 같은 봄이 올 무렵, 회사에선 아주 낯선 풍경이 펼쳐지고 있었다. 그간 하청업체 사람과 겸상도 안 할 듯이 굴던 노조 아저씨들이 무척 살가워졌다. 통근 버스 머무는 주차장 부근에서 열심히 유인물을 흩뿌리고 있었는데 내용인즉 '야권 단일 후보'라는 글자와 함께 코알라처럼 순한 인상의 남성이 환하게 웃고 있는 포스터였다. 아아, 국회의원 새로 뽑을 때가 됐구나. 정치는 꾸준히 공부했지만 정작 총선엔 별 관심이 없었다. 내 지역 마산합포구는 제6공 이후 단 한 번도 진보 정당이 당선된 적 없는 불모지. 심지어 문재인 찍으면 김정은하고 손잡고 나라 팔아넘긴다는 말을 진심으로 하는 사람이 있는 곳이었다. 금속노조 조끼 입은 아저씨에게 이분은 어떤 사람이냐 물으니 대뜸 전화번호를 묻는 게 아닌가. 얼떨결에 알려줬더니 문자로 유튜브 링크를 찍어주었다. 이거 다 보고 나중에 노회찬 찍어달라 신신당부하시기에 "근데 선거구가 다른데예"라고 대답하자, 마치 눈앞에서 사기당한 듯한 표정으로 소리쳤다.

"아오! 그럼 비례라도 정의당 찍으라, 알긋나!"

퇴근하는 길, 문자에 찍힌 주소를 따라가 영상을 보았다. 서글서글한 인상에 쇳소리 가득 낀 목소리로 촌철살인하는 모습이 인상 깊었다. 무엇보다 약자의 한을 정확한 언어로 풀어내고 있었다. 각양각색의 시민들을 그저 '국민' 한 단어로 퉁쳐서 안 하느니 못한 게으른 말만 내뱉는 사람들과 확연히 달랐다. 이런 사람이 국회의원이 되어야 할 텐데, 내 바람과는 달리 언론에선 새누리당의 압도적인 우세를 점쳤다. 백팔십 석 확보는 기본이요, 아예 단독 개헌선이란 전망까지 나왔다. 정치 문외한인 내가 봐도 무난한 승리가 예상됐다. 얼마나 상대가 우습게 보였으면 자기네들 자리싸움에 당의 수장이 질려서 영도다리까지 피난 왔겠는가. 투표소 가는 동안에도 어차피 질 싸움에 시간 버린다는 기분을 지울 수 없었다. 4월 13일이 지나고 다음날, 암담한 마음으로 뉴스를 보니 다수 의석이 뒤집혀 있었다. 그렇게 상대방 패를 까보니 땡이 아니고 끗이더라는 결말로 선거가 마무리됐다.

직장생활은 순조로웠다. 적응의 힘인지 아니면 젊음의 힘인지 몰라도, 어느새 불량은 감소하고 생산 속도는 눈에 띄게 빨라졌다. 정직원 아저씨들과 동일 시간 동일 물량을 쳐낼 수 있게 됐다. 품질 또한 꿀리지 않아 파트장은 "제발 계속 이렇게만 때워다오"라며 신신당부를 했다. 모든 일이 긍정적으로 풀려갔다. 변치 않는 건 오로지 월급뿐. 7000원이란 시급은 내 비루한 상황을 타개하기에 턱없이 부족했다. 아무리 자존감을 키우려 해도 금방 찌질이로 돌아왔다. 말버릇도 점차 '어차피' '그래봐야' 같은 체념의 언어에 잠식당하고 있었다. 잔업이 조금만 줄어도 생활 유지가 불가능해서 오랫동안 지켜온 글쓰기 원칙을 깼다. 돈만 보고 글쓰지 말자는 스스로와의 약속을 어긴 채 인터넷에 성인소설 연재를 시작했다. 적당히 성인 게임 스토리 몇 개를 섞어 늘어놓으니 돈이 좀 벌렸다. 통장에서 글삯을 인출할 때마다 재밌다고 말해주는 독자들에게 미안했다. 시간에 돈까지 들여서 내 글에 몰입한 이들을 기만하는 느낌. 그 죄책감을 또 술로 풀었다. 몸무게는 이제 80에 다다르고 있었고, 초원씨가 말하는 멋진 사람의 모습과는 태양과 해왕성의 거리만큼 멀어지고 있었다.

아무런 낙이라곤 없던 시절, 팍팍한 삶에 작은 별뉘가 든 사건이 있었다. 입사 일 년이 조금 지난 6월 초. 아는 번호로 전화가 왔다. 어머니께 돈 1000만원을 빌려줬던 여사님이었다. 순간 흠칫했다. 설마 송금 오류가 난 건 아니겠지? 조심스레 전화를 받아보니 다행히 돈은 잘 받았다고, 지금껏 딱 500만원을 갚았는데 이제 더 안 갚아도 된다고 하셨다. 얼떨떨해서 "진짜요?" 같은 어리바리한 대답밖에 할 수가 없었다. 여사님은 돈 빌려주게 된 계기를 말씀해주셨다. 술자리에서 심여사가 잔뜩 취해 그런 말을 하셨단다. 나쁜 친구 하나가 학벌로 흉을 본 모양이다. 편입하겠다고 이를 가는 모습 보면서 너무 미안했다. 다 내 잘못에서 시작했으니 지금이라도 자식 바라는 걸 이루게 해주고 싶다. 평소에 아들 이름만 입에 달고 살았던 엄마였기에 진심이 느껴졌고, 다음날 아주 낮은 이자로 돈을 쏴주었다고 했다. 하지만 수많은 선의로 쌓은 탑 안에 스며든 악의가 모든 미래와 전망을 가루처럼 빻아버렸다. 여사님은 티끌만 한 죄도 없는 총각이 빚 때문에 하루하루 고통받는 모습이 너무 마음 아프다고 하셨다. 비록 많이 힘겹겠지만 이 시련이 언젠가는 너를 단단하게 할 것이라며, 앞날이 창창하길 기도해주겠다고 하셨다. 그날은 집에 와서 종일 울었다. 채무를 덜었다는 안도감 때문만은 아니었다. 아직 세상에 온기가 남아 있다는 사실이 기뻤다. 사시사철 혹한기였던 가난의 세계에 "네 잘못이 아니다"라는 말이 너무도 따뜻하게 다가왔다.

다시금 정신을 차려 7월, 유 파트장님이 부스로 찾아왔다. 내 공정의 현장 관리자인 유 파트장은 그야말로 덕장 그 자체. 비노조 정규직이면서도 노조 정규직들과 갈등도 전혀 없었고, 하청 직원들마저 좋아하는 사람이었다. 어느 날 그가 옆구리에 책 하나 끼고 찾아와선 대뜸 물었다.

"니, 글 좀 쓴다메?"

"예? 누가 그랍디꺼?"

"그 왜, 올해 초에 나간 경리 가가 그라든데. 니 원래 소설 썼다 캄시로."

안초원, 이 입 싼 여자 같으니! 안 그래도 며칠 전에 "나 이번 휴가 때 고향 내려가요. 이번에도 핸드폰 무음 해놓으면 가만 안 뒤"라며 흡사 국민연금 통지서 같은 일방 고지를 해둔 그녀의 모습이 떠올랐다. 난감한 표정을 짓는 내게 파트장은 한숨만 팍팍 쉬었다. 각 파트장들에게 여름휴가 전에 독후감을 써서 내라는 본사의 오더가 떨어졌다고. 여전히 '손에 손잡고 벽을 넘어서 우리 사는 세상 더욱 살기 좋'던 시절 수준의 기업 문화에 기겁했다. 유 파트장한테는 신세를 진 게 많았기에 차마 거절 못한 채 혀만 찼다.

"아니, 무슨 방학 숙제 맡기는 알라도 아이고 뭡니까."

"쫌 해도. 내가 니 을매나 봐줏노."

"그라믄 오늘 잔업 좀 빼주이소. 책은 읽어봐야 할 거 아입니까."

집에 돌아와서 최대한 책의 '주장'만 인용해 이천 자 감상문을 완성했다. 파트장님은 메일을 보더니 "이야. 글발 직이네"라고 상찬해주었다. 뿌듯함도 잠시, 대필 이야기가 금세 퍼져서는 독후감 완성 못한 파트장 몇 명이 줄을 섰다. 어차피 책은 완독했고 독후감이야 금방 쓰기에 승낙했다. 대신 "글값으로 낸주 술 한잔 사주이소"라고 조건을 달았다. 비록 시간이 안 맞아 술은 한 잔도 얻어먹지 못했지만, 두고두고 회사 안에서 도움을 받았다. 월 30만원씩 빠지던 빚도 사라졌겠다, 모처럼 글에 자신감 얻은 계기까지 겹쳐 부업으로 써온 성인소설을 절필했다.

8월은 유달리 더웠다. 부스에 냉각 설비가 없어 수시로 두통이 왔다. 사장님께 야간 근무를 요청했는데 다행히 한 달 반 정도의 야간작업을 허락해주셨다. 덕분에 뜻밖의 즐거운 시간을 보냈다. 출근 첫날, 밤 열시 무렵부터 계속 이상한 소리가 들렸다. 괜히 섬뜩해져선 야식 먹자마자 소음의 발원지를 찾아다녔다. 근데 막상 수색에 들어가니 또 잠잠한 게 아닌가. 환청이었나 싶어 안심하고 의자에 앉아 있길 십여 분째. 갑자기 고양이 한 마리가 정문으로 당당하게 쳐들어왔다. 녀석은 내게 시선조차 주지 않은 채 목재 공구함으로 폴짝 뛰어들어갔다. 공장 부지에 길고양이가 꽤 돌아다녔지만, 인간을 이렇게 개무시하는 묘공은 처음 알현한 터였다. 조심스레 공구함을 까보니 웬걸. 어미 고양이 하나와 새끼 고양이 둘이 그 비좁은 공간에서 노닐고 있었다. 살쾡이와 분간이 어려운 어미와 달리 아이들은 하나같이 귀염 상이었다. 머리만 까만 토끼 같은 녀석, 코밑의 점 모양 털이 인상적인 녀석. 둘은 낯선 인간 수컷을 빤히 바라보았다. 결국 그날은 남은 시간에 공구함을 싹 비운 다음, 묘공의 보금자리를 용접 가스와 최대한 먼 곳으로 옮겼다. 이면지로 바닥을 싹 덮고 불량 난 원형 철판 커버에 물을 채워 갖다두었다. 다음날 출근 전 마트에서 참치 캔 모양 캣 푸드도 사서 쟁여놓았다. 어쩐지 룸서비스 하는 호텔리어가 된 느낌이었다.

원청 휴가철이 끝나자 일감도 많이 줄었다. 어느 정도인가 하니 빡세게 쳐내면 다섯 시간이면 끝마칠 물량이었다. 사장님께 어떡하냐고 물으니, 잔업 하지 말고 있는 물량만 때우고 정시 퇴근하라고 했다. 그때부터 야식 거른 채 '야리끼리' 쳐놓고 네 시간을 통으로 쉬었다. 일 끝나면 제일 먼저 고양이님들의 보금자리 청소와 식사를 책임졌다. 나머지는 자유 시간. 책을 가져다 읽기도 했고, 네이버 소설 카페 회원들과 새벽 채팅도 하며, 묘공들끼리 뒹굴대는 모습만 하염없이 쳐다보기도, 컵라면 물 올려놓은 채 풀벌레 소리를 들으며 사색에 잠기기도 했다. 어느 날엔 출근하자마자 은주에게 슬며시 메시지도 보냈다. "요즘 야간 일 하니까 괜히 노키아 생각나네. 잘 지내나?" 놀랍게도 칼답이 왔다. 본인도 쉬는 시간이라고 했다. 노키아 공중분해 후 은주 역시 힘겨운 시간을 보내는 중이었다. LG 하청을 다니다가 나오고, 현대차 전장품 만드는 업체에 갔다가 또 나오는, 일자리 난민으로 살아가는 중이었다. 야간 근무 끝나기 며칠 전엔 새벽 첫차 타고 가 은주를 만나 함께 마산 공단을 둘러보기도 했다. 짧은 만남 이후 얼마 안 가 은주는 울산으로 향했다.

야간 근무 마지막인 9월 셋째 주. 월요일부터 어미 고양이가 보이질 않았다. 사흘이 지나도 나타날 기미가 없었다. 나쁜 일이 생긴 듯했다. 답답한 호텔리어 마음을 알 리 없는 새끼 고양이들은 자기들끼리 신나게 레슬링하고 놀았다. 주말 내내 고양이들의 향후 거취를 고민했건만, 근심은 아주 간단하게 해결됐다. 주간 근무로 전환하면서 유 파트장을 다시 만난 김에 고양이들을 보여주며 어떡할까 물었다. "바빠 죽갔구마는, 괭이 새끼까지 신경쓰야긋나!"라고 툴툴대던 유 파트장은 점심시간 때 정직원들과 함께 부스에 들렀다. 나 이외 인간의 존재를 몰랐던 두 녀석은 아저씨들을 빤히 쳐다만 보고 있었다. 덕분에 나이 지긋한 중년 남성들이 단체로 아빠 미소 짓는 진풍경을 보게 되었다. 특히 특급 용접공 이씨 아저씨는 입꼬리가 반달 모양이 됐다.

"아따 귀엽게 생겨부렀다잉. 이 쪼꼬미들 나가 들구 가믄 안 되겄냐? 딸내미가 허벌나게 좋아하것다."

"아유, 안 될 거 있겠십니꺼? 퍼뜩 들고 가뿌이소."

하여 두 묘공은 무사히 입양되었다. 짧은 후일담으로는 이씨 아저씨네 둘째 딸이 재수 실패로 인해 극도로 까칠해졌었는데, 고양이들과 놀며 성격이 훨씬 유해졌다고.

이후 별사건 없이 두 달 지나가나 했더니, 날이 추워질 무렵 정유라의 입시 비리가 터졌다. 정운호, 진경준, 홍만표, 우병우가 차례차례 거론되더니 마침내 최순실이란 이름이 전면에 등장하고, 그녀가 현 정권의 비선 실세임이 밝혀지자 원래부터 보수 정권 싫어하던 노조원 이씨 아저씨는 화가 잔뜩 났다. 내 딸년은 죽도록 공부해도 대학 못 가서 우울증까지 왔는데 저것들은 뭐냐고 분통을 터뜨렸다. 마침내 대통령 탄핵 이야기가 나오는 가운데 사장님의 표정엔 하루하루 언짢음의 안개가 자욱해져갔다. 뼛속까지 시장 보수자였던 그는 맨손으로 시작해 산업화의 바람을 등에 업고 지금 이 자리까지 왔다. 박정희와 그의 딸에게 특별한 감정을 품는 게 특이할 일이 아니었다. 사장님은 언뜻언뜻 내 정치 성향을 물어오곤 했는데, 그때마다 배운 지식 총동원해서 애국 청년을 연기해야 했다. 대통령 단임제의 고질적인 병폐다, 임기 말이라고 사방에서 물어뜯느라 바쁘다, 한국이 누구 때문에 잘 먹고 잘살게 됐는데 그 따님한테 이런 식으로 하면 안 된다. 여기까지 이야기하면 사장님은 흡족한 낯으로 586 운동권들이 나라 다 망쳐놨지만, 그래도 한국 청년들은 깨어 있기에 미래가 밝다고 말했다. 기왕지사 시급도 좀 올려서 내 미래도 좀더 밝혀주면 좋았으련만.

사장님의 바람과 달리 그해 겨울, 마침내 탄핵안이 가결됐다. 그때쯤부터 용접하면서 팟캐스트를 듣기 시작했다. 박근혜 정권을 시원부터 죽 알아가다보면 문득 대통령 본인의 심리가 궁금해지곤 했다. 대체 왜 자신이 책임질 수 없는 권력을 원했는가. 부모의 죽음, 등돌리는 주변 사람들, 그 속에서 생긴 결핍과 배신감에 권력을 좇게 된 건 아닐까. 권력자의 딸이란 상징성을 이용만 당하다 얼떨결에 그 자리까지 올라간 건 아닐까. 처음부터 대통령이란 자리는 수단이 아닌 목적은 아니었을까. 그렇다면, 박근혜씨는 지금쯤 자기가 앉은 좌석이 왕의 권좌가 아니며, 단지 오년짜리 계약직의 야근 의자임을 알게 되진 않았을까…… 본인의 심리가 궁금했지만 대통령은 끝까지 침묵할 뿐이었다. 한 해가 시간의 지평선 아래로 떨어지고 새싹이 스멀스멀 피어날 무렵, 마침내 탄핵 결정일이 왔고 길 삼촌과 나는 핸드폰으로 뉴스를 튼 채로 귀기울이고 있었다. 헌정사상 가장 무거운 무게의 망치를 손에 쥔 이정미 헌재 소장이 말했다.

"주문. 피청구인 대통령 박근혜를 파면한다."

쉬는 시간 화장실 가는 길, 정규직 아저씨들도 벤치에 앉아 한창 그 얘기를 하고 있었다. 지나가면서 슬며시 대화에 끼어들었다. 모름지기 최고의 처세는 같이 남 씹기라던가. 한때는 원수 같던 정규직 아저씨들과도 그날만은 자연스럽게 대화를 이어갈 수 있었다.

이내 벚꽃이 모습을 감추고 포근한 온기가 불쾌한 습기로 변할 무렵, 대통령이 바뀌고 입사 이 년 차에 돌입했다. 신입 딱지를 떼면서 노동의 성격 또한 바뀌었다. 출근길이 산책로처럼 가벼웠다. 부스 안에선 아무런 생각이 없었다. 퇴근하는 통근 버스 안이 침대처럼 포근했다. 꽤 오랫동안 넋을 빼놓고 살았다. 그러는 동안 가슴속에 티끌만하던 두려움이 점점 부풀어올랐다. 과연 이 일만 해서 빚을 다 청산할 수 있을까? 자신이 없었다. 길 삼촌의 표정도 썩 밝지 않았다. 정규직들의 휴가 기간이 점차 길어지며 현장 분위기는 침체 일로. 회사 주가 또한 하락 일로. 길이 삼촌 또한 이 사업이 얼마 못 가리라 예상했다. 다만 나와 달리 현실을 받아들이고 있을 뿐이었다. 우리 이제 뭐 해먹고 사느냐는 내 질문에 삼촌은 달관한 듯한 대답만 할 뿐이었다.

"우얄 끼고. 원래 용접사라는 기 떠돌이 신센 기라."

한숨 쉬며 귀가한 그날, 샤워 마치고 거울을 보았다. 입사 당시 날렵한 청년은 어디 가고 웬 배불뚝이가 떡하니 자리잡고 있었다. 현실에 안주해버린 내 마음이 몸에 고스란히 반영된 모습이었다. 체중계에 찍힌 몸무게는 85, 걸음걸이조차 운동만큼 힘겨워진 고깃덩어리를 눕힌 채 핸드폰을 켜자 초원씨의 카카오톡 프로필 사진이 눈에 들어왔다. 작고 통통해 귀여웠던 학생이 점차 스커트 정장이 어울리는 여성으로 변해가는 중이었다. 정신이 번뜩 들었다. 그래, 정부도 바뀌었는데 나도 바뀌어야지. 하룻밤 사이 스친 생각은 곧바로 실행으로 이어졌다. 다음날, 회사를 떠나기로 했다. 있는 사람도 내보내야 했던 사장님은 내심 고마운 눈치로 사직서를 받아들였다. 근무일은 다음주 월요일까지로 잡았다. 하지만 금요일 물량을 마감하고 마무리 준비하는데 웬걸. 긴급 물량이 터져 토요일에 출근하라고 했다. 화를 삭이며 출근해 다 때워놓고 집에 가서 뻗어 있는데 낮에 또 전화가 걸려왔다. 본사 과장님이었다. 빨리 출근 안 하고 뭐하냐는 호통에 정신없이 버스에 오르고 보니 미칠 듯 억울했다. 일요일 출근에 대해 누구한테도 들은 바가 없었다. 과장님은 내 퇴사 소식을 모르는 듯했다. 소통이 전혀 안 되고 있는 상황을 알고 있음에도 화가 났다. 내일 나가는 사람한테 이런 식으로 대우하는 건 너무하지 않은가. 그날 결국 회사 다니면서 처음으로 용접기를 집어던졌다. 과장님에게 전화 걸어서 못해먹겠다고 역정 내고선 집으로 돌아왔다. 다음날, 현장에 들러 작별인사 도중 어제 있었던 이야기를 들은 홍대리, 이젠 홍과장인 형님이 넌지시 말했다.

"과장하고 싸운 것 같은데, 고마 사과 한번 해라."

"에이, 어차피 안 볼 얼굴 아입니꺼."

"어차피 안 볼 끼라 생각하고 니가 함만 지주라. 낸주 또 만날지 우예 아노."

듣고 보니 맞는 말이었다. 안 볼 사이에 앙금 남겨 뭣 하겠는가. 쪽팔림을 무릅쓰고 사무실로 찾아가 고개 숙여 사과했다. 그때 한번 자존심을 밟아 눌러놓은 덕에 큰 이익을 봤다. 퇴사 이후 내 후임자가 금방 나가버려서 임시 일당직이 필요할 때, 과장님이 날 추천했다고 한다. 그리하여 어쩌다보니 옛 직장에서 두 달을 더 일하게 됐다. 다만 조건이 바뀌었다. 시급이 아니라 완성 제품 하나당 만 원. 내 기술로는 하루에 열다섯 개를 때울 수 있었다. 이때 처음으로 일한 만큼 버는 쾌감을 몸소 느꼈다. 중소기업의 최저 시급 언저리만 맴도는 임금은 일 잘해보려는 의지를 꺾는다. 암만 열심히 해도 임금이 오르질 않으니 눈치껏 적당히 일한다. 생산품이 많이 나올 리 없고 품질관리가 제대로 이루어질 리 만무하다. 일하는 만큼 받아갈 수 있는 상황이 되니 신경이 온통 눈앞 제품에 쏠렸다. 일 년 넘도록 이루지 못한 하루 열다섯 개 완성의 벽을 그때 뚫었다.

일에 재미가 붙으니 다른 문제가 생겼다. 열심히 하고 싶어도 몸이 따라가질 못했다. 살이 붙으니 같은 일을 해도 피로감이 아예 달랐다. 퇴근하면 바로 쓰러져서 잠들기 일쑤였다. 차라리 그대로 푹 퍼지면 모를까 두 시간 뒤 두통과 함께 깨어나선 새벽 내내 뜬눈으로 보내야 했다. 그 상태로 출근하면 그대로 악순환의 쳇바퀴 가동. 결국 주말에 몰아서 자는 신세가 됐다. 이렇게 살다간 조만간 골병들 게 뻔했다. 그날부로 통근 버스 지정 정류소보다 훨씬 이전에 내려 집까지 달렸다. 밤밭고개로 이어지는 경남대 정문 옆구리 길 위를 달릴 땐 오장육부가 부풀어 터지는 줄 알았다. 식단도 교체, 혼술을 끊고 저녁 한끼는 샐러드와 바나나로 대체했다. 그때부터 지방은 대형차에 채워넣은 휘발유처럼 줄줄 새어나갔다. 어느 순간 수면 주기도 정상으로 돌아왔다. 몸이 가벼워지자 근력 운동도 병행했다.

한 달이 지나 통장에 꽂힌 돈은 350만원. 오롯한 노력의 대가였다. 단지 능력껏 대우받는 사실 하나만으로 하루하루가 신났다. 그야말로 바뀌는 계절조차 느끼지 못한 시기였다. 두 달 뒤, 몸무게는 10킬로그램이 빠져 있었고, 퇴직금과 여윳돈을 모아 유독 까탈스럽게 굴던 빚쟁이 채무도 처리했다. 그렇게 이십대 중반을 함께한 회사와 돌아섰다. 좀 쉬고 싶었지만 그럴 여유가 없었다. 어차피 용접사의 숙명이 낭인이라면, 더 나이 먹기 전에 타지 근무의 감을 잡아보기로 했다. 물론 빚 때문에 멀리 나갈 방법은 없었다. 은행은 비자발적 신용 불량자에게 보증금과 이사 비용 몇 백조차 빌려주지 않았다. 숙소 주는 회사로 가자니 그건 그 나름 끔찍할 것 같았다. 조선소며 반도체 공장, 기타 온갖 격오지 회사의 숙직 후기를 들었지만 좋은 소리는 한 번도 못 들었다. 그런데 마침 친구가 이사가면서 양산에 집이 하나 빈다고 했다. 자취의 감을 익힐 절호의 기회. 경차에 옷가지와 책 몇 권만 싣고선 어른이 된 이후 처음으로 고향을 떠났다. 두렵고 설렜다.

수도사처럼 지낸 타지생활

양산으로 가게 된 계기는 공짜 숙소보단 좋은 회사의 존재 때문이었다. 면접이 끝난 저녁, 사장님이 직접 전화를 해서 임금 이야기부터 본인의 생각까지 허심탄회하게 말씀해주었다. 우리 회사엔 현장 기술자가 필요하다. 하지만 비주류 업종이라 외부에서 끌어올 수가 없다. 결국 새로 키워야 하는데 오늘 대화 나눠보니 회사랑 같이 클 수 있는 사람 같다. 직전 기술자가 오 년 정도 일했는데 연봉 8000을 거절했다. 우리 회사 그 정도는 충분히 맞춰줄 수 있으니 같이 한번 해보자. 그간 사람을 부품 취급하는 게 눈에 보이던 사장들과 확연히 다른 태도에 반해 입사를 결심했다.

내 기억 속 양산이란 공간은 거대한 수도원으로 남아 있다. 이사 첫날, 경차 한 대에 실었던 짐을 정리하고 바닥에 누웠다. 덥고 외롭다, 는 생각이 제일 먼저 들었다. 산등성이 부근에 지어진 집이어서 빼곡한 나무마다 들러붙은 매미들이 발작을 해댔다. 사흘 정도 여유가 있어 숙소가 있는 석산리와 회사가 위치한 물금읍을 돌아다녔다. 언덕길을 내려오면 금세 빼곡한 아파트며 상가가 보였다. 밤이 되자 공원 곳곳에 LED 조명이 번뜩였지만 인기척은 드물었다. 물금읍부터 이어지던 높은 건물 행렬은 증산역에 다다르자 뚝 끊겨버렸다. 화려하지만 텅 빈 헛헛한 풍경이었다. 어디에도 마음 둘 곳 없는 채로 월요일을 맞이했다. 회사생활 칠 년 차에 처음으로 차를 타지 않고 회사까지 출근했다. 숙소에서 나와 이십 분을 가볍게 조깅하니 회사에 도착할 수 있었다. 아직 햇발이 쨍쨍하지 않은 오전 여덟시 이십분. 석산리와 물금읍 사이 놓인 금오대교를 달렸다. 다리를 절반 정도 건널 즘 물금 도심 전체가 내려다보였다. 대교 아래 흐르는 양산천의 물줄기와 사방에서 키재기하는 미완성 아파트들, 부산대양산캠퍼스역을 지나 양산역 종점까지 힘껏 내달리는 지하철, 어릴 적 티브이에서 보았던 마법 소녀들의 요술봉을 엎어놓은 모양의 양산타워까지. 쉽

사리 어우러지지 않는 풍경과 마주하며 달리는 동안 출근의 두려움을 떨치고 퇴근의 고단함을 내버리곤 했다.

이번 회사는 ISO 탱크 컨테이너 정비업체. ISO 탱크 컨테이너는 민감한 화학 액체를 담아두는 커다란 원통형 탱크에 철판으로 사각형 외골격을 덧댄 수송 장치였다. 일단 배에 실으면 몇 주 몇 달을 망망대해에서 떠도는 만큼 사소한 결함도 허용할 수 없었다. 덕분에 여느 중소기업들과 달리 업무 체계부터 확실히 잡혀 있었다. 액체가 새지 않도록 점검하는 기밀氣密 테스트 부서, 화학물질로 오염된 탱크 내부를 씻어내는 세척 부서, 배에 실을 수 있는 상태가 되게끔 컨테이너를 보수하는 수리 부서, 컨테이너 오너들에게 견적을 주고받는 사무 부서까지. 종업원 서른 명이 안 되는 회사지만 경력 십 년 차 전문가도 더러 있는 견실한 업체였다. 내가 맡은 업무는 컨테이너 수리. 업무 난이도는 그야말로 별 다섯 개였다. 뭉뚱그려 설명하자면 머리도 아프고 몸도 빡센 일. 병역 특례 시절 앉아서 기판 들여다보며 하던 수리와는 차원이 달랐다. 컨테이너는 단순한 겉모습과 다르게 온갖 방법으로 고장이 났다. 탱크 겉면이 찢어지거나 구겨지는 건 기본, 지게차로 실어나르다 사고 나서 프레임이 휘어지거나 찌그러지는 정도까진 애교, 도저히 알 수 없는 곳에서 물이 새어나오는 것까지가 마지노선. 탱크 전체가 부식되어 아예 걸레짝이 되어버린 경우, 자동차 보닛 안쪽만큼 복잡한 내부 부품 중 하나가 날아가 오작동하는 경우, 심지어 이 모든 결함이 겹쳐 아예 새 제품처럼 리모델링을 해야 하는 경우도 있었다. 사장님이 말한 '기술자'란 이 온갖 변수에 대응할 수 있는 사람을 뜻했다. 용접, 절단, 실링, 리베팅, 해머링, 페인팅, 그라인딩, 누수탐지. 이 모든 업무를 전부 꿰려면 오 년은커녕 십 년 배워도 모자랄 듯했다.

우리 팀 인원은 총 네 명. 팀장 형님은 대졸 후 설계 일 십이 년 하다가 일 년 전에 이 업계로 왔다. 대학물을 마셔서 그런지 현장에서 거의 본 적 없는 합리적인 인간상이었다. 자식 둘에 대출 낀 집이 있는 몸이라 책임감도 무척 강했다. 칭찬할 건 칭찬하고 야단칠 때도 "그래도 이건 한마디해야겠다"라며 쓸데없는 감정을 넣지 않고 말해 참 좋았다. 내 맞선임이자 두 살 연하인 김기사는 매사 불만인 투덜이였다. 힘든 일이 오면 금방 짜증을 내곤 했다. 말버릇이 "내가 이 돈 받고-"였는데 하도 자주 말해서 나중엔 그 뉘앙스까지 따라 할 수 있을 지경이었다. 그러나 그 마음을 이해했기에 내가 후배임에도 현장에서 자주 위로를 건넸다. 회사는 김기사의 경력을 인정하지 않았다. 이 년 가까이 일했지만 월급이 나보다 적었다. 비록 군소리는 자주 해도 일 펑크 내거나 실수를 면피하는 사람이 아니었건만. 신입이라 그 부당 대우에 대해서 뭐라 말할 수 없는 입지가 개탄스러울 뿐이었다. 마지막으로 필리핀에서 온 가브리엘 큰형님은 회사에서 가장 골병드는 업무 '폴리싱'의 달인이었다. 몇 달 동안 항해한 탱크 외부는 바닷바람을 맞아 부식되고, 내부는 화학 용기 찌꺼기가 가득 끼기 마련. 덕분에 한번 해외 순방 다녀온 컨테이너들은 대형 그라인더로 안과 밖을 긁어 깨끗하게 만들어야 했다. 이 작업이 바로 폴리싱이다. 말로 옮기면 참 단순하지만 실전이란 게 늘 그렇듯, 시작하자마자 온갖 난관에 부딪히고 깨졌다. 그나마 쉬운 바깥 부분을 긁어낼 때부터 골치 아팠다. 조명 켠 채로 세척 약품을 치자 사탕에 꼬이는 개미떼보다 더 많은 날벌레가 꼬였다. 그래도 이쪽은 차라리 나았다. 외관이 적당히 깨끗해 보이면 그만이었다. 진짜 골칫거리는 안쪽, 탱크 안으로 직접 들어가 벽을 일정한 결로 문지르는 작업이었다. 무슨 화학 용액이 담길지 알 수 없으니 결벽증 수준으로 긁어내야 했다. 환기가 안 돼 쌓여가는 분진과 더불어 원통 안이라 제한된 자세로 대형 그라인더를 다루다보면 몸에 심한 부하가 걸렸다. 이 업무에서만큼은 몸무게를 줄인 게 오히려 악수로 작용했다. 한 덩치 하는 가브리엘 형님과 김기사가 그나마 버티는 이유가 있었다.

"허리 아파 현우. 허리 조심."

이 말을 달고 살았던 가브리엘 형님은 필리핀에 있을 적 아주 거친 삶을 살아왔다고 했다. 쉰이 넘은 필리핀 노익장은 총기를 아주 좋아했다. 이따금 총기 리뷰 영상을 보기도 했고, 무슨 내용인지 친절하게 알려주기까지 했다. 한국 '밀덕'과 결정적으로 다른 점이 있다면, 입에 올린 총 중 몇 개는 직접 쏴봤다는 것.

"파퀴아오, 잘 싸워. 총 한 방, 죽어."

고국에서 총격전 벌인 일화를 들을 때마다 등골이 오싹해지곤 했다.

우리 팀은 전임 팀장이 나가고 일 처리가 아주 힘들어졌다. 다들 경험이 모자랐으니 일하다 막히는 경우가 많았다. 다행히 자기 회사를 차린 전임 팀장이 가끔 회사에 들러 조언해주었기에 작업 기한을 펑크 내는 일은 없었다. 나름 이런저런 현장을 둘러봤지만 전임 팀장만큼 대단한 기술자를 보지 못했다. 그 유능함은 그저 노력이란 말만으론 설명이 불가능했고, 재능까지 끌어들여야만 비로소 온전히 말할 수 있었다. 전임 팀장의 머릿속엔 컨테이너의 종류, 회사마다 다른 규격, 안에 들어가는 부품과 그 위치가 다 들어 있었다. 그 실력의 정점을 확인했던 순간은 팀 전체가 누수 탐지에 애먹던 때였다. 불량 판정받은 탱크에 호스를 연결해 물을 집어넣어보니 금세 줄줄 새어나왔다. 이 상태로 약품을 그대로 실었다간 해양 대참사가 일어날 터. 탱크에 물이 새는 곳을 찾아 용접으로 메꿔야 했다. 정확한 누수 지점 확인을 위해선 탱크 외부를 절단해야 했다. 새어나오는 곳을 잘못 예측하면 뜯어낸 외피를 도로 붙이느라 시간이 들었다. 즉 단번에 찾아내야 시간이 절약되는 구조. 그날은 불량이 제대로 잘못 걸려 탱크의 반을 뜯어내는 동안 물이 새는 곳을 못 찾았다. 결국 회삿돈 써서 전임 팀장을 호출했는데, 맙소사. 골조에 청진기 몇 번 대더니 단 한 번에 누수 부위를 찾아내는 게 아닌가. 감탄하는 내게 전임 팀장은 별일 아닌 듯 어깨 한쪽을 으쓱하더니 말했다.

"짬밥 무면 누구나 다 합니더. 조급해 마이소."

전임 팀장의 천재성은 후임들에겐 두고두고 비극이었다. 사장님은 그의 재능을 쫓아가지 못하는 나를 답답하게 바라보았다. 나중에 들어보니 그가 바로 연봉 8000만원을 제시받았던 특급 인력이었다. 현 팀장이 말하기론 임금 협상은 성공했지만 실장급 직책을 달라는 조건을 거절당했고, 그걸 명분으로 회사를 나와 더 잘나가고 있다고 했다. 어느 업계든 정점에 오른 기술자는 회사에 굳이 연연할 필요가 없구나. 그의 유능함을 지켜볼 때마다 마음 한편에 경이로움, 동경, 선망과 더불어 질투, 좌절감의 양가감정에 휘말리곤 했다.

타지생활은 그럭저럭 잘 보내고 있었다. 다만 하루하루 회사생활을 끝마치고 귀가하면 할일이 없었다. 책상 하나 없이 텅 빈 방에 누워 종일 천장만 바라보곤 했다. 특히나 첫 주엔 감정이란 믹서에 우울함을 한 통 다 털어 넣고 마셔버린 듯 괴로웠다. 괴로움이 목 끝까지 차오를 땐 죽음을 결심했던 순간과 초원씨와의 약속을 떠올렸다. 그리고 되뇌었다. 이 몸뚱이는 나만을 위해 존재하는 게 아니며, 약속을 지킬 줄 알아야 비로소 어른에 한 발 더 가까워진다고. 그때부터 현실의 지면에 나를 단단히 고정하기 위해 쉼없이 내면을 망치질했다. 명상을 하고 소설을 썼다. 아침저녁으로 팔굽혀펴기를 했다. 토요일엔 퇴근해서 집 청소를 하고 코인 빨래방에 갔다. 24시간 무인 빨래방엔 재밌는 만화책이 한가득 쌓여 있었다. 빨래가 다 되어갈 동안 근처 편의점에서 맥주와 주전부리를 사와 만화와 함께 즐겼다. 일요일엔 도서관으로 달려가 책을 읽었다. 그쯤엔 재벌들이 어떻게 부정 축재를 해왔나 궁금해서 관련 책만 줄곧 읽어댔다. 양산 부산대병원 뒤편 시립 도서관에 도착할 때쯤엔 초원씨에게 꼭 연락했다. 초원씨가 웬일로 한 달 내내 연락이 없다가 갑자기 일주일마다 연락하냐며 놀라다가도, 하루에 한 번 할 수는 없느냐고 서운한 티를 팍팍 냈다. 반갑고 그리운 투정에 기쁜 마음이 벅차올랐지만, 꾹 참고 내 마음을 차분하게 전달했다. 지금 내가 많이 괴롭다. 하지만 누군가에게 의존하고 싶지 않다. 이 시간을 오롯하게 나 혼자서 벗어나 보이고 싶다. 그리고 정말, 미칠 듯이 보고 싶다. 초원씨에게 늘 경박하게 굴어오던 내가 그때 처음으로 목소리를 깔아봤다. 그 낯선 모습에 초원씨가 화답했다.

"거봐요, 멀어지니까 보고 싶지? 근데 어떡하나. 싫은데, 안 만나줄 건데!"

그야말로 수도사처럼 살아낸 겨울의 중턱을 지날 무렵. 63킬로그램까지 빠져 홀쭉해진 몸에 잔근육이 오돌토돌한 윤곽을 드러내기 시작했다. 머릿속은 시냇물 흘러가듯 고요하고 차분했다. 그 시절 생활은 반半자연인에 가까웠다. 회사에서 돌아오면 차가운 방에서 운동으로 몸을 데우고 책이나 팟캐스트로 하루하루를 채웠다. 자신과의 대화를 통해 스스로가 어떤 사람인지 차곡차곡 알아갔다. 대학 졸업을 앞둔 친구들이 스펙을 쌓으려 전쟁 치를 때, 나는 이력 한 줄 남지 않는 혼자만의 전투에 골몰했다. 이따금 엄마 밥이 먹고 싶어 전화를 걸면, 그때마다 병원에 있다는 대답만 돌아왔다. 어쩐지 느낌이 좋지 않았다. 작업 현장에 한가득 쌓인 눈을 치우며 김기사와 낄낄대는 동안, 내 삶에 또 한번의 쓰나미가 밀려오고 있었다.

양산 생활은 뜬금없이 끝났다. 어머니가 유방암 판정을 받았다. 빚보다 더한 악재에 내 첫 반응은 좌절도 슬픔도 아닌 냉소. 가난도 모자라 이젠 가족의 우환이라니, 이 모든 상황이 〈인간극장〉 같아 화낼 여력도 없었다. 가까스로 생명줄만 붙여놨던 정신의 바이털사인이 툭 끊어지는 느낌이었다. 무너져내리는 마음을 가다듬고 심여사께 전화하니 첫마디부터 사람 가슴 아프게 했다. "병원비 걱정 마라. 나라에서 다 준다……" 그동안 자식 놈이 얼마나 돈 돈 거렸으면 이런 말부터 할까. 죄책감 속에서도 빚을 쳐내려면 출근할 수밖에 없었다. 그날 아침, 밤새운 몸으로 회사에 와서 실장님이 특별 지시한 일을 처리하게 됐다. 지시서를 보며 탱크를 이리저리 둘러보는 중, 기밀 테스트 부서의 왕고 영감님이 와선 탱크를 건드리지 말라고 했다. 실장님 지시라고 말을 해도 막무가내로 행패를 부리더니 급기야 쌍욕까지 하는 게 아닌가. 두 눈을 질끈 감고 하늘만 바라보았다. 영감님은 도발을 멈추지 않았다.

"와, 한 대 칠라꼬?"

이죽대는 꼴 앞에서 아무것도 할 수 없었다. 그날은 정말이지 일이 손에 잡히질 않았다. 멀쩡했던 놈이 갑자기 둔해지니 다들 걱정하는 눈치였다. 몽롱한 정신으로 가스가 가득찬 탱크를 건드렸다가 샴페인 마개처럼 솟구치는 쇳덩어리에 맞아 죽을 뻔했다. 사람들이 우르르 몰려와 괜찮냐고 묻는데 무슨 말인지 전혀 알아들을 수 없었다. 자나 깨나 심여사 걱정뿐이었다. 결국 입사 오 개월 만에 사직서 위에 볼펜 촉을 얹었다. 그날 새벽녘에 친구를 불러 야반도주하듯 마산으로 돌아왔다.

기껏 얻은 직장을 등진 내겐 가혹한 방랑생활이 기다리고 있었다. 고향에 돌아와 아르바이트 전전하며 용접 일자리를 구하러 다녔지만 조건 맞는 곳이 없었다. 그간 운이 좋아서 제때 취업했을 뿐 현실은 이렇게나 냉혹했다. 그나마의 회사도 전부 대산면이나 진북면처럼 도심에서 한참 떨어진 곳에 있었다. 두 달 동안 이력서만 스무 장쯤 던졌을 때 한 회사에서 연락이 왔다. 팔용 공단에 입주한 중소기업이라 별 기대는 하지 않았지만, 정말 나쁜 쪽으로 상상 이상의 회사였다. 출근 첫날, 근로 계약서를 쓰기도 전에 작업복과 안전화부터 받았다. 딱 봐도 새것이 아니었다. 알고 보니 하루 만에 퇴사한 사람이 받았던 물건을 세탁해놓은 것이었다. 사장님은 작업장에 날 데려다놓더니 "다 할 줄 알제?"라며 어깨를 톡톡 두드렸다. 찬밥 더운밥 취사선택할 처지가 아니었던지라 묵묵히 일하다가 쉬는 시간에 화장실로 갔다. 해우소가 흡사 공포영화 세트장 같은 몰골이었다. 창문은 깨진 채 방치됐고, 소변기는 물이 내려가지 않아 찌든 때가 잔뜩 껴 있었다. 그래도 참고 퇴근 시간까지 버텼는데 첫날부터 세 시간 잔업을 시켰다. 사장님은 "우리 회사는 토요일도 나와야 한다"라는 덧붙임도 잊지 않으셨다. 사람 일할 곳이 아니다 싶어 사흘 만에 돈 안 받겠다고 하고 회사를 나왔다. 그때까지도 근로 계약서는 써보지도 못했다.

다음주에 또 한번 면접을 봤다. 이번엔 꽤 규모 있는 중견 기업이었다. 통근 버스와 도서관, 보육 시설까지 갖춘 괜찮은 회사였다. 사무실로 가서 면접 보러 왔다고 하니 빈 책상에 한 시간 내내 사람을 앉혀놨다. 커피 한잔도 타주지 않았다. 오랜 기다림 끝에 마침내 현장 담당자가 왔다. 이번엔 정말 열심히 해야겠다 싶어 기량 테스트 때 모든 역량을 동원했다. 비드가 아주 깔끔하게 뽑혔다. 담당자의 극찬 속에 계약서를 쓰러 사무실로 올라간 나는 할말을 잃었다. 한참 뒤에 상무라는 사람이 와서 책상 위 서류더미를 툭툭 두들기며 일방 통보하는 게 아닌가.

"우리 회사는 최저 시급부터 시작합니다."

사람을 무시해도 유분수지, 그대로 자리를 박차고 뛰어나왔다. 면접 보느라 날린 시간이 너무 아까웠다. 나중에 알고 보니 그 회사는 잡플래닛 평점 1.5에 육박하는 창원 삼대 악덕 기업 중에서도 선봉장으로 꼽히는 곳이었다. 구직기는 계속 길어져서 마침내 한 달째. 가진 돈이 다 떨어졌을 때가 되어서야 비로소 제대로 된 회사에서 연락이 왔다. 삼 년 후 또 한번의 악연이 될 현대로템 하청업체였다. 입사 당일엔 그 거대한 공장 규모며 시설에 깜짝 놀랐다. 너무 넓어 공장 사이를 오갈 때 골프 카트를 타고 다녀야 했다. 매점과 병원, 샤워실, 운동장, 심지어 헬스장까지 있었다. 중년만 한가득했던 여타 현장들과 달리 나보다 젊은 직원도 많이 보였다. 일터 내부 분위기는 여유로웠다. 잔업이며 특근을 붙여 사람 짜내는 연장 근무가 없는 탓이었다. 모든 공장은 오후 다섯시 삼십분이 되면 사이좋게 불을 꼈다. 실로 낯설고도 행복한 풍경. 이때만 해도 마침내 뿌리박을 회사를 찾았다며 기뻐했다.

현대로템에선 알루미늄 용접을 취급했다. 이제껏 해왔던 용접보다 월등히 가벼운 느낌이었다. 불꽃 튀는 소리부터가 달랐다. 중공업에 쓰이는 솔리드 와이어 용접이 둔탁하고 잔잔하다면, 알루미늄이 녹을 때 나는 소리는 매미가 우는 듯 높고 시끄러웠다. 필요한 직무 능력도 달랐다. 기존 일은 용접 결과물인 비드를 잘 뽑아내는 능력이 중요했다면, 이곳은 도면에 맞춰 올바른 부속을 부착하는 '제관' 역량이 훨씬 중요했다. 내부 구조도 그만큼 복잡하고 정밀했다. 사실상 신입으로 입사한 셈이었다. 일주일 정도 연습한 다음 실전에 투입됐다. 일이 많이 없는 시기라 분위기 파악에 전력을 다했다. 주변 또래들은 대부분 기술교육원 이수생이거나 현장 정규직의 아들이었다. 신입의 운명은 보통 삼 년 차에 정직원 전환되는 소수와 회사를 나가는 다수로 갈렸다. 십 년 차 왕고 형님의 연봉을 운좋게 알게 됐는데 단번에 이 상황이 이해가 갔다. 연봉은 오르지 않고, 나이가 차면 정직원 명찰에서 멀어지고, 독점 업체라 배운 기술을 쓸 곳도 별로 없기에 이곳에서 장기근속을 하면 할수록 제 살만 깎아 먹는 구조였다. 사내엔 한창 북한과 분위기가 좋아 새로운 사업을 따리란 기대감에 부풀어 있었다. 나 역시 그 전망 덕분에 뽑힌 셈이었다. 회사 건물 곳곳에 북한과 철도 연결을 바라는 포스터가 붙어 있었다. 하지만 사업이 잘 안됐는지, 아니면 프로젝트가 없어졌는지 정확히 입사 한 달 만에 사무실에서 호출이 왔다. 사장님은 난감한 표정으로 사직을 권고했다. 노동법으로 따지고 들면 붙어볼 수야 있었겠지만 애걸복걸하기 싫어 알겠다고 했다.

긴박한 상황 속에서 좀처럼 제대로 된 직장이 구해지지 않자 살아가고자 하는 의지가 꺾였다. 스스로 무언가를 할 의지가 아예 사라졌다. 자해나 자살조차도 그저 쓸데없이 부지런한 행위처럼 느껴졌다. 엄마가 오지 않는 집안. 쓸쓸한 그 공간 안에서 불과 일 년 전 추억만 끊임없이 되새김질했다. 출근할 직장도, 집 안팎으로 반겨주는 사람도 있던 시절. 그때의 나는 대체 뭐가 그리도 불행했기에 삶을 비관했었나. 왜 회의감의 비에 몸을 적신 채 감사를 망각하며 하루하루 살아갔나. 겹겹이 쌓인 후회에 깔려 소주를 마시고 잠들기만 반복했다. 이러다 고독사하면 차라리 호상일 것 같았다. 육신과 정신이 완전히 망가진 채 열흘이 지났다. 의사 선생님에게서 연락이 왔다. 바로 내일 어머니 암

수술을 하겠다고 하셨다. 늦지 않게 발견했으니 너무 걱정 말라고 하셨지만, 잇단 불운에 내 마음은 이미 레커차에 실려가는 폐차 직전의 자동차 꼴이 되어 있었다. 세상 모든 게 삐뚤어지게 보여 수술마저 잘 안되리라 체념했다.

마침내 2018년 6월 5일 화요일. 눈 잔뜩 부은 채 새벽녘부터 비척비척 병원으로 향했다. 두 시간 남짓 걷는 동안 불어오는 초여름 바닷바람조차 너무도 차갑게 느껴졌다. 삼성병원 지하 일층 수술실. 열시쯤 입구 전광판에 마침내 심여사의 이름이 떴다. 그 세 글자를 눈에 새긴 순간, 열흘간 체념 뒤에 가려졌던 본래 감정이 마침내 모습을 드러냈다. 엄마가 살았으면 했다. 수시로 귀찮은 심부름 시키고, 새벽에 벌컥벌컥 들어와 잠 깨우고, 집안에서 계속 담배를 피워도 좋으니까, 집으로 돌아올 때 웃으면서 반갑게 맞이해줬으면 했다. 교회 한 번 안 나가본 불량한 신앙심으로 간곡히 기도했다.

수술은 길었다. 점심시간 배꼽시계가 집요하게 울려댈 즈음, 마침내 의사 선생님이 수술실에서 나왔다. 나와 시선이 마주치자 눈썹을 실룩이며 "수술 잘됐고, 어머니 잘 보살펴드려라. 일 년마다 정기검진하는 것 까먹지 말고"라며 돌아서셨다. 무슨 생각을 하기도 전, 의자에서 벌떡 일어나 몇 번이고 고개 숙였다. 그때 비로소 알게 됐다. 눈물이란 꼭 슬플 때만 나지 않음을, 눈 아래 맺힌 작고 뜨거운 액체 속엔 온갖 복잡한 감정이 조밀하게 뭉쳐 있음을. 비로소 삶의 감각이 돌아오자 가장 먼저 반응한 쪽은 부끄럽게도 배였다. 지난 열흘간 밥을 먹는 둥 마는 둥 살았다. 편의점에서 손에 잡히는 대로 퍼먹은 다음, 회복실에서 죽음의 산골짜기를 넘어온 심여사와 재회했다. 병원생활이 어땠느냐고 물으니, 엄마는 씩씩한 표정으로 대답했다.

"별거 아이드라. 내가 니 냅두고 어딜 가긋노. 밥 제대로 안 묵고 집도 개판 쳐놨제? 그거 가만 냅두라. 내가 다 치알꾸마."

말이 안 나와서 그저 두 손 꼭 잡고 소리 없이 눈 밖으로 수분만 내보냈다. 그날 저녁, 지웠던 워크넷 앱을 다시 깔았다. 반드시 지금의 이 시련을 이겨내고 말리라.

일기를 다시 쓴 계기

모니터 한가득 구직 사이트 창을 띄워놓고 보면 머리엔 안개가 끼고 가슴엔 가뭄이 온다. 푸시 알림도 설정했지만 폰은 좀처럼 울리지 않는다. 그대로 몇 시간 지나면 초조함의 달이 차오르고 억울함의 밀물이 들이닥친다. 내가 무슨 대기업만 노리는 것도 아닌데, 알짜배기 중견 기업 찾느라 눈알 굴리는 것도 아닌데, 그저 다달이 200만원 월급에 여덟 시간 일하면 충분한데, 그조차 어찌나 이리 힘겨울까. 하루 취업 농사 말아먹고 침대에 누우면 또 한번 한숨이 나왔다. 남들이 꺼리는 직종의 경력직인 나조차 이리 악전고투하는 마당에, 다른 친구들은 어떤 가시밭길을 걷고 있는 걸까. 적어도 두 달 내로 직장을 구하려던 계획이 좌초되어 버뮤다 삼각지대에 매립당하기 직전, 전화 한 통이 왔다. 상대는 뜬금없이도 SNT중공업의 유 파트장이었다. 전화를 받아보니 사외 하청에 일자리 하나가 남는다고 했다. 원래 하던 일이라 적응도 쉽고, 조건도 나쁘지 않으니 이직을 고려해보라고 했다. 아무래도 아직 내가 일하는 줄 알았던 모양이었다. 유 파트장은 친절하게 문자로 사이트 주소까지 띄워주었다. 그 작은 배려가 구원의 동아줄이 되었다.

회사는 창원시 팔용동에 있는 직원 열여덟 남짓 작은 정밀공업 회사. 현장엔 중공업계에서 퇴직한 사십대 후반부터 육십 세까지의 형님들과 2030 외국인 노동자들이 분주하게 움직이고 있었다. 면접관이었던 이사님은 '요즘 젊은 것들'을 대단히 마뜩잖아하셨다. 그런 탓에 중소기업답지 않게 긴 질의응답을 하게 되었다. 말은 길었지만 결국 잔업 특근 불사하며 회사의 전 공정에 빠릿빠릿하게 적응하는 중소기업 인재를 원하고 있었다. 구시대의 성실한 일꾼을 원하는 이사님께 무조건 할 수 있다고만 대답했다. 그땐 정말 취업이 절실해서 용접만 시켜주면 노동 교화소라도 들어가고 싶은 심정이었다. 하여 2018년 8월, 반년 넘는 대장정 끝에 마침내 제대로 된 직장을 구했다. 만세삼창 불러보기도 전에 입사 첫날부터 거하게 뒤통수를 맞았다. 로템 하청에서 한 달 일한 내역 때문에 '내일채움공제'에 가입이 되지 않았다. 목돈 만들 기회가 처음부터 날아간 셈이었다. 그날 점심시간 내도록 수화기를 붙잡고 고용부에 호소했지만 방법이 없었다. 빚진 것도 서러운데 목돈 만들 기회까지 허무하게 날아가버렸다. 취지는 좋았으나 사각이 존재했던 이 제도는 2019년 와서 '삼 개월 이하 고용보험 가입 이력은 최종 상실일에서 제외'하기로 개정되었다.

석연찮은 시작과는 달리 회사생활은 정말 순탄했다. 가끔 생기는 잔업은 이주 노동자들이 도맡았고, 월급도 세후 200만원은 꼬박꼬박 들어왔다. 무엇보다 좋은 점은 묵묵히 일에만 집중할 수 있는 환경이었다. 중소기업답게 한 공정만 잡고 일할 순 없었지만, 주요 업무가 이 년 동안 줄곧 해왔던 용접이라 일 못한다고 욕먹을 일이 없었다. 오히려 너무 빨리 때우는 바람에 앞뒤 공정에서 볼멘소리 할 정도였다. 대부분 SNT 퇴직자 출신인 이 형님들은 재촉하는 법이 없어 좋았다. 이미 똘똘한 집 한 채 있고, 자식들은 대학 다 보내놨겠다, 일하기 싫으면 언제든 용접기 던지고 나갈 수 있는 상태라 여유가 넘쳤다. 기본 경력 이십 년 이상을 깔고 들어가는 사람들이라 실수도 거의 없다보니 이 년 내내 싫은 소리 주고받는 일이 없었다. 굳이 지금 와서 불만을 찾자면, 너무나 순탄한 회사생활 때문에 글로 남길 거리가 별로 없다는 점이다.

이제껏 일했던 회사 중 외국인 노동자가 제일 많았다. 신기할 정도로 국적이 전부 달랐는데, 인상 깊게 보았던 두 명은 몽골에서 온 샤크나와 베트남 출신 펑이었다. 마흔이 얼마 남지 않았던 샤크나 형은 한국이 마음에 들어 아예 자리잡은 경우였다. 나보다 더 한국인 같아서 점심으로 나오는 비빔밥에 된장까지 넣어 비벼먹는가 하면, 특근 때 국밥 안 사주면 일 안 하겠다고 뻗대질 않나, 삼겹살 불판에 김치와 콩나물 없으면 제일 먼저 "이모!" 하고 외치곤 했다. 일을 잘하고 입만 열면 웃겨서 누구에게나 사랑받았다. 특히 같이 뷔페 갔을 때 내가 새우 초밥을 먹는 모습에 보인 반응이 기억에 남는다. "현우. 밥이랑 바퀴벌레 먹어." 밑도 끝도 없는 그 매도에 먹다가 사레들려서 온종일 목이 쓰라렸다. 나중에 알고 보니 몽골인들은 새우를 바다에 사는 바퀴벌레로 인식한다고 했다. 반면 서른두 살인 펑은 샤크나 형과 정반대였다. 가족을 만나기 위해 휴가 때면 모아둔 돈 다 털어서 베트남으로 가곤 했다. 입이 짧아 자주 밥을 거르고, 말수 또한 적었지만 성실함 하나로 한국사회에 적응했다. 잔업 특근 일 순위에 온갖 궂은일도 군소리 한마디 없이 해냈다. 덕분에 이사님은 늘 펑이 귀국할까 노심초사하곤 했다.

가장 친하게 지낸 외국인 노동자는 미나. 키가 작지만 팔 둘레가 내 1.5배인 이 이집트 남자는 자기가 종합 격투기 선수였다고 했다. 본국에선 싸움질로 돈 벌 방법이 없어 영국으로 향했지만 하필 도장에 인종차별주의자가 많았고, 그때부터 격투기에 정을 뗐다고 했다. 반면 한국인들은 화가 많지만 인종차별은 안 해서 너무 좋다고 했다. 원문 그대로 옮기자면 "Korean always angry. But no racism. 한국 너무 조아." 영국식 억양을 섞어가며 워낙 장황하게 설명했던지라 그냥 서투른 구라꾼 정도로만 생각했다. 그의 진술을 믿게 된 계기는 외국인 노동자끼리 싸움이 났을 때였다. 아침 회의 시간 전, 펑과 미나가 어느 공정에서 일하느냐로 말다툼하는 듯했다. 양쪽 다 어설픈 한국어만으론 소통이 어려웠기에 서로 힘든 일 떠넘기는 듯한 모양새가 됐다. 성질난 펑이 먼저 미나에게 달려들었다. 미나는 자기보다 머리 하나는 큰 펑의 허리춤으로 파고들어 그대로 자빠뜨리고선 팔꿈치로 턱을 짓눌러버렸다. 이 초도 안 지나 벌어진 일이었다. 그때부터 '아, 혹시라도 까불면 진짜 죽겠다' 싶어 친하게 지냈다.

미나는 근력 운동을 좋아했는데 마침 나도 맨몸으론 근 성장에 한계를 느끼던 참이었다. 어쩌다보니 같이 웨이트 트레이닝을 하자는 말이 나왔고 그날 바로 근처 헬스장까지 끌려갔다. 말이 헬스장이지 사실상 지하 체육관이었다. 삭아빠진 고무판이 깔린 바닥에 낡은 기구 몇 개와 녹슨 아령, 일자형 거치대에 걸린 역기봉과 원판, 쿠션이 다 꺼진 벤치와 비키니 차림 서양인 포스터까지. 그야말로 환장의 조합에 할말을 잃었다. "현우, 나, 운동. 같이, 조아?" 미나는 해맑게 웃었다. 운동을 함께할 동지를 찾아 진심으로 기쁜 듯했다. 괜히 내뺐다간 뼈의 개수에 변동 사항이 생길 듯하여 알겠다고 했다. 미나는 당기는 운동, 특히 턱걸이를 굉장히 강조했는데 미용에도 좋고 실제 힘도 세지며 목 디스크에 아주 좋다고 했다. 물론 처음엔 하나도 못 당겨서 미나가 뒤에서 밀어줘야 했다. 하체는 스쾃 하나만 해도 충분하다며 빈 봉으로 서른 번씩 열 번 반복시켰는데 정말 끔찍한 경험이었다. 다리 덜덜 떨며 체육관을 나오면 다음 날 서서 일하기가 힘들었다. 몸 쓰는 게 다 그렇듯 한 달이 지나자 점차 근육통에 적응했다. 겨울쯤엔 조금씩 단백질 섭취량도 늘려가면서 마른 근육이 아닌 진짜 제대로 된 몸을 만들 수 있었다.

그럭저럭 다닐 만한 직장을 잡고 나니 엉망이었던 일상에 체계가 들어섰다. 용접할 땐 이어폰 끼고 팟캐스트를 들었다. 유시민 작가 이후 최대의 발견은 이완배 기자였다. 『한국 재벌 흑역사』라는 책의 저자로만 알고 있었던 그는 행동경제학을 자주 인용했다. '인간은 돈을 합리적으로 보지 않는다'란 명제에서 출발하는 이 학문은, 가난 속에서 행복을 찾는 데 큰 도움이 됐다. 마침 집 앞 육교를 건너면 나오는 상가에 카페 하나가 들어섰다. 커피도 맛있었고 프랜차이즈 카페처럼 시끌벅적하지 않아 책 보기 딱 좋았다. 휴일엔 카페 안에서 독서하고 감상을 정리해 짤막하게 글로 옮겼다. 이젠 누가 시키지 않아도 버릇처럼 그리 행동하고 있었다. 운동, 독서, 글쓰기. 사무직 이력서에나 쓸 법한 취미와 특기가 어느새 내 생활의 일부가 되었다. 반년 지나도록 만족스럽진 않아도 꽤 평화로운 시기를 보냈다. 급한 빚 다 지워서 생활비가 꽤 넉넉해졌고 심여사의 건강도 점차 좋아져갔다. 몸은 힘들어도 마음은 꽃밭이던 시기. 이렇게 하루하루 충실하게 살다보면 행복을 거머쥘 수 있으리라 생각했다.

현실을 깨닫는 첫걸음은 늘 비일상에서 시작하게 마련.

아직 한기가 남은 봄바람이 불던 2019년 3월. 그날도 평소와 별다를 바 없는 하루를 보내는 중이었다. 쉬는 시간을 맞아 커피를 탄 종이컵을 들고 벤치로 향하고 있었다. 넓게 트인 공장 문 맞은바라기에 크레인 리모컨을 든 과장님이 보였다. 원룸 너비만한 거대한 철판을 크레인으로 옮기면 플라스마 절단기가 자동으로 절단해주는 공정이었다. 쉬는 시간 동안 기계가 움직이도록 세팅해놓을 생각인 듯했다.

"과장님 쉬었다가 하시죠!"

"어, 이거만 마저 하고 간다!"

짧은 대화와 함께 고개를 들자 심상찮은 일이 벌어지고 있었다. 일직선이어야 할 철판이 대각선으로 기울어져 있었다. 아뿔싸. 저대로 가면 큰일나겠다 싶었던 순간, 이미 사고는 벌어지고 있었다. 철판을 지탱하던 훅이 빠져나가면서 그대로 지면으로 낙하했다. 그야말로 찰나 동안 과장님은 용케 몸을 피했지만 철판의 면적이 너무 넓었다. 10톤짜리 중량이 과장님의 뒷다리를 덮쳤고 사방에 피가 튀었다. 공장 전체에 비명이 메아리쳤다. 온몸이 순간 저릿하더니 힘이 풀려선 그대로 주저앉아버렸다. 그 와중에도 이사님은 침착하게 철판을 크레인으로 끌어올렸고, 부장님은 119에 연락하고선 얼음주머니를 날랐다. 곧 도착한 사장님은 줄담배를 피우며 어딘가 분주하게 통화를 했다. 그 풍경은 마치 찰리 채플린 영화처럼 무성과 흑백으로 기억 속에 남았다.

이내 임원들이 모두 구급차를 타고 떠나고 현장 직원만 남아 둥그렇게 모여 앉았다. 나는 횡설수설 상황을 설명했고, 모두가 착잡한 표정으로 대답을 갈음했다. 현장에 있던 형님 한 명은 걸진 욕설과 함께 혀를 찼다. "나라 곳간만 꽉 차면 뭐하노? 일터 돌아가는 꼬라지가 이 모양인데." 모두가 가만히 고개만 끄덕였다. 직원 대다수가 점심시간에 조퇴를 신청했다. 끝까지 남아서 일했던 나는 저녁 내내 환청이 달팽이관을 두들겨 한숨도 잘 수 없었다. 얼마 못 가 또 옆 공정의 형님이 하우징을 조이다가 손가락이 부러졌다. 형님은 조용히 공상 처리로 유급휴가를 갔고, 순식간에 두 명이 빠져나간 현장엔 휘휘함이 감돌았다. 그제야 나 자신의 안일함을 깨달았다. 내가 누린 일상이란 그저 불행이 닥치지 않았기에 유지됐을 뿐. 나 또한 언제든 다칠 수 있으며, 사고로 인해 삶이 끝날 수 있단 생각이 들자 온갖 나쁜 미래상이 그려졌다. 일상이 무너진 현실을 상상하니 두려워졌다. 누가 중소기업의 이런 현실을 알아줄까? 기자? 정치가? 금속노조? 진보 지식인? 아니다. 당사자의 목소리가 없는 공론은 허상일 뿐. 그날부터 현장의 모습을 촘촘하게 기록하기로 마음먹었다.

일기장을 샀다. 맨 앞장에 허세 잔뜩 들어간 문구도 썼다. "일기란 개인의 역사다!" 막상 느낌표를 쓰고 나니 자학처럼 느껴졌다. 저 글귀대로라면 그간 내 역사는 숱한 외세의 침략을 받은 셈 아닌가. 그날부터 점심밥을 후루룩 휘몰아 먹고 공장 앞 야외 주차장으로 향했다. 어차피 낮잠 잘 공간도 없는 회사, 하루하루 일기 쓰는 습관 들이기에 아주 적합했다. 주차장 외곽엔 공원처럼 벤치와 평상이 놓여 있었다. 주로 함바에서 나온 기사님들이 마주앉아 커피와 담배를 즐기는 곳이었다. 마침 근처에 커다란 바위 하나가 톡 튀어나와 있어 의자 삼기 딱 좋았다. 그곳에 앉아 어젯밤부터 오늘 낮까지 있었던 일을 기록했다. 막상 내 이야기를 다시 쓰려니 참 낯간지러웠다. 어느 순간부터 나만을 위한 글은 아예 안 쓰다버릇했다. 타인에게 보일 글만 쓰다 보니 표현을 절제하고 정제하는 능력만 늘었다. 자기 생각을 표현하는 일에 주저하게 되어 필설로 하기보다 참기를 택했다. 그렇게 눈치를 살피기 시작한 내 문장엔 자의식이 부족했다. 머릿속 생각을 끄집어내기보다 이미 나온 사실관계에 의존했다. 한 달 정도는 공벌레처럼 웅크린 내 자의

식을 펴느라 애먹어야 했다.

교실 밖에서 우물쭈물하던 일기를 기어이 일상반에 편입시킨 2019년. 마침내 일기 쓰기가 습관이 된 이후엔 쓸 소재가 너무 없어 골치를 앓았다. 삶에서 이토록 평탄한 시절이 있나 싶었다. 내 마음의 변화 또한 컸다. 삼 년 넘도록 고행하듯 일하고 잠만 자다보니 어느새 즐거움을 찾지 않게 됐다. 특히 승려처럼 보낸 양산 생활의 후유증이 많은 부분을 무뎌지게 만들었다. 이후 동요가 없는 삶은 예민함을 앗아갔다. 그 결과 만사에 슬픔도 기쁨도 없는 무색무취 무미건조한 삶에 익숙해졌다. 모바일 게임 자동 사냥하듯 그저 하루에 주어진 목표만 완수하는 이 삶이야말로 어른이 되어가는 과정이라 생각했다.

회사엔 점차 일감이 줄어갔다. 원청인 SNT가 곡소리 낼 때쯤에 하청인 우리 회사는 이미 사십구재 지낸 뒤였다. 재고 물품이 공장에 한가득 쌓여갔다. 인원 감축을 안 하고는 도저히 못 버틸 상황에 가장 먼저 찍힌 게 나였다. 이사님은 하루하루 나를 못살게 굴기 시작했다. 쉬는 시간 외엔 화장실도 못 가게 했다. 일하는 라인을 계속 바꾸고, 했던 청소를 다시 시키는 고전적인 수법. 하도 대놓고 회사 나가라며 고사를 치르니 형님들마저 혀를 찰 지경이었다.

정작 나 본인은 별로 화가 나지 않았다. 그저 이 모든 상황이 악역 없는 갈등극처럼 느껴졌다. 이사님도 사람을 내쫓고 싶지 않을 것이며, 기업 또한 불황을 겪고 싶어서 겪는 게 아닐 터. 퇴근해서 운동하고 책을 읽기만 반복하다 해 넘어간 지도 모른 채 2020년이 왔고 1월 중순의 어느 날, 인터넷에서 한 수학 강사의 용접공 비하 발언 때문에 시끌시끌했다. 아는 친구들이 앞장서서 쌍욕을 해댔다. 이번에도 정작 나 본인은 전혀 화가 나지 않았다. 그 강사에게 무슨 악의가 있었으리오. 그저 안타까운 마음으로 그날 일을 일기에 남겼다.

한 입시 강사가 용접공 비하 발언을 했다고 한다. 주변에서 부글부글 끓기에 동영상을 보았다. 특별할 건 없었다. 신상을 찾아봐도 역시 특별한 건 없었다. 명문대, 번듯한 차림새, 이른 나이에 스타 강사. 타인의 삶을 이해하지 않아도 전혀 불편할 게 없는 이력이다. 곁눈질할 필요 없이 오로지 자기 삶만 일직선으로 바라볼 수 있었을 것이다. 이분은 사교육계에 종사한다. 사교육의 본질은 보험과 같다. 최악의 상황에 대한 공포심을 유발해야 시장이 커진다. 여기서 최악의 상황이란 성적 경쟁에서 뒤처짐을 의미한다. 경쟁에서 지면 용접공 같은 패배자가 된다. 강사 개인 역시 그런 사교육을 받아왔을 터이고, 그걸 그대로 가르쳤다. 그렇게 해서 자신은 성공한 인생에 안착했으니까, 스스로 한 말의 문제점을 전혀 모르는 게 당연하다. 그 발언 속에 담긴 건 우월감이 아닌 대학 서열화와 성적 경쟁의 부작용이었다.

나는 강사 개인이 아니라, 개인을 빌려 튀어나온 세상의 문제에 주목해야 한다고 생각한다. 사교육과 대학 서열화는 결국 인간의 욕망과 그 욕망의 소산물인 돈이 만들어낸 결과물. 평등과 이해는 돈이 되지 않는다. 돈이 안 되니 가르치지 않는다. 학생들은 자연히 자신의 욕망 외 다른 가치를 모른 채 어른이 된다. 현대 대한민국 사회는 이런 악순환의 굴레 속에서 만들어졌다. 이 강사 같은 이들은 삶에 순위를 매겨 성공과 실패를 규정하고, 실패한 이들에게 냉소를 퍼부어왔다. 공부 안 한 너희들이 잘못했어. 그러니까 힘든 일을 하는 건 당연한 거야. 열심히 살아온 자신은 응당 그런 말을 할 자격이 있다고 생각하고 배워왔을 터.

비하의 당사자인 내가 화나지 않은 이유가 여기에 있다. 대놓고 말하지만 않을 뿐, 이미 많은 이들이 이러한 행동과 인식에 동조해왔다. 이런 일에 분노만 해선 아무것도 바뀌지 않는다. 중요한 것은 지금 이 사태에서 일어난 분노의 본질, 평

등을 향한 갈망 아닌가. 우리는 언제든지 경쟁의 절벽에서 떨어질 수 있는 삶을 산다. 누군가를 떨어뜨리는 삶이 아닌, 손잡고 나아가는 세상을 모두가 바랄 때 비로소 세상은 바뀐다.

3
부

변화의 바람이 불었다

악재란 쌈처럼 이것저것 얹어 먹어야 제맛이 나기라도 하는 걸까. 제품 재고는 천장까지 닿을 정도로 쌓였건만, 얼마 안 가 코로나19 대유행까지 시작됐다. 정직원들만 가는 줄 알았던 유급휴가를 이젠 내가 가게 됐다. 회사는 2020년 2월부터 한 달씩 돌아가며 휴가를 보내고, 8월까지 물량 수주가 없으면 권고사직을 받겠다고 했다. 사실상 사형 집행일을 선포한 셈이었다. 1월부터 6월까지 두 달 일하고 한 달씩 쉬는 동안 무엇을 할지 계속 고민했다. 용접기능장 자격증을 준비할까? 아니면 지금이라도 새 직장을 알아볼까? 갈림길에서 며칠 고민하는 동안, 문득 이 순간 자체가 행복하다는 걸 느꼈다. 운동하고 책 보다가 글쓰면서 잠드는 하루하루. 그간 타의로 치열한 삶을 견뎌야 했던 내게 처음으로 주어진 자유였다. 시간이 남아돌았기에 그간 줄곧 미뤄두었던 체계적인 독서를 시도할 수 있었다. 낮에 느릿느릿 일어나 카페에서 서너 시간 죽치며 유발 하라리와 댄 애리얼리의 책을 몽땅 읽었다. 행동경제학을 파다 보니 바로 옆 동네 사회심리학에 꽂혀서 로버트 치알디니 책으로 발을 뻗쳤다. 그렇게 빙빙 돌아 어느덧 사회학까지 오게 됐는데, 그때 눈에 띈 책이 바로 『중공업 가족의 유토피아』. 어쩌다보니 내 인생을 완전히 바꿔버린 책이 되었다. 저자는 우리집 발코니에서 엎어지면 코끝에 담장이 닿는 경남대 양승훈 교수님. 페이스북을 통해 책 잘 봤다고 인사드린 게 계기가 되어 7월 중순에 교수실에서 뵙기로 했다.

경남대학교 고운관 최상층에서 가장 구석진 방. 책이 한가득 놓인 네 평 정도의 좁고 번잡한 공간에서 교수님과 처음 마주했다. 장신에 지적인 외모와는 달리 학자와 조선소 아재 사이의 찰진 말투가 인상 깊은 분이었다. 실제로 교수로 지낸 시간보다 조선소에서 일한 시간이 더 길다고 했다. 작금의 표현을 좀 빌려 말하자면 '노멀 패스'와 한참

거리가 있는 삶을 살아온 셈. 예전부터 지방 공장 노동에 관심이 있었고 관련한 연구를 하며 책도 쓰는 중이라 하셨다. 대화 나누다보니 누구보다 나를 잘 이해해줄 수 있는 사람이란 신뢰감이 들었다. 돌이켜보면 그간 누구에게 공장 노동에 대해 말해본 적 없었다. 동갑내기들 모인 자리에서 공장 얘기는 명절날 잔소리와 비슷했다. 공감받지 못할 뿐더러 은근한 눈총으로 돌아오기 일쑤였다. 십 년을 꾹꾹 눌러왔던 이야기를 장장 두 시간에 걸쳐 떠들었다. 살벌한 노동강도, 최저 임금에서 꿈쩍 않는 시급, 아무짝에 쓸모없는 경력. 한번 당하면 생계와 생명을 위협받는 산재, 공장 일을 바라보는 사람들의 차가운 시선, 귀족 정직원과 천민 하청 직원, 그 사이를 이간질하는 대기업까지. 교수님은 날카롭게 질문하고 조용히 듣다가도, 이따금 혀를 차곤 하셨다. 다 아는 사실도 당사자한테 들으면 그 느낌이 다른 법. 교수님은 조용히 분노하고 있었던 것 같다. 인터뷰를 마치며 한탄하듯 물었다.

"그저 세상이 시키는 대로 열심히 일했을 뿐인데, 나이 먹어갈수록 미래가 점차 불안해져만 갑니다. 그간 노력하지 않았기에 이런 삶을 응당 감내해야 하는 겁니까?"

교수님은 손사래를 치셨다.

"그럴 리가 있습니까? 나라가 미쳐 돌아가는 거지."

교수님은 우리의 대화를 깔끔하게 정리해 페이스북에 올리셨다. 그 글을 또 김경수 경남 도지사가 공유하면서 유명한 사연이 됐다. 사람들의 댓글에 솔직히 놀랐다. 계속 현장의 이야기를 듣고 싶다, 이런 생생한 사연이 계속 들려와야 한다 등. 그간 봐왔던 반응들과 정반대였다. 공장 이야기에 사람들이 관심이 많다고 느꼈지만 그때의 나는 정작 최종 진단을 잘못 내렸다. 이런 이야기가 번뜩일 수 있는 이유는 결국 양승훈이란 베스트셀러 저자의 역량과 명망 덕일 뿐 내가 직접 얘기하면 아무도 듣지 않으리라 생각했다.

얼마 안 지나 권고사직서가 날아들었다. 실업급여를 받으며 빈둥대다보니 반년이 순식간에 지나가버렸다. 다시 혹한기가 올 것임을 예견하듯, 즐겨 가던 카페가 갑자기 문을 닫게 됐다. 사장님의 손목 건강이 아주 안 좋던 차에 핸드폰 판매업자가 웃돈 얹어 상가를 인수했다고. 이사할 때, 학교를 떠날 때, 오래 다닌 직장을 떠날 땐 느낀 적 없던 헛헛한 감정이 밀려왔다. 오로지 내 선택만으로 고른 장소에서, 내가 고른 책을 읽으며, 나 스스로 성장해왔던 나날. 그 시간은 그저 대여받았을 뿐이며 이젠 반납할 때가 되었다고 통보받은 것 같아서, 잘된 일이라며 다행이라 말씀드렸지만 슬펐다. 카페 마지막 영업일, 아침부터 저녁 끝까지 자리를 지키며 『결핍의 경제학』을 완독했다. 그날 이후 몇 달 정도 책에 좀처럼 손이 가질 않았다.

실업급여가 중단되기 사십 일 전, 구직을 시작했지만 부르는 회사가 없었다. 가뜩에 용접 일자리 없는 창원 바닥은 코로나19를 맞이해 아예 빙판길이 됐다. 결국 실업급여 수급일이 끝나고 또다시 지난한 취업 과정이 예상되던 때, 생각지도 못한 곳에서 전화가 왔다. 저번에 해고당했던 곳과는 또다른 현대로템 하청업체였다. 이번에 맡게 된 직무는 열차 내부 제관 업무. 철저한 팀 단위 일이라 손발이 잘 맞아야 했고, 모든 공정에 통달해야 했다. 무거운 가공 철판을 들고 다니는 것도 모자라 열차마다 규격이 달라 도면을 계속 살펴가며 일해야 했다. 그간 느긋하게 비드를 만들며 용접하던 내겐 얇은 박판 또한 낯선 요소. 조금만 용접기를 늦게 끌거나 밀어도 바로 박판에 구멍이 났다. 품질검사 기준 역시 칼 같아서 일 년 동안 다닌 직원도 물어물어 일할 정도였다.

현장의 분위기는 썩 좋지 않았다. 직원들은 날이 서 있었고 실수에 민감했다. 그럴 수밖에 없었다. 일 난이도와

임금이 맞질 않는데다 정규직은 아주 적은 수만 뽑았다. 정규직 전환에 실패한 친구들은 월급으로 딱 한 달 먹고 사는 삶에서 발전이 없었다. 로템은 여전히 하청의 피와 눈물, 정규직 희망 고문으로 유지되는 중이었다. 마침 비트코인의 유행도 팍팍한 분위기에 한몫했다. 어떻게든 암울한 현재에서 탈출하려 생활비만 빼고 모두 코인 판에 밀어넣었지만, 승자가 몇이나 되겠는가. 마침 바로 옆 공정에서 한 직원이 7억을 만들어서 환전했단 이야기가 돌았다. 하청에서 평생 일한들 절반도 모으지 못할 액수. 팀원들이 쉬는 시간에 줄담배를 태우며 냉소했다. "좋-긋다. 이제 글마는 서울 아파트 하나 사면 또 두 배로 뛰긋네. 돈 벌기 존나 쉽네, 씨발." 살얼음판 같은 분위기 속, 중소기업 방랑 십일 년 차의 촉이 힘겨움을 예감하고 있었다.

봄장마에 매년 수모를 겪던 벚꽃이 드디어 만개한 2021년 4월 7일. 민주당에 최악의 악재가 겹겹이 쌓인 채로 지방 재보선이 시작됐다. 결과는 참담할 정도의 완패. 와중에 유독 예외의 표심을 보인 집단이 이십대 남성이었다. 특히 오세훈 시장이 이십대 남성에게 득표율 72.5퍼센트라는 어마어마한 지지를 얻었다. 그날 아침부터 페이스북엔 잊힌 줄 알았던 이십대 개새끼론이 부활해 활개를 쳤다. 이십대 남성은 공정론, 한탕주의, 일베와 펨코, 안티 페미니즘이란 문자의 감옥 안에 갇혔다. 젊은 친구들 말 좀 들어보자고 얘기하는 사람들도 결국 수도권 대학생들만 예시로 들 뿐, 지금껏 내 삶에서 함께해왔던 동료의 목소리는 바깥으로 가닿지 않았다. 능력주의를 비판하던 이들이 되레 능력주의의 시선으로 청년들을 바라보는 모순. 그게 몹시 불쾌하고 화가 나서 지방 현장 노동자로서 페이스북에 글 하나를 띄웠다. 2030 공장 노동자가 어떻게 살아가는지, 어떤 식으로 세상을 바라보는지, 왜 절망과 냉소에 빠질 수밖에 없었는지를 썼다. 남자로 태어나 지방에서 수십 년 커오며 답안지처럼 생각해왔던 평범한 삶이, 가장이 험한 일터에 나가는 대가로 한 가정을 책임져왔던 세상이, 이젠 전혀 평범하지 않으며 심지어 시대착오적인 생각이란 걸 깨달았을 때, 오랫동안 알고 있던 세계가 붕괴하고 갈피를 잃은 그 낭패감을 전달하고 싶었다.

자고 일어나니 그 글은 엄청나게 많이 공유되었고 핸드폰이 온종일 울렸다. 살아생전 처음 나의 글로 주목받는 낯선 경험을 했지만 정작 내 현실은 전혀 바뀌지 않았다. 오히려 불운만 겹쳐갔다. 일에 전혀 적응하지 못한 상태에서, 사다리 타고 용접하다 그만 낙상을 입었다. 허리가 아파 운동도 못 하는 상황. 현장 사람들과의 소통은 여전히 쉽지 않았다. 다들 마음의 여유가 없으니 좀처럼 타인을 받아들이지 못했다. 무엇보다 일 이외에 도무지 접점을 만들 수가 없었다. 양산 생활을 거치면서 또래들과 너무 큰 괴리가 생겨버렸다. 산재, 저임금, 인간관계의 삼각형 감옥이 내 가슴을 죄어왔다. 이직의 예감이 들 무렵, 내가 모르는 곳에서 내 이름이 활발하게 움직이고 있었다. 용접공이 아닌 글쟁이의 삶이 차츰차츰 다가오는 중이었다.

첫 월급 명세서를 보니 헛웃음이 났다. 더도 덜도 아닌 진짜 최저 시급. 주변 팀원 중 200만원조차 받는 사람이 없었으니 말 다 했다. 다들 정규직 하나만 올려다보고 이 더럽고 치사한 미생의 생활을 참아 견디고 있었다. 이따금 하청에서 완생을 이룬 사람들이 와선 동기들에게 위로를 건네곤 했다. 현장에 들를 때마다 음료수를 한가득 안고 오는 그들의 얼굴에서 말 못할 부채감이 느껴졌다. 월급 입금과 함께 온갖 마이너스 폭풍우가 몰아치고 간 통장에 남은 액수는 달랑 21만원. 정상 생활 영위는 불가능했다. 그때부터 점심시간만 되면 온갖 구직 사이트를 뒤적이기 시작했다. 그날도 점심을 다급히 먹은 다음 핸드폰을 켰는데 웬 장문의 메시지가 와 있었다. 발신인은 '피렌체의 식탁'

김용운 편집장님이었다. 내용인즉 '페이스북 글을 읽어봤는데 2030 담론 중 가장 현장 메시지를 잘 반영했다. 괜찮다면 피렌체의 식탁에 칼럼을 기고해주시면 어떻겠느냐'였다. 처음엔 그저 얼떨떨했다. 내 글을 돈까지 쥐가면서 유력 매체에 실어주겠다는 제안, 이걸 행운이 아니면 어떻게 설명할 수 있으리. 그간 글로 아무런 성과를 못 냈던 나는 오랫동안 배송 지연되었던 크리스마스 선물 받는 심정으로 수락했다. 그런데 선물은 하나가 아니었다. 그간 세관에 다 붙들려 있었는지 칼럼이며 방송 제안이 우르르 쏟아지기 시작했다. 이틀 뒤 미디어오늘 기자님께서 육 개월간 정기 칼럼 제안을 주셨다. 얼마 안 가 이번엔 경향신문 기자분들과 미팅이 잡혔다. 소화하기 힘겨울 걸 알면서도 전부 수락했다. 지금 아니면 현장 청년의 생각을 평생 전할 수 없을 것 같았다.

첫 칼럼을 기고하고 얼마 후엔 청년재단에서 연락이 왔다. MZ세대라고 하는, 싸구려 향수처럼 인공 향 풀풀 풍기는 단어도 이때부터 유행하기 시작했다. 갑자기 이곳저곳에서 종이와 마이크 들이밀며 청년 얘기를 요구하자 극도로 부담스러워졌다. 단지 해당 연령에 속한 당사자라는 이유만으로 청년을 입에 담아도 되는 걸까. 학창시절 아무 노력도 안 하고 성인이 되어선 구질구질한 공장이나 전전하던 마산 촌놈의 얘기가 공론장에 나갈 가치가 있는 걸까. 서울 가는 전날 새벽까지 불안에 떨었다. 그리고 상경 첫날, 피렌체의 식탁 칼럼에 멋진 피드백으로 보답해준 경향의 박은하 기자님과 내 편집자가 되어줄 김원진 기자님을 만났다. 공장에서 겪은 일들과 현황만 가감 없이 전했음에도 정말 신기해하는 눈치였다. 현장의 정서며 관행들을 이야기할 땐 두 분 다 고개가 앞으로 불쑥 나와 있었다. 박기자님은 "아이템 생각할 필요도 없네. 그냥 있는 그대로 쓰면 되잖아요"라고 하셨다. 충격이었다. 공장 안에서 지겹고 식상해질 때까지 나눴던 말이, 밖에선 부끄러워서 감히 꺼내지도 못했던 이야기가, 사실 많은 사람이 궁금해하며 심지어 가치가 있단 말을 들을 줄이야. 신기한 경험이었다. 이후 뵈었던 다른 분들 역시 이런 노동을 하는 청년 이야기가 세상으로 더 많이 나와야 한다고 했다. 청년재단에서 발표를 마치고 마산으로 내려오는 길. 잔뜩 지친 몸으로 버스 좌석에 기댔는데 눈꺼풀은 가볍고 머릿속도 말끔했다. 돌아오는 네 시간 내내 눈 뜬 채 앞으로 무엇을 해나갈지 계속 고민했다.

현대로템 하청업체를 나와 다른 용접 회사로 이직했다.

특이하게도 출근이 일곱시라 기상에 굉장히 애먹었다. 달이 셔터도 다 안 내린 새벽녘에 일어나 통근 버스를 타는 건 그야말로 고역이었다. 수면 시간도 안 맞는데다 칼럼까지 쓰느라 잠을 다섯 시간밖에 못 잤다. 회사가 위치한 곳은 신촌 공단 반대편 삼박골산 부근. 버스도 거의 다니지 않는 격오지였다. 사람도 차도 없는 도로 위에 놓인 공장들은 세월에 찌든 외부를 고스란히 드러내놓고 있었다. 무채색의 컨테이너 패널, 녹이 절반 이상인 H빔 골조, 장식품처럼 우뚝 선 채 움직이지 않는 골리앗 크레인. 잘못 설계한 워터 슬라이드를 연상케 하는 기다란 배관들, 곳곳에 노조들의 원망과 한을 담은 피켓이 걸린 울타리. 길 곳곳에 놓인 가로수마저 안쪽에 철골이 박혀 있을 듯한 풍경은, 그나마 감정의 물기가 남아 있던 심장마저 육포로 만들어버렸다.

내 업무는 대형 포클레인의 팔 부분, 사람으로 치면 위팔에 해당하는 붐 파츠 용접이었다. 솔깃한 연봉을 듣고 어느 정도 각오는 했지만 현대로템 때와는 비교도 할 수 없이 힘겨웠다. 업무 자체는 단순했지만 강도가 문제였다. 일단 24시간 주야 교대 깔고 들어가니 그 피로감이야 말할 필요도 없고, 일 자체도 일반 용접기보다 훨씬 무거운 대형을 들고 전장 오 미터에 달하는 길이를 메워야 했다. 용접도 무려 십일 단을 쌓아야 했는데 중간에 불량이라도 났다간 한 시간이 훌쩍 지나갔다. 그야말로 무식할 정도로 용접을 때려 박은 결과물을 보고 있자면, 볼보 차의 금강불괴 이미지가 어디서 왔는지 단번에 이해가 갔다. 와중에 키가 유달리 컸던 한 형님은 그 긴 구간 용접을 끊지도 않고 단번에 때우곤 했다. 결과물은 잘 나오지만 허리와 팔꿈치가 남아나질 않는 방식이었다. 왜 그리 힘겹게 용접하시느냐 물으니, 형님은 머쓱하게 웃어 보이고선 "이래 때아놓으면 멋지다 아이가!"라고 하시는 게 아닌가. 그 목소리엔 용접사의 자부심과 멋스러움, 흡사 조각사나 화가 같은 예술인의 긍지가 느껴졌다.

6월 하순엔 또 한번 낙상을 입었다. 용접봉을 바꾸려 발판 디딘 채 올라갔다가 힘을 너무 주는 바람에 뒤로 고꾸라졌다. 하필 뾰족한 철판 아래로 떨어져 꽤 큰 부상을 입었다. 허리 쪽은 다행히 단순한 염좌로 끝났지만 진짜 문제는 팔. 그날부터 오른팔이 심하게 저렸다. 저릿한 감각이 도통 사라지질 않아 정형외과에 갔더니 목 상태가 말이 아니었다. 선천적으로 4, 5번 경추 뼈가 붙어 있는데다 바로 아래 디스크가 튀어나왔다. 줄곧 목을 숙여서 용접하던 차에 외부 충격까지 받았으니 사달이 안 날 수 있겠는가. 이 상황을 대비해 줄곧 등 운동과 스트레칭을 병행했건만 빚에서 헤쳐 나오는 동안 혹사했던 몸 건강은 쉽게 돌아오지 않았다. 병원에서 쉬는 동안 밀린 원고를 하나씩 써나갔다. 점차 용접해서 버는 돈보다 글 써서 받는 돈이 많아지고 있었다. 퇴직하고 싶은 마음을 눌러 참고 꾸역꾸역 현장에 남았다. 설령 용접기를 놓게 되더라도 현장 안에서만 쓸 수 있는 이야기를 최대한 남겨놓고 떠나고 싶었다.

목표를 정하고 나니 그간 흘려보냈던 사소한 일상도 눈에 들어오기 시작했다. 식당 안으로 들어서면 앞치마와 위생모 차림의 영양사가, 조리사 아지매로 통하는 나이 오십 남짓의 누님들이 새파란 남정네들도 쩔쩔매는 무거운 밥솥을 홀로 들고 옮기는 모습이 보였다. 허겁지겁 배를 채우고 식판을 추슬러 출구로 가면, 또다른 식당 아지매 한 무리가 밀려드는 설거지를 처리하느라 분주한 풍경이 보였다. 커피 한잔 마시고 시계를 들여다보니 어느덧 점심시간 종료 십 분 전. 현장 간이 휴게실에 옹기종기 모여 앉은 용접공들이 보였다. 곁눈질로 본 마흔 초반의 형님 스마트폰 액정 속엔, 반 평짜리 욕실에서 물장구치는 네 살배기 아이의 모습이 보였다. 흐뭇한 얼굴로 "아빠 일하러 갈게"라며 전화를 끊는 모습에 맞은편 경력 반오십 년의 형님이 장난스럽게 물었다.

"둘째 키아보이 어떻노?"

"말도 마이소. 미운 네 살이라드만 딱 그 짝이라."

"그래? 다섯 살이 진또배긴데."

"그래도 한 주 보고 한 주 못 보이 덜 밉네예."

객쩍은 대화 속, 공감의 웃음이 번져갈 무렵 정각 종이 울렸다. 조금만 더 고생하자는 독려와 함께 모두가 현장으로 향하는 이 모습을 꼭 가슴속에 새겨놓으리라 생각했다. 땀과 고생 가득한 풍경을 가슴에 새기고 문자로 옮긴 그날 오후 양승훈 교수님의 번호로 전화가 걸려왔다. 통화 버튼을 누른 그때, 비로소 내 삶이 바뀌기 시작했다.

지방 청년들의 이야기

"방송 출연이요?"

양승훈 교수님의 연구실 안. 맞은편에서 느닷없는 제안을 던진 분은 KBS의 윤지연 기자님. 멋들어진 패션과 거침없는 화법이 인상 깊은 사람이었다. 기자님은 현재의 이십대 남자 담론을 깨고 싶다고 했다. 아닌 게 아니라 지방선거의 승리와 정치인 이준석씨의 약진에 힘입어 '이대남'이란 환상 모델의 해상도는 더욱 또렷해져갔다. 수도권에 살고, 사 년제 대학에 재학한 상태로, 좋은 회사 취직하기 위해 자격증과 외국어 및 각종 공모전에 참여하는 남자. 지역, 성별, 성 정체성, 빈부, 장애, 가족 부양 등 각자 밟고 있는 토대와 짊어지고 있는 짐의 무게를 깡그리 무시한 채 "대한민국은 누구에게나 공정한 경쟁의 장을 열어놨다. 기회를 줘도 못 잡으면 능력 부족 탓이다"라고 말하는 남자. 그런 남자가 '이대남'의 표준처럼 자리잡았다. 이 주장이 옳다면 지하철도 없는 지방에, 수능조차 쳐본 적 없으며, 진학 자체가 투자며 도박인데다가, 대기업이며 공무원 따윈 일찌감치 주제 파악과 함께 접어버린 나는 패배자이자 포기자가 된다. 기자님은 이 잘못된 담론 구조를 '공부방'이라는 키워드로 표현하고 싶어하셨다.

실로 멋진 기획이었지만 리스크가 있었다. 이미 상식처럼 자리잡은 담론에 구멍을 냈을 때 누군가는 비난을 감수할 수밖에 없다는 것. "사실 예전에 한번 이런 일이 있었는데요……" 줄곧 장난기어린 미소로 방송 취지를 설명하던 기자님의 표정에 진지함이 서렸다. 요약하자면 예전에 모의고사 5등급을 받던 학생의 입을 빌려, 정시 제도 또한 썩 공정하지 않음을 얘기한 적 있다. 방송 직후 어마어마한 악플이 쏟아졌고 학생은 굉장히 힘들어했다. 지금 방송 또한 비슷한 맥락으로 흘러갈 테고, 비난 댓글 또한 많이 달릴 텐데 괜찮겠느냐고. 일 초도 망설이지 않고 대답했다.

"출연료야 배 안으로 들어가지만, 악플이 배 따고 나오진 않잖아요?"

며칠 후 촬영이 시작됐고 다시 한 달 뒤, KBS 〈시사기획 창〉에서 공부방 특집이 방영됐다. 내가 나온 첫 장면은 퇴근 후 통근 버스에서 내리는 모습이었다. 월영마을 언덕을 올라가는 동안 지방의 공장이 어떻게 돌아가는지, 노동자는 무슨 일을 하는지 얘기했다. 방안으로 들어가 본격 취재가 시작됐다. 일하느라 지친 몰골에 말투는 어수룩했고 감정을 주체 못해 높낮이가 불안정했다. 덕분에 오히려 평범한 육체노동자처럼 보였다. 겪은 일은 많지만 유창하게 표현할 수 없는 우리들의 애환이 고스란히 잘 녹아든 것 같았다. 전파가 떠나자마자 곳곳에서 알아보는 사람이 생겼다. 그리고 얼마 안 가 그 유명세의 힘을 직접 체감하게 됐다. 돌연 국무총리실에서 연락이 온 것이었다.

그간 직접 겪어온 청년 문제를 글과 방송을 통해 외부로 알려왔다. 그런데 전달과 비판을 넘어 직접 정책에 관여할 수 있다니, 마다할 이유가 없는 제안이었다. 하지만 총리실에서 이력서를 받아간 뒤 한동안 연락이 없었고 나 역시 잠깐의 해프닝으로 끝나려니 생각했다. 나중에 알고 보니 내 위촉을 두고 오랜 갑론을박이 있었다고 했다. 다행히 날 믿어준 분들께서 세 번에 걸쳐 위촉을 주장했다. 노동자 출신이니 다양한 의견 청취에 큰 도움이 된다며 끈질기게 담당자를 설득했다고 들었다.

우여곡절 끝에 8월 26일. 4차 '청년정책조정위원회' 모임과 함께 내 위촉식도 함께 진행하기로 했다. 부위원장인 이승윤 교수님은 중요한 모임이니 늦지 말라고 신신당부하셨다. 모임 시간은 오후 두시였으나 널널하게 열두시에 서울 도착. 긴장을 풀기 위해 이어폰 볼륨 가득 올린 채 5호선에 승선했다. 그리고 종점 직전에 와서야 반대로 탔다는 사실을 깨달았다. 황급히 택시로 갈아타고 교통 혼잡 구간에서 내려 두 발을 내달렸다. 만약 스마트 워치가 있었다면 그날 심박수와 단거리 주행 기록을 동시 갱신할 뻔했다. 간신히 시간에 맞춰 도착하니 뉴스에서만 보고 들었던 온갖 관료들이 배석하고 있었다. 숨이 턱 막혀서 제대로 말도 못하고 있었는데 하필 또 발언 차례가 금방 다가왔다. 머리가 호주머니 속 이어폰과 핸드폰 충전 선처럼 배배 꼬일 무렵, 다행히 '청조위' 위원이 될 경우를 대비해 써놓은 원고가 있었다. 근사하게 외워서 스피치하고 싶었으나, 부끄럽게도 핸드폰 커닝으로 상황을 모면했다.

현재 한국의 청년 제도는 현금 지원에 너무 치중되었다는 느낌을 지울 수 없습니다. 따로 떨어진 제도를 엮고 엮어서, 보다 적극적으로 청년의 진로에 개입하였으면 합니다. 어떠한 직종이 그렇지 않겠냐마는 지방 제조업 현장 또한 사양산업의 절차를 밟아갑니다. 인건비 출혈경쟁을 통해 재벌과 그 언저리 하청업체 사장만 배 불리는 구조가 고착화되었습니다. 청년들은 경력도 되지 않는 일자리에서 최저 임금만 받고 법정 최대 노동시간을 채워 일하며 나이만 먹어갑니다. 저 역시 그 굴레에서 벗어나지 못하고 있습니다. 노동강도라든가 산재 위험도 중대한 문제지만, 무엇보다 임금 상승 계단부터 만들어 주어야 합니다. 내일도 제자리인 삶을 살아가야 하는 청년들이 무슨 꿈을 꿀 수 있겠습니까?

얼마 후 『주간경향』에 '쇳밥일지' 비축분을 전부 보냈다. 다음 칼럼 이야기가 나오기에 고민하던 중 내 주최로 현장 노동자 지인들에게 인터뷰 따오는 방식은 어떻겠느냐 제안했다. 편집 기자님이 반색하는 모습이 메신저 너머로까지 전해졌다.

첫 대상은 나의 첫 쇳밥 이웃 이은주. 울산과 진해를 오가던 초등학교 동창은 마침 마산으로 돌아온 상태였다. 은주는 인터뷰 요청에 흔쾌히 응해주었고, 우리는 수출자유지역 부근 신세계백화점 앞에서 만나기로 했다. 약속 시간보다 두 시간 일찍 도착해 간만에 공단을 한 바퀴 쭉 돌았다. 노키아가 사라지고 센트랄이 자리잡은 1공구에선 십이 년 전의 번잡함을 찾아볼 수가 없었다. 삭아서 가루가 될 듯했던 건물들은 제각각 자기 색을 뽐내며 우뚝 서 있었다. 담배꽁초 나뒹굴던 인도는 반반했고 갈라진 틈새로 잡초와 이끼가 무성했던 아스팔트 역시 멀끔했다. 성동조선이 떠난 자리 인근엔 거대한 상가가 새로 지어지는 중이었고, 항구 너머 바다 끝엔 근사한 해상공원이 완공을 눈앞에 두고 있었다.

물론 변화의 혜택을 전부 받을 순 없는 법. 3공구로 가니 곧바로 걸군은 석면 지붕에 담쟁이덩굴로 가득한 외벽의 공장이 보였다. 일요일임에도 더러 문 열고 작업하는 공장은 어김없이 외제 차가 앞에 놓여 있었다. 공장 문 틈새를 들여다보니 역시나 사장님들이 직접 작업을 하는 중이었다. 좀더 깊숙이 들어가니 공장 사이사이에 우체국과 편의점, 식당과 아파트, 주택과 공구상가가 뒤섞여 난개발의 정석을 뽐내고 있었다. 십 년 넘게 변치 않은 풍경을 보며 추억의 건사함에 안도해야 할지, 아니면 도태되어가는 현실에 슬퍼해야 할지 감이 오질 않았다. 다시 천천히 백화

점으로 돌아가니 은주가 정문 앞에서 서성이고 있었다. 청년기의 막바지에 재회한 은주는 겉보매부터 참 많이 바뀌어 있었다. 탈색을 풀고 단정한 헤어스타일에 원피스 차림. 깡마른 몸에 날카로웠던 인상은 둥글둥글해졌고 드세기만 했던 미소에선 이제 여유로움이 함께 느껴졌다. 하늘이 온통 새빨갛게 물든 저녁 여섯시, 커피와 맥주를 파는 펍 안에서 우리는 대화를 시작했다. 노키아 하청 시절의 이야기가 나오자 은주는 킥킥 웃으며 맥주잔을 들었다.

"노키아, 참 좋았는데."

돌이켜보면 함께한 시간은 고작 두 달. 두 달뿐이었는데도 할 이야기는 산더미처럼 많았다. 그때 우린 고작 술 담배를 합법적으로 살 수 있었을 뿐인데, 무슨 '어른 뽕'을 맞았는지 "세상 참 살기 힘드네"라는 말을 자주 내뱉곤 했다. 당시 기억을 더 이야기하자 은주는 한참을 웃었다.

"좋을 때였네, 좋을 때였어."

"근데 우리 그때, 진짜 우째 그리 몸 안 사리고 일했나 몰라."

"스무 살이었다 아이가. 지금 그리하라면 몬하겠다."

은주는 첫 월급 탔을 때를 떠올리며 말을 이었다. 통장에 봉급이란 명목의 숫자가 찍혔을 때의 그 쾌감은 오래가지 않았다. 은주 같은 흙수저들에겐 그 시기가 더더욱 빨리 찾아왔다. 땀흘려 번 월급의 액수는 한없이 초라했고, 일터에서 푼돈에 매몰당한 청춘이 타인에겐 낭만과 자기 성찰의 시기였다. 비교는 일상에서부터 치고 들어왔다. 특히 야간에 잔업 마치고 퇴근길이 고비. 버스 정류장을 지나면 전공 책 안고 시시덕대는 동갑내기들의 모습이 보였다. 대학생이 아니면 스무 살의 자격이 없는 것처럼 느껴졌다. 친구들과 만나도 대화가 어긋나는 걸 느낀다. 여가가 거의 없는 삶이라 드라마나 영화 이야기에 끼지 못했다. 무엇보다 동갑들이 호소하는 '힘듦'의 기준에 도무지 공감이 가질 않았다. 당장 먹고 입을 게 없어 일터에서 죽살이치는 삶을 살다보면 "하다 하다 안 되면 공무원이나 하지 뭐"라고 말하는 친구들의 모습이 참으로 철없게만 보였다. 세상에 나만 각다분하고 주변 사람들은 편하게 앉아서 공부만 하는 듯 보이던 그때. 우리는 그 상태를 '직장인 사춘기'라 부르기로 했다. 직장인 사춘기는 꽤 오랜 기간, 꽤 최근까지 은주를 괴롭혔었다.

곪아가는 마음과는 달리 직장에서 은주는 엄청나게 잘 해나갔다. 핸드폰 조립은 라인 작업이 아닌 '셀'에서 네 명끼리 진행하는 협업이라 대인관계 관리가 무척 중요했다.

특히 '반장 언니'들의 권한이 막강했기에 이분들과 친하게 지내야만 했다. 반장 언니들은 사십대 후반에서 오십대 여성이었기에 그 연령대에 걸맞은 공감대가 필요했다. 얼굴도 모르는 자식들의 이름을 알고 안부를 묻는 건 기본이요, 빅뱅과 2NE1의 얼굴은 몰랐지만 윤수일씨와 박혜성씨 노래는 알아야 했다. 다년간의 알바로 다져진 처세술에 바지런하고 일 처리도 깨끔하니 애초에 미움받을 수가 없었다. 보통 조립 작업자가 다른 일에 눈독들이면 '니 일이나 잘 해라'라는 반응이 돌아오기 일쑤였는데 은주는 예외였다. 덕분에 단순한 조립을 넘어서 불량 수정하는 방법도 배우고, 납땜하는 방법도 배워가면서 이 년 가까이 '공순이'로 살았다. 마침내 2010년 10월. 하청 노동자 정규직 전환자 명단엔 은주의 이름이 포함되어 있었다.

모두가 선망하는 대기업 정규직이 됐지만 삶은 변하지 않았다. 상여금이 많아지긴 했지만 최저 언저리의 시급은 그대로, 오히려 골치 아픈 일만 늘었다. 직영의 생산관리 부장은 그야말로 전형적인 '개저씨'였다. '여자들이'로 시작하는 성차별 발언, '오늘은'으로 시작하는 외모 품평은 기본이요 말 한마디마다 저열한 단어들을 꼭 집어넣곤 했다. 특히 어리고 말수가 적었던 은주는 정글 한복판에 놓인 초

식동물. 문신, 탈색, 피어싱, 빼빼 마른 몸, 출퇴근용 스쿠터까지, 그야말로 온갖 게 다 시빗거리였다. 주변에 하소연하는 방식도 오래가질 못했다. 친구들 대다수가 일자리 없는 창원을 떠났다. 그나마 남은 대학생 친구들과의 만남도 점차 줄어갔다. 트위터에 글도 남겨봤지만 리트윗과 공감수는 늘 0. 이십대 초반 공순이란 정체성이 낄 장소는 어디에도 없었다. 가족 떠나 방황했던 죗값을 받는다 생각하며 회사를 다닌 지 삼 년. 지긋지긋했던 월세생활을 청산한 쾌감이 가시기도 전에 큰일이 들이닥쳤다. 2012년, 노키아가 대량 정리해고를 시작한 것이었다.

"월급 반년 치에 실업급여까지 준다 카데. 처음엔 아싸리 잘됐다 싶어가 얼른 나왔지. 근데 와, 막상 나와보이 뭐할지 감도 안 오데."

공장 생산직 경력은 취업 시장에서 아무 쓸모가 없었다. 비슷한 직장은 많지만 노키아만큼 받아갈 수 있는 곳은 전무. 은주는 제조업 생산직의 함정인 영원한 최저 임금 굴레에 빠져버렸다. 차라리 남자였다면 현장직으로 시작해도 승진이나마 가능했다. 하지만 여성은 반장 이상으로 올라갈 수조차 없었다. 이마 위에 강철 천장이 도사리는 셈이었다. 실업급여 받는 동안 직업훈련이라도 했으면 좋았으련만 지방엔 정보와 제도를 받쳐줄 교육기관도 부족했다. 무엇보다 은주 자신이 뭘 해야 좋을지 몰랐다. 또래들과의 오랜 격리, 끝나지 않는 가난, 오차 없이 반복되기만 하는 업무 속에서 너무 오래 허우적대고 있었다. '앞으로 뭐하지?'라는 의문이 안 들 수가 없었다. 실업급여 받는 동안 나름 책이나 영화도 찾아보고, 홀로 여행도 가봤지만 부질없게만 느껴졌다. 결국 퇴사 석 달 차에 아는 언니의 연락을 받고 다른 직장을 구했다. 창원 LG 사내 하청이었다. 업무는 라인 작업. 일자리 구했다며 잠깐 안도했던 은주의 상태는 더욱 나빠져갔다.

"니도 알잖아. 라인 작업 힘들고 지리해서 못하는 거 아이다 아이가. 미래가 없는데 우얄 끼고. 고마 돈 하나 보고 하는 짓거린데."

어떠한 기대도 설렘도 없는 공간에서, 단지 돈 때문에 일하는 게 익숙해진 사람들. 거대한 공장의 부품처럼 살아가는 이들의 모습이 곧 자신의 미래가 될 것 같아 두려웠다. 한때는 비슷한 나이대 직장 동료들과 말을 트기도 했지만 금방 멀어졌다고 했다. 또래들은 하나같이 지금 잠깐 여기서 일할 뿐 다른 꿈이 있다고 말했다. 혼자 사회에 고립된 느낌 속 자포자기하듯 청춘의 시간과 돈을 맞바꾸었다. 보람이 없는 삶은 아니었다. 하루종일 병원과 방에 누워 있기만 했던 아버지가 마침내 경비 일을 시작했다. 재수를 했던 동생은 마침내 관악산의 드높은 산성을 넘었다. 대학 합격이 확정된 날, 그 철없던 남동생이 그간 정말 미안했다고, 어떻게든 누나한테 받은 은혜를 갚겠다고, 지금이라도 누나가 좋아하는 일을 찾았으면 한다고 말한 순간, 그간의 삶이 아주 의미가 없는 건 아니었음을 느꼈다고 했다. 스물아홉 살, 주변에서 다들 새로운 무언가를 시도하기엔 늦었다고 떠드는 나이. 통장에는 무심하게 쌓아놓은 돈 6000만원이 있었다. 청춘은 아주 짧은 시효이지만 라인 조립 일은 사십이고 오십이고 계속할 수 있는 법. 지금이라도 맘껏 놀아보기로 마음먹었다. 여기까지 듣자 어느덧 시간이 오후 아홉시가 되었고 우리는 마지막 맥주 한 잔을 시켰다.

"그래서, 우째 했는데?"

내 물음에 은주는 등받이에 어깨를 기대며 대답했다.

"회사 때리치았다. 놀았지. 첨엔 아침에 눈이 자꼬 떠지가 힘들데. 하고 싶은 거 맘껏 해보자 싶어가 오토바이부터 일시불로 긁었다. 장바구니 넣어둔 옷도 싹 주문하고 피아노 학원도 가고……"

웬 피아노냐 물으니, 예전부터 꼭 하고 싶었던 취미였지만 자격지심이 있었다고 했다. 어쩐지 비싼 드레스 입고 쳐야 할 것 같은 느낌이었다고. 일단 시작하고 보니 금방 재미가 붙었다. 대부분 단순 반복뿐인 기초 레슨에서 나가떨어지기 마련이었지만 인내심 남다른 은주에겐 예외였다. 하루종일 도레미파솔라시도만 쳐도 즐거웠다. 피아노 학원장의 성화로 가입한 동호회에서 비슷한 취미를 가진 이들과 만나며, 좁은 세계가 점차 넓어져갔다. 늦저녁엔 바이크를 몰고 돌아다녔다. 와중에 짬짬이 배달 노동도 하면서 남자친구까지 만났다.

옛 회사 사람들이 보면 기겁했을 정도로 제멋대로 지낸 지 삼 년. 모아둔 돈은 거의 다 까먹었다. 하지만 전혀 후회하거나 주눅든 기색이 없었다. 라인 작업만큼이나 지루했던 삶이 이렇게나 즐거울 수 있음을 알게 되었다. 그 경험 하나로도 세상을 살아내기엔 충분했다. 무엇보다 이젠 함께할 사람도 있지 않은가. 잔을 내려놓은 은주의 약지에 금반지가 번뜩였다.

"남편 놈 난리 치긋다. 인자 인나자."

앞으로 은주가 어떻게 미래를 꾸려나갈지 모른다. 무엇을 하건 잘해나갈 것이고, 사소한 좌절 따위에 발목 잡히지도 않을 터. 우리가 공장 바닥 전전하며 보낸 이십대는 그저 통장에 찍힌 얄팍한 숫자 따위가 대표할 수 없다. 사회에서 '못 배운 놈년들'로 통칭당하며 냉소와 조소의 대상이 되었던 우리는, 자존감을 찌그러뜨리려는 온갖 압력에 저항한 결과, 삶의 형태에 고하 따윈 없다는 소중한 지혜를 얻었다. 헤어지는 길에 은주와 나는 약속했다. 우리의 삼십대는 결코 불행으로 끝마치지 말자고. 다시 만났을 땐 집, 차, 돈, 주식 따위 얘기밖에 남지 않은 멋없는 마흔 살이 되지 말자고. 충충한 가로등 빛 아래, 첫 노동을 함께했던 동창의 등이 멀어져갔다.

다시 만난 사람들

첫 인터뷰 후 얼마 후엔 LG 그룹에서 강연 요청이 왔다. 대기업 자본의 달달함만큼이나 난이도 또한 끝내주게 높았다. 무려 한 시간 동안 장황하게 내 서사를 떠들어야 했다. 출판 계약도 마쳤겠다, 개요를 정리할 겸 일하면서 겪었던 불평등과 불합리의 세계를 고발하듯 털어놓았다. 예상외로 반응은 굉장히 좋았고 흥에 겨워선 구십 분 내내 떠들어댔다. 며칠 뒤엔 미디어 플랫폼 alookso에서 연락이 왔다. 사이트에 주 일 회 이상 글을 기고해달란 제안이었다. 괜히 브랜드 값어치만 깎아먹는 건 아닐까 노심초사하며 필진에 합류하기로 결정했다. 이로써 칼럼 두 곳과 정기 원고 최소 하나, 여기에 출판까지. 모든 스케줄을 도저히 소화해낼 수가 없어 퇴사하기로 결심했다. 노조 출신 사장님은 내가 출연한 방송과 칼럼을 모두 챙겨보는 분이었다. 사직서를 들고 가자 사장님은 되레 기뻐하며 더 잘하는 일, 의미 있는 일을 하고 오라며 등 떠밀어주셨다. 퇴사한 당일, 공교롭게도 전기 자격증 학원에서 만났던 동생과 약속이 잡혔다. 두번째 인터뷰였다.

어시장 맞은편 장어 골목. 유람선이 오가는 선착장엔 가을산 바닷바람을 맞으러 온 인파로 북적였다. 각자 바다를 배경으로 둔 사진 속 주인공이 되느라 여념 없는 모습엔 위드 코로나의 희망이 가득 담겨 있었다. 가로등이 하나둘 눈뜨기 시작할 시각 삼거리의 한 장어구잇집 앞, 내 최대 관심사는 '동생이 과연 무슨 차를 타고 올까'였다. 본인의 드림 카가 람보르기니라고 입 닳도록 얘기했던 동생이었다. 마침 벌이도 안정된 사업을 하고 있다고 했다. 하여 하다못해 벤츠 S 클래스나 마세라티 콰트로 정도는 모시고 올 줄 알았다. 얼마 후 도착한 동생의 차를 확인한 순간 무릎을 쳤다. 자영업자들의 영원한 동지, 다마스였다. 차에서 내린 동생은 여전히 껄렁껄렁한 말투로 "여이, 행님아. 요즘 방송 자주 나오시드만?" 하고 인사했다. "아우님이야말로 사장님이 되셨잖은가." 나 역시 능글능글하게 응수하고선 이층 테이블석에 마주앉았다. 숯에 불이 붙기도 전, 밑반찬이 깔리자마자 한잔 주고받은 우린 똑같은 물음을 던졌다.

"대체 우짜다가 그리되셨소?"

후배와 함께 서로의 과거를 되감는 동안 격자무늬 불판에 놓였던 장어는 싹 사라져 있었다. 후속으로 조개와 까만 새우를 시키고선 건배 한 번 주고받았다. 안주의 공백기 동안 아주 짧게 내 상황을 요약했다. 페이스북이랑 신문에 글 좀 쓰다보니 유명해졌다. 지금 너랑 얘기하는 것도 칼럼에 낼 생각인데 괜찮겠느냐? 동생은 손뼉을 치며 웃었다. "옛날부터 구랏발 좀 세운다 싶드만 글발로 뜰 줄은 또 몰랐네. 낸주 책 내면 사인해주이소. 비싸게 팔그로." 비었던 불판이 다시 가득찰 무렵, 술기운을 빌려 솔직하게 말했다.

"내는 니가 조만간 맛 갈 줄 알았데이. 도박하고 다단계랑 사채놀이 할 줄 알았드만 억수로 건전하게 잘 살데. 우째 그리 균형 감각이 좋노?"

동생은 그 공로를 아버지에게 돌렸다. 실업고 출신인 동생은 졸업하자마자 아버지를 따라다니며 일했다. 아버지와 하수관 청소를 나간 첫날, 그 열악한 환경과 극악의 노동강도에 거하게 충격받았다. 이제껏 집안에서 담배 피우고 술 마시며 잠만 자기 바빴던 아버지를 좋게 생각하지 않았다. 다만 이런 막노동을 삼십 년 가까이 해오며 자식 둘에 할머니까지 감당해냈으니 올바른 가장 노릇 할 여력이 남아 있지 않았다는 사실은 짐작할 수 있었다. 일을 시작한 그날부터 동생은 아버지와 급속도로 가까워졌고, 그가 어떻게 가정의 기둥으로서 버텨낼 수 있는지 알게 되었다. 아버지는 원칙을 입에 달고 살았다. 원칙만 지키면 어떻게 살아도 타인에게 손가락질당하지 않는다고 했다. 동생이 어찌어찌 인맥을 통해 병역 특례 업체에 취업한 날, 아버지는 딱 여섯 가지 원칙만 지키며 살라고 하셨다. 그 원칙이 뭐였는가 하니, 일과 놀이를 철저히 분리한다, 평소 근력 운동과 달리기를 병행한다, 노는 날과 금액 한도를 정확하게 정한다, 책임지지 못할 잠자리는 절대 가지지 않는다, 지금 이 순간을 매일 누릴 수 없다는 걸 생각한다, 잘하고 싶은 분야를 정해 계속 공부하고 발전시켜나간다. 어째 조던 피터슨이 떠오르는 그 여섯 가지 법칙을 동생은 철저히 지켰고, 카푸어로 살며 자격증도 따고 약간이나마 저축도 했다.

트랙터 조립하는 회사에서 기능 요원으로 복무중이던 동생을 일찌감치 눈독들인 사람이 있었다. 동생이 '차상무'라고 불렀던 그는 말년이 걱정인 오십대 후반. 먹고살 정도는 저축했지만 딱 숨만 붙이고 살아야 할 판이었다. 원수 같은 아들놈이 헛바람 들어서 사업하다가 돈을 날린 게 결정타였다. 임원 임기는 얼마 남지 않았고, 국민연금 나오기까진 삼 년쯤 남은 상황. 궁지에 몰린 상무는 꾀를 내었다. 자사 제품이 팔리는 지역은 주로 고성과 사천이었는데, 교통환경이 나빠 농부들은 제품 정비할 때마다 곡소리를 냈다. 본사 역시 에이에스로 시비 걸릴 때마다 여간 고역이 아니었다. 마침 사천에 떨이로 나온 공장 부지도 있겠다 정비소를 차리기로 마음먹은 후, 회장과 면담해서 아예 유지보수 용역을 전담했다. 손재주 좋은데다 성실했던 동생은 영입 대상 일 순위. 차상무는 소집 해제 일주일 전 동생에게 제안 하나를 했다. 사업 세팅이 다 됐는데, 자신은 간간이 자재만 실어날라줄 테니 달에 얼마 정도만 쥐여주면 사장을 시켜주겠다고. 동생은 솔깃한 제안에 꼼꼼하게 검토를 마친 후 승낙했다.

기술 장사가 다 그렇듯 초반엔 엄청나게 헤맸다. 구조를 아는 것과 고쳐서 다시 쓰게 하는 건 다른 문제였다. 매일 도면을 보며 씨름하길 이 년. 기술을 손에 익힌 와중에도 1종 특수 면허를 따서 외주 줬던 견인도 본인이 했다. 사천에서 하루 벌어 하루 살던 파키스탄 외국인 한 명도 발굴해 세척 공정에 투입했다. 사업 시작한 지도 이제 팔 년 차. 일 년에 얼마 정도 버느냐 물어보니 검지 하나만 딱 추켜세웠다. 1억이란 뜻이었다. 입이 떡 벌어져서는 물었다. "그리 잘 범시롱 만다꼬 다마스 타고 나왔노?" 새우살을 쏙 뽑아 먹은 동생은 술이 좀 들어간 듯 예전처럼 반말로 답했다.

"놀 만큼 놀아보이 알겠데. 그때는 고마 존경이 받고 싶었던 기라. 행님도 잘 알 거 아인가베. 사 년제 나온 놈년들이 우리 못 배았다고 존나 깔본다 아이가. 그게 싫어가 잘 나가는 척하고 댕긴 기지. 근데 돈 버는 맛 알고 나인끼네 다 소용없드라. 글마들 다 빌빌댈 동안 내는 돈 잘 번다 아이가. 내 일로 내 돈 잘 벌면 그냥 세상이 재밌드라. 요즘 일감 떨어지면 그래 우울하데."

십 년의 세월은 카푸어를 워커홀릭으로 만들어놓았다. 이차는 맞은편 수제맥줏집에서 마셨다. 그동안 우리의 대화 주제는 자연스럽게 '다음 목표'가 되었다. 내가 먼저 조심스레 소리 죽여 얘기하자 "와따, 큰일 할라 카시네. 지금부터 잘 보여야 하는 거 아이가?" 하며 악수를 청했다. 너스레를 떤 동생은 이내 자기 꿈을 밝혔다. 듣는 순간 너무 단순명료해서 웃다가 그만 맥주를 쏟아버렸다.

동생 왈. 수천억대 자산가가 되고 싶다, 사업 규모를 더 키우고 투자 공부도 더 해서 돈이 썩어 넘치도록 벌고 싶다, 경남에서 이름난 부호가 돼서 날아다니던 철새들도 나 보면 내려와서 인사하게 만들고 싶다고. 그런 다음 뭐할 거냐 물으니 "일단 쌓아놓고 고민해도 안 늦지 않수?"란 대답이 돌아왔다. 대번에 수긍했다. 각자 맥주 1000cc를 더 마시고 대리운전을 불렀다. 헤어질 시간이었다. 맞은바라기의 마산만에서 불어오는 선선한 가을바람이 취기를 몽땅 쾌감으로 바꿔주고 있었다. 아무런 근거도 없이 마냥 내일부터 모든 일이 잘 풀릴 듯한 기분이 들었다. 곧 기사분이 오고, 조수석에 탄 동생은 창밖으로 손을 흔들었다.

"하는 거 다 말아잡수시면 연락하이소. 용접사 하나 필요하거등."

"아이쿠 아우님. 신경써주셔서 고맙소."

동생은 예나 지금이나 속물이었다. 동시에 내가 아는 그 누구보다 세속에서 살아가는 재능과 살아가기 위한 노력을 겸비한 천재였다. 성공하고픈 욕망이 가득했고 실제로 차근차근 이루어가고 있었다. 아마 수많은 기업인들이 동생과 비슷한 단계를 거쳤을 것이다. 다만 그들 대다수는 부의 정점에 오른 다음에도 욕망을 제어하지 못하고 폭주했다. 노동자를 밟아 누르고, 중소기업을 피눈물 쏟게 했으며, 정치인과 야합해 나라를 제 입맛에 맞게 건드렸다. 왜 그럴까 늘 생각했는데 오늘 그 답의 편린을 주운 느낌이었다. 그들은 원칙이 없었거나 권력을 얻으며 잃어버렸다. 방향성 없는 권력은 블랙홀처럼 팽창하며 약자들을 집어삼킨다. 동생은 다르리라. 그들처럼 부자가 된다 한들, 마음속에 원칙을 품고 계속 실행하는 한 비열한 기업인이 되지 않으리라. 그건 바람이자 확신이었다.

경향에 마지막 칼럼을 송고한 2021년 12월 19일 토요일. 반년 넘도록 방치당해 숨 다 죽은 파김치처럼 늘어져 있었다. 본격적으로 글 작업에 들어간 탓이었다. 용접 일 하면서 남는 시간에 글쓰는 게 습관이 되어서인지 두 시간 이상 모니터 앞에 앉아 있질 못했다. 억지로 질질 끌어봐야 엉터리 문장만 나올 뿐 한숨 자야 재충전이 되었기에 짧게 자고 일어나 다시 글쓰고 또 짧게 자길 반복했다. 이 기이한 자기 착취법은 실업급여 받을 때 웹소설 쓰면서 만들어진 습관이었다. 글 자체는 빠르게 쳐낼 수 있었지만 내가 죽어나갔다. 그날 오후도 글 좀 쓰다가 비몽사몽한 채 누워 있었다. 그때 초인종 소리와 함께 나를 꿈나라로 모셔가려던 잠의 요정들이 모조리 달아나버렸다. 토요일 낮에도 택배가 왔던가? 부스스한 머리로 현관문을 연 순간, 뒤로 나자빠져 그대로 뒤통수 깨먹을 뻔했다.

"오랜만!"

마주한 사람은 따뜻한 마산 날씨에 전혀 안 맞는 전신무장을 한 채였다. 귀마개와 목도리, 양털 카디건에 부츠까지. 한껏 멋을 내봐야 중학생처럼 보일 뿐인 그녀, 안초원씨였다. 입만 쩍 벌린 채 한참 눈알 굴리던 나는 지끈대는 머릿속에서 떠돌던 의문을 간신히 정리해 말했다.

"아니, 집주소는 우째 알았답니까?"

"페이스북 봤지롱. 글 삭제하셨던데요?"

이마를 짚었다. 이틀 전 새벽녘부터 밤늦게까지 서울 일정을 소화했다. 혼곤한 와중에 방송국 사진을 공유하려다 실수로 소포 사진을 올리는 바람에 주소가 노출된 것. 너무 피곤하면 이런 실수도 하는구나, 하고 넘어갔는데 초원씨가 기막히게 그 순간을 덥석 물어버렸다. 한숨 쉬며 불청객을 집안으로 들였다. 이 닦고 옷 갈아입는 동안 초원씨는 내 페이스북을 주제로 쉴새없이 떠들었다. 이래서 사람들이 SNS 조심해서 쓰라고 하는 거구나. 화장실에 쥐구멍 안 파놓은 걸 후회했다.

초원씨는 신마산이 처음이라고 했다. 간만에 창원으로

내려오니 아빠가 마산 수변공원을 입 닳도록 찬양하기에 궁금해서 와봤다고. 대화의 흐름은 아주 자연스레 내가 현지인 가이드가 되는 방향으로 가고 있었다. 누추한 곳까지 찾아오신 손님께서 원하시니 안내해드리는 게 인지상정. 가포 해안변공원에서 출발해 두 시간쯤 걸어서 어시장까지 간 다음 방어회나 먹자고 제안하니 초원씨는 "두 시간이나 어떻게 걸어요!"라고 투덜댔다. 초원씨를 흘끔 쳐다보고선 "그럼 혼자 먹고 올 테니 여서 컵라면 좀 잡수고 계시든가" 하고 받아쳤다가 날아드는 베개에 얼굴을 맞았다.

해안대로 끝자락 119 소방정대 앞의 새하얀 터널을 넘어가면, 왼편에 놓인 거대한 가포 신항과 오른편에 듬성듬성 보이는 공장들 사이 텅 빈 4차선 도로가 나타난다. 창원 귀산로가 마주 보이는 마산만 풍경을 느릿하게 훑다보니 어느덧 마창대교 아래를 지나고 있었다. 우리는 해안변공원에 도착해 벤치에 앉아 푸드 트럭에서 사온 커피를 홀짝였다. 마침 시작된 해넘이가 바다 한가운데부터 육지까지 이어지는 불긋한 물비늘을 자아냈다. 울타리 위에 두 팔 얹은 채 멍하니 바다를 바라보던 초원씨에게 물었다.

"어때예?"

"지금까진, 백 점."

"그럼 내는 몇 점?"

"음…… 육십 점?"

"뭔데, 그 애매한 점수는."

"멋 좀 부려봐요. 마네킹만 예쁘게 만들어놓으면 뭐해. 가발하고 옷이 아저씬데."

"너무하네, 진짜."

"현우씨 그 말 습관인 거 알아요? 진짜 엄살은."

한겨울답게 해가 조급히 퇴근했다. 다시금 터널을 넘을 땐 이미 보름달이 출근한 뒤였다. 마린 애시앙아파트와 방송통신대가 마주 보이는 수변공원 입구. 따가운 바닷바람이 손님을 전력으로 거부했지만 그러거나 말거나 사람들은 북적였다. 잔디가 다복다복한 풋살 경기장 지나 놀이터를 스쳐갈 무렵, 나란히 걷던 초원씨가 불쑥 고개를 들이밀며 물었다.

"앞으로 뭐하고 싶어요?"

미래에 어떻게 살아갈까. 얼마 전 전기 학원에 다녔던 동생과 나누었던 주제이기도 했다. 그때나 지금이나 솔직히 잘 모르겠다. 어쩌다보니 선택지는 훨씬 다양해졌지만 어디가 옳은 길인지, 뭘 해야 하고 뭘 포기해야 할지, 어떻게 하면 바라는 바를 오롯하게 이루어낼 수 있을지, 아무런

감이 오질 않았다. 그냥 풍경이 보이는 대로, 마음이 가는 대로 마음껏 뇌까렸다.

"내 고향이 더 활기찼으면 좋겠으예. 여서 공부하고 자란 애들이 고향서 계속 살면 좋겠고. 할매 할배들도 손주뻘 알라들 봄시롱 흐뭇해하고. 공장 댕기는 누님하고 아재들도 좀 어깨 피가믄서 신나게 일하고. 여 공원에 서울 놈들도 이빠이 와가 돈도 좀 펑펑 쓰고, 어……"

"중구난방인데다 동문서답까지 하시네요."

"허허."

"방금 그걸로 칠십 점."

초원씨의 눈엔 미소가 번져 있었다. 마스크 너머론 아마도 씩 웃고 있겠지. 나도 덩달아 입술이 실룩였다. SNT 공장 작은 부스에서 만난 지 칠 년. 취업과 등단 실패로 축 처져 있던 그때와 달리 온몸에 자신감을 두른 모습이었다. 목소리는 생기 넘쳤고 외모는 열심히 운동한 태가 물씬 났다. 나 역시 E.T. 같던 몸에서 역삼각형 꼴로 환골탈태했다. 서로 멋져지자고 했던 약속을 지킨 셈이다.

겨울 해가 조기 퇴근한 이른 저녁의 어시장. 초원씨는 '수조 안의 대게가 귀엽다'라는 황당한 이유로 한 횟집을 선택했다. 소주와 맥주 한 병씩 시키자 주민등록증 검사를 하겠다고 했다. “어머머?” 보란듯이 이죽대는 초원씨를 향해 어깨만 으쓱댔다. 주인장이 술을 가지러 간 사이, 초원씨는 가방에서 편지 봉투 하나를 조심스레 꺼냈다. 무슨 내용일지 짐작이 갔다. 차라리 여호와의 증인 팸플릿이었으면 좋았으련만. 예상은 빗나가지 않았고, 예식 일자와 장소가 적힌 내용물이 보였다. 상대는 큰 키에 적당히 얄팍한 몸, 잘생긴 얼굴에 가르마 펌을 한, 시샘 날 정도로 멋진 남자였다. 남자의 손을 잡은 웨딩드레스 차림의 초원씨는 함박웃음을 짓고 있었다.

“어떻게 만난 사람이라예?”

“음…… 트레바리에서요.”

초원씨는 말을 아꼈다. 나름의 상냥한 배려였으리라. 예전 같았으면 열등감을 어찌 못해 표정이 일그러졌을 테지만 칠 년이란 세월은 길었다. 우리의 애틋한 감정은 진작 풍화되어 무뎌졌고, 이루어질 수 없었던 사랑의 크기만큼 성장했다. 나는 팔짱 낀 채로 가슴속에 맴도는 묘한 기분을 전했다.

“이거 참. 기분 되게 묘하네.”

“그러게 고백할 때 받지!”

“에이, 됐으예. 장거리 연애해봐야 뭐할라꼬.”

"올 거죠?"

"하모예."

소주잔을 들었다. 내 삶은 운동하고 책을 읽는 습관이 들면서부터 변하기 시작했다. 그 시작에 초원씨가 있었다. 삶이 막막하고 헛헛할 때마다 내 말을 들어줬던 사람 역시 초원씨였다. 이미 너무 많은 걸 받았는데 더 바랄 게 무엇이 있으랴. 그저 은인의 행복을 바랐다. 건배와 함께 털어 넣은 술은 달았다. 마침내 기나긴 찌질함의 터널에서 벗어났음을 느꼈다.

청색에서 백색으로

청강대에서 색다른 제안이 왔다. 졸업 축사 요청이었다. 보통 졸업 축사란 이룰 것 다 이루어본 사람들의 몫 아니던가. 허나 멋진 경험이 될 것 같아 승낙했다. 일주일 넘도록 축사 원고에 매달렸다. 내겐 성공한 자들의 후광과 권위가 없었다. 긴 발언 동안 단 한마디라도 허투루 해선 안 된다고 생각했다. 강박에 가깝도록 수정하고 몇 번이나 피드백을 받았다. 간신히 원고를 털어내고 마침내 촬영 날, 청강대로 가는 길은 몹시 멀었다. 오전 여섯시 사십분에 마산에서 고속버스로 서울, 다시 이천으로 이동 후 대학까지 가는 택시를 탔더니 어느덧 오후 두시가 되어 있었다. 눈이 가득 쌓인 캠퍼스 안은 코로나 여파로 무척 한산했다. 학교로 초대해주신 전혜정 교수님과 함께 점심을 먹고 촬영지로 향했다. 흡사 목공소 같은 풍경의 공연 예술 실습실 안, 카메라 앞에서 호흡을 가다듬었다. 내 삶과 경험을 아낌없이 모두 내보낼 시간이었다.

제가 살다 살다 졸업 축사를 하게 될 줄은 몰랐어요. 보통 이런 일은 해당 분야에서 이룰 거 다 이룬 분들이 하잖아요. 근데 뜬금없이 여러분에게 낯선 제가, 낯선 방식으로 이렇게 찾아뵙게 되었네요. 반갑습니다, 청강문화산업대학교 졸업생 여러분. 창원에서 용접과 글로 먹고사는 천현우라고 합니다. 복장에서 미루어 짐작하셨겠지만, 저는 성공한 사람이 아닙니다. 굳이 분류하면 실패에 훨씬 가까운 사람이죠. 가난이 싫어서 취업 빨리 하려 실업계를 갔고, 그래도 대학물 먹어야지 싶어서 전문대를 나와서 중소기업을 십 년 넘게 전전했어요. 변변한 경력도 못 쌓고 나이만 먹었더니 이젠 대기업에선 받아주지도 않고, 빚 갚느라 쌓아놓은 재산도 없습니다. 말하고 보니 속이 쓰리네요. 이제껏 뭐하고 살았나 싶기도 해요. 하지만 이런 삶을 살아왔기에, 여러분이 지금 겪고 계실 불안함과 두려움의 정체도 잘 알고 있어요. 저 역시 지금도 하루

하루 살얼음 뜨기 시작한 빙판 위를 걷는 느낌으로 살아가니까요.

우리 세대는 아주 심각해진 불평등을, 아주 쉽게 체험할 수 있는 세상에서 살고 있습니다. 대기업과 공무원의 성벽은 너무나 높고 두터운데, 입성하지 못한 대다수가 쥐꼬리만한 월급과 하루살이 같은 고용에 떨어야 해요. 지방엔 일자리가 없고 직장 찾아 서울 오면 월세는 내 월급의 절반 가까이 되죠. 갚지 못한 대학 등록금은 두고두고 우릴 괴롭힐 테고요. 정말이지 우리는 이렇게나 힘든데, 정작 SNS 보면 대다수가 행복하고 자기 삶을 멀쩡하게 잘 살아내는 것처럼 보여요. 현실에 거의 없는 예쁘장한 남녀들끼리 맨날 맛있는 음식과 멋들어진 여행지 사진을 올려요. 대학 서열을 매기고 연봉을 자랑하며 외제 차 키와 통장 잔액을 인증하지요. 이렇듯 행복은 평범한 사람들이 갇힌 울타리 바깥에 전시되어 있어요.

그럼 우린 어떻게 행복을 찾아야 할까요? 이를 부득부득 갈면서 노력해서 성공하면 될까요? 아니면 평생 금수저들 욕하면서 정신 승리를 하면 될까요? 제가 보기엔 둘 다 비효율적인 방법 같아요. 둘 다 결국 타인과 비교하는 방식에서 벗어나질 못하잖아요. 비교는 위안거리까진 될 수 있어요. 하지만 그것만으로 행복까지 닿을 순 없어요. 행복은 우선 자신을 사랑하지 않으면 싹이 트지 않거든요. 그럼 어떻게 해야 자신을 사랑하게 될까요? 사람마다 각자의 행복 기준이 달라 참고가 될지는 모르겠습니다만, 저는 제가 하는 일을 사랑하면서부터 행복에 가까워졌습니다.

제가 용접을 접한 건 2014년 말쯤이었어요. 그때 집에 빚이 너무 많아서 주야 교대로 자동차 공장 다니면서 주말엔 막노동을 했거든요. 정확히는 조경 일이었어요. 가로등 설치하고, 곳곳에 벤치도 깔고, 다리를 놓기도 하면서 여러분들이 '핫플'이라고 칭하는 공간을 만들었지요. 주말마다 포터 몰고 절 데리러 온 아저씨가 있었는데 이분이 용접을 참 잘했어요. 용접은 배우면 어디든 도움이 된다고 해서 옆에서 구경했거든요. 용접면 처음 써보니까 진짜 아무것도 안 보여요. 과장 안 하고 눈 감은 거보다 더 어두워요. 햇빛도 달빛보다 어둡게 보일 정도니까요. 그 상태로 눈앞에서 용접이 시작되면 맨눈으론 못 보던 빛 안쪽이 보입니다. 주홍빛 쇳물이 8자를 그리는 손놀림에 맞춰서 왼편에서 오른편으로 옮겨갑니다. '용접'. 녹여서 붙인다는 뜻처럼 용접봉이 지난 곳은 열이 식으면서 철과 철 사이가 메꾸어집니다. 쇠에다 대고 하는 바느질이라고 생각하심 편할 거예요. 이렇게 메꿔진 흔적을 비드라고 하는데요. 이 비드의 모양으로 용접 실력을 가늠합니다. 좌우 간격이 똑바를수록, 푹 꺼졌거나 위로 볼록하지 않을수록, 눈으로 봤을 때 예쁠수록 '좋은 용접'인 셈이죠. 잘된 용접은 금속판 위에 그린 그림이라 해도 과언이 아닙니다. 그런 점에선 용접사는 예술가와도 닮아 있습니다. 이 '좋은 용접'을 해내기 위해 지금도 지구촌 곳곳의 용접사들이 불꽃을 튀기고 있을 거예요.

저는 이 일이 아주 근사하다고 생각했어요. 일단 결과물이 바로바로 눈에 보이잖아요. '내가 제대로 하고 있나?' 의심할 필요가 없는 거죠. 글쓰다보면 이런 점이 참 답답했거든요. 나름 잘 썼답시고 탈고하고 내보면 반응이 시큰둥해요. 이런 일 몇 번 반복하다보면 원고에 집중을 못하죠. 용접은 그렇지 않았어요. 눈앞에 있는 일에만 온전히 정신을 쏟아부을 수 있었거든요. 용접의 생명인 비드는 '운봉'이라는 손기술에서 판가름나요. 운봉은 용접이 최대한 예쁘게 나올 수 있도록 쇳물을 퍼뜨려주는 기술이에요. 용접의 목적, 각 금속마다 다른 속성, 금속의 두께와 간격, 위아래 수직 수평 같은 방향까지. 이 모든 변수를 감안해 움직임을 조절하지요. 일류 용접사의 운봉 기술은 시계 장인들의 그 섬세한 손짓과 궤를 같이합니다. 특히 민감한 금속은 과장 없이 0.1초 차이로 쇳물이 덜 녹아 용접이 안 되거나 과열로 인해 철판에 구멍이 뚫려요.

이런 재료는 용접하기 진짜 피곤해요. 장갑 집어던지고 욕도 하고 한숨도 쉬죠. 그런데 동시에 호승심이 막 생겨요. 여러분들은 혹시 어려운 게임에 도전하신 적 있나요? 이미 70퍼센트 정도 블록이 차 있는 테트리스 같은 것들. 하다보면 정말 짜증나지만 깨고 싶은 욕망도 생기잖아요. 제겐 용접은 그런 어려운 게임인 셈이죠.

어디에나 다 쓰인다는 점도 맘에 들었어요. 밖으로 나와서 잠깐만 둘러봐도 용접이 안 들어간 사물이 참 드물잖아요. 가로등이며 신호등, 수많은 자동차와 빽빽한 빌딩 안쪽, 지하철의 몸체와 그 아래 깔린 레일까지 말이죠. 제가 현대로템 하청에서 잠깐 일했는데요. 거긴 본사가 창원이라 우리가 만든 물건이 어떻게 쓰이는지 잘 몰라요. 그러다 서울에서 지하철을 탄 순간 알게 됐죠. 객차 맨 앞과 뒤칸이 짧았던 이유는 노약자석 때문이었구나. 출입문 바로 위 공간이 비었던 이유는 역 안내 표지판이 붙기 때문이구나. 검사원이 천장에 붙는 파이프 용접이 중요하다고 자꾸 강조한 이유는 손잡이가 달리기 때문이었구나. 남들은 알 리 없는 고생의 이유가 눈에 보였을 때. 어쩐지 콧잔등 비비고 싶은 뿌듯함과 우리가 만든 물건이 온전히 제 역할 다하는 모습을 지켜볼 때의 보람참. 그리고 내 일이 세상에 도움 되고 있단 사실에 행복함을 느꼈어요.

물론 저도 한땐 용접하는 자신이 부끄러울 때도 있었어요. 제 일을 바라보는 대다수 외부 시선은 한마디로 요약할 수 있습니다. "공부 못하면 기술 배워라." 마치 패배자나 택하는 이등 노동처럼 말하죠. 특히 창작하시는 분들. 정말 죽어라고 열심히 쓰고 그리는데 정작 집에선 노는 사람 취급받은 적 있지 않나요? 그때 무슨 감정을 느끼셨나요. 모멸감이 막 치솟기도 하지만, 가슴 한쪽에선 외롭다고 느끼진 않으셨나요? 저는 정말 오랫동안 억울했거든요. 열심히 내 할일을 할 뿐인데 왜 사람들은 날 이해 못해주지? 무슨 범죄를 저지른 것도 아닌데 왜 내 가치를 깎아내리려 들지? 홀로 티브이도 컴퓨터도 없는 타지에서 돈 벌며 겨울을 나는 동안, 스스로 계속 질문을 던지고 해답을 찾다가 결론에 도달했죠. 나는 용접을 좋아한다는 것과, 내가 좋아서 하는 일에 타인의 평가를 의식할 필요가 없다는 것. 물론 이게 말처럼 쉽지 않을 거예요. 특히 타인의 선호로 돈을 벌어야 하는 창작 계통에서는요.

청강대 여러분은 창작을 업으로 삼는 분들이 굉장히 많죠? 다들 이런 고민 한번쯤 해보셨을 거예요. 내가 만들고 싶은 창작물과 돈이 되는 창작물이 다를 때. 더군다나 그 돈 되는 창작물을 도저히 만들 수가 없을 때. 내가 괴로운 건 둘째 치고 먹고사는 것조차 위협받잖아요. 저는 1990년 10월부터 2021년 4월까지. 삼십일 년간 단 한 번도 글쟁이로서 성공을 경험한 적이 없어요. 어릴 때 상 몇 번 타고, 유료 연재가 잠깐 성사되면서, 몇 번의 국지전에서 승리하긴 했지만 딱 그 정도였어요. 웹소설 공모전에서 계속 낙방했고 몇 번이나 등단의 높은 문 앞에서 좌절했죠. 제 글 기술은 먹고살 수 있을 정도엔 언제나 못 미쳤어요. 이렇게 실패를 거듭할 때마다 현실, 재능, 노력, 좌절 따위 단어가 쌓여선 꿈의 천장을 내려앉혔죠. 결국 글로 돈 벌기를 포기했지만 일기랑 소설은 꾸준히 썼어요. 글쓰기를 끝끝내 놓을 수 없었던 이유는 제가 그나마 잘하는 일이 이거 하나였거든요.

자소서나 독후감을 대필해주면 꼭 따랐던 이야기가, "글 잘 쓰는데 이 재주로 뭐라도 해보지"였어요. 처음엔 그 말을 전혀 신뢰하지 않았어요. 반복해서 듣고 나서야 어느 정도 글에 숙달이 됐다는 사실 정도는 인지하게 됐죠. 빅 데이터 시각화 자료처럼 어지러이 놓인 단어를 하나씩 골라 문장을 만들고, 울퉁불퉁한 문장을 다듬어 매끈한 문단을 만들고, 그 문단으로 하나의 완성품까지 도달하는 공정. 그 공정이 마치 조선소에서 소조, 중조, 대조로 크기를 불려나가는 블록 작업처럼 체계화가 되어 있었던 거죠. 세상은 이걸 글 근육이라 표현하던데, 이십 년 가까이 무던하게 글을 쓰다보니 어느새 커져 있었어요. 그렇게 계속 글을 써나가다가, 우연찮은 계기로 신문사에 칼럼 지면도 얻고, 제가 몇 번이나 공모전 낙방한 출판사에서 먼저 책 내자고 제의도 받았어요. 다 내려놓고서 한참 지나서야 기회가 찾아온 셈이죠.

조금 전에 "좋아서 하는 일에 타인의 평가를 의식할 필요가 없다"라고 했었죠? 타인의 평가는 본질하고 아무런 상관이 없어요. 이를테면 간식 같은 거예요. 먹으면 맛있을 수도, 속이 더부룩할 수도 있지만, 애초에 안 먹어도 그만이란 거죠. 오히려 남들 평가에 너무 신경쓰면 '자의식 비만'이 와요. 제 경우 네이버와 다음 소설 카페부터 디시인사이드 갤러리까지 쭉 둘러보면서 여러 작가들과 친해졌어요. 그중에서 가장 안타까운 부류가 바로 이 자의식 비만에 걸린 분들이었어요. 남들 평가에 너무 신경쓰다보니 자존감이 많이 떨어져 있었죠. 사람은 선플 백 개보다 악플 하나에 훨씬 민감하니까요. 이분들은 떨어진 자존감을 다른 작품을 냉소하고 깔아뭉개며 비난하면서 채우려고 해요. 창작물의 급을 나누는 데 익숙해져서 본질에 집중하질 못해요. 그러다 최후엔 돈도 안 되는 글 따위 쓰지 말걸, 하고 후회하면서 펜을 꺾더군요. 개중엔 저보다 실력이 훨씬 뛰어났던 분들도 계셔서 안타까웠어요. 물론 창작이 정말 외로운 일임은 잘 압니다. 어두컴컴한 길의 출발선에서 자기 두 발로 종점까지 달려가야 하죠. 의지할 곳이 없으니 타인의 시선을 빌리고 싶은 욕구가 치밀어요. 그럴 때일수록 단호해져야 합니다. 기본에 충실해야 해요. 습작을 계속 만들고, 성공한 작품을 분석하면서, 꾸준히 자신을 갱신해 나가는 거죠.

다만 기술에만 너무 몰두해서도 안 돼요. 학교에서 배운 기술만 계속 파고들어선 한계가 있어요. 요즘은 콘텐츠의 시대잖아요. 콘텐츠가 없으면 말짱 도루묵이에요. 물론 수십 년 넘게 한 분야에 몰두한 장인들의 기술은 그 자체로 콘텐츠가 됩니다만, 아직 젊은 우리는 장인들의 기술을 단숨에 따라잡을 수 없습니다. 자신만의 콘텐츠를 구축할 필요가 있어요. 저는 의도하진 않았지만 글쓰는 용접공으로 작은 유명세를 얻어 방송과 라디오에 나오게 됐습니다. 용접 노동을 글로 녹여낼 수 있는 사람이 아무도 없었기 때문이죠. 그나마 옛날 노동문학들도 일이 얼마나 힘들며 돈은 얼마나 적게 주는지에만 중점이 가 있죠. 작가분들이 십 년 넘게 공장 일을 하는 게 아니니까요. 글의 기교야 저보다 월등히 뛰어나지만 그 세계를 이해하는 깊이는 저보다 부족할 수밖에 없습니다. 남들이 비웃고 무시하던 일을 오랫동안 하면서 느꼈던 감정, 들었던 생각들이 글 기술과 결합해 제 콘텐츠가 된 셈입니다.

쇠와 매연, 공장과 작업복의 회색 지대가 저의 세계였듯 여러분 역시 각자 자신의 세계가 있을 거예요. 저는 여러분이 자신의 세계를 부끄러워하지 않길 바랍니다. 오히려 더욱더 선명하게 그 세계를 완성해나가길 바랍니다. 다만, 내 세계를 더욱 또렷하게 하기 위해선, 공부와는 약간 다른 접근이 필요합니다. 그저 꾸준히 우직하게 정진해나가는 게 아니라 자신이 예전부터 관심 가던 분야 혹은 옳다고 생각하던 분야, 재밌다고 느꼈던 분야를 찾아 꾸준히 넓게 파고드는 게 중요해요. 까고 말해서 '덕질'하자는 거죠. 거창하게 '뭐뭐학 개론' 같은 두껍고 재미없는 책부터 읽을 필요 없어요. 유튜브나 나무위키도 괜찮습니다. 어떤 경로건 정보의 가지를 계속 뻗어나가는 게 중요해요.

저 같은 경우 인터넷 방송 스트리머들에게 어마어마한 돈을 쾌척하는 분들의 생각이 늘 궁금했어요. 아무리 봐도 합리적인 소비가 아니잖아요. 그 심리를 쫓다보니 행동경제학이란 학문을 알게 됐어요. 관련 책과 기사, 방송을 꾸준하게 보다보니, 사람이 돈을 이성적으로 쓰지 않는 이유를 알게 됐고, 그 과정에서 저의 세계가 또렷해졌어요. 선명해진 나의 세계와 학교에서 열심히 갈고닦으셨던 기술이 합쳐졌을 때, 아주 근사한 자신만의 콘텐츠를 만들어내실 수 있을 거예요.

용접부터 시작해 창작 얘기를 지나왔습니다. 사실 아는 거 하나 없는데 잘난 듯 떠들 때마다 참 겸연쩍네요. 맺음 인사 전에 잠깐 인사말로 돌아가볼까요? 맨 처음 가난하고 스펙도 안 좋은데다 직업조차 변변찮은 제가, 어떻게 행복에 가까워졌는지 말씀드렸습니다. 자신을 사랑하기로 했고, 자신이 하는 일을 사랑하기로 했죠. 하지만 이것만으론 행복에 가닿기 부족합니다. 긍정적인 생각을 갖는 일만큼 부정적인 생각을 몰아내는 기술도 중요하거든요. 하여 저만의 마음 호신술을 여러분과 짧게 공유하려고 해요.

마음을 다치지 않기 위해선 무엇보다 냉소하지 않는 게 중요합니다. 제 삶은 설령 〈인간극장〉에 나와도 논란이 될 만큼 처절하고 지저분한 불행의 연속이었어요. 그 처지를 비관하지 않았다면 거짓말이겠죠. 하지만 냉소에 빠져 허우적대면서 시간을 낭비하지도 않았습니다. 지금 여러분과 마주할 수 있는 이유도 그 덕분이고요. 냉소는 인간의 가장 나쁜 감정입니다. 분노나 증오마저 마음먹기 따라 좋은 방향으로 이끌 수도 있지만 냉소는 그저 사람을 게으르게 만들 뿐이에요. 대상을 이해할 생각도 없고 공감하지도 못하니 무슨 발전이 가능하겠습니까. 냉소란 마음의 비만하고 같아서 떨쳐내는 방법은 단순하지만 실천하기가 어렵습니다. 우리가 다이어트하기 위해선 먹는 걸 줄이고 몸을 계속 움직이잖아요? 냉소하지 않는 방법도 똑같습니다. 남이 떠먹여주는 정보를 곧이곧대로 받아먹지 않아야 합니다. 우리는 정보 과잉을 넘어 폭주하는 시대에 살아가고 있습니다. 심지어 인터넷의 알고리즘은 편향된 정보만 죽 나열해주기 일쑤죠. 이럴 때일수록 자신의 사고로 움직이고 생각해야 합니다. 그 생각이 정답인지 오답인지는 전혀 상관이 없어요. 핵심 목적은 사고의 근육을 기르는 거니까요.

앞으로 여러분이 살아 견뎌야 할 세상은 분명 만만치 않습니다. 하지만 생각을 포기하지 않다보면 어떻게든 살길을 찾아내게 됩니다. 그 과정에서 자신을 돌아보게 되고, 자신이 과연 어떤 사람인지 깨닫게 되면서, 누구도 감히 흔들 수 없는 자신을 완성할 수 있을 거예요. 여러분, 냉소하지 맙시다. 자신과 일상, 동료들과 일, 오늘과 내일을 진심으로 사랑합시다. 내 주변의 내가 의식한 모든 것들이 우연이고 행운이며 이를 소중하다고 여길 때, 비로소 내 삶의 주체가 오롯하게 나가 되고, 그때가 되면 반드시 행복은 따라옵니다. 여러분 모두의 행복을 기원하겠습니다. 지금까지 평범한 이의 말씀을 들어주셔서 감사합니다.

쇳물과 먹물

내 생각 깊숙한 곳까지 모조리 털어 넣은 청강대 강연을 마치고 2월이 왔다. 지난 십 개월간 과분한 기회를 얻어 능력보다 훨씬 많이 떠들었다. 지식은 얕은데 온갖 지면에 글을 뿌리고 다녔으니 할말이 더는 남아 있지 않았다. 슬슬 용접공으로 돌아가 축적의 시간을 가져야 할 것 같았다. 마침 출판 원고도 전부 탈고했으니 용접 기능장 자격증을 딸 요량으로 책을 샀다. 그리고 바로 다음날, 모르는 번호로 전화가 왔다. 상대방은 언론 업계에서 손에 꼽히게 유명한 천관율 기자님. 공부방 계급론을 통해 인연이 생겼지만 직접 연락하시는 건 처음이었다. 직접 마산까지 찾아온다고 하셔서 가볍게 술자리 한번 가질 줄 알았다.

약속 당일, 마산역 앞에서 이미 선약을 몇 개 쳐낸 듯 피곤한 표정의 두 남자와 마주했다. 천관율 기자님과 훗날 내 사장님이 될 신수현씨였다. 역 바로 앞 이디야커피에서 근황을 주고받다가 곧바로 본론으로 들어갔다. 천관율 기자님이 특유의 쿨한 말투로 제안했다.

"거두절미하고, 현우씨. 우리랑 일합시다."

"예? 일이라니……?"

"영입 제안입니다. 자기 얘기는 다 털었잖습니까. 이제 남의 얘기도 써봐야죠."

전혀 예상 못한 경로로 꽂히는 변화구에 당황했다. 장기 필진 제안이나 인턴십도 아닌 정규 직원으로 스카우트 하겠다는 소리였다. 두 분은 alookso에서 일하고 있었다. alookso는 기존의 공급자 일방의 언론이 아닌, 참여자들의 집단 지성을 통해 같은 사건이더라도 전혀 다른 맥락을 제시하는 걸 목표로 삼은 미디어 스타트업 회사였다. 신수현씨는 나의 독특한 시선을 기대한다고 했다. 좋게 말해주셨지만 터놓고 말해 괴짜 같은 기자를 원하는 것이었다. 언론 경험이라곤 없는 용접공에서 느닷없이 기자라니, 기묘한 제안에 고개를 갸우뚱할 수밖에 없었다.

"제가 잘할 수 있을까요?"

"해봐야 알겠죠. 그런데 재미는 있을 겁니다."

천관율 기자님은 훗날 잘할 수 있겠냐는 저 물음이 빈말로 들렸다고, 겁을 전혀 안 먹은 표정이라고 회고했다. 그때 질문을 잘못했다. 이렇게 물어봤어야 했다.

'제가 훌륭한 기자가 될 수 있을까요?'

낯선 일 하는 건 두렵지 않았다. 글이야 어떻게든 쓰면 그만이다. 대인공포증이 있어서 취재를 못하는 것도 아니다. 다만 용접공 아닌 천현우의 글에 매력이 있을지 의문이었다. 정든 고향을 떠나야 하는 문제점도 있었다. 무엇보다 기자가 된다는 건 세상 그리고 타인과 훨씬 밀접해진다는 것을 의미했다. 그렇다면 내가 바랐던 현실과 실제가 다를 때, 사실을 가공하고픈 유혹에서 쉽게 벗어날 수 있을까. 그리할 수 없다면 훌륭한 기자가 될 수 없고 제안은 받지 말아야 했다.

당장 결론을 내릴 수 없었기에 일주일 내로 답변드리기로 했다. 두 분과 헤어진 후 내가 가장 믿을 수 있는 사람들, 특히 직업을 떠나 글쓰는 사람으로 가장 존경하는 기자분과 오랜 시간 대화를 나누었다. 그분은 내 마음이 이미 반쯤 기운 것 같다며, 기자란 직업에 마음이 가는 이유를 되물었다. 잠깐 고민하다 수화기 너머로 불순한 동기를 털어놓았다.

"아무것도 모르면서 노동자 후려치려고 헛소리하는 인간들이 좀 있어요. 돈 잘 버는 정규직은 귀족 노조라고 욕하고, 돈 못 버는 비정규직은 공부 못해서 그 꼴 났대요. 그런 인간들 입에 재갈을 물려주고 싶어요. 제 현장 경험과 회사의 데이터로 논리를 만들어서 개망신을 주고 싶어요."

기자님은 깔깔 웃었다.

"아주 훌륭한 동기네요. 잘할 수 있을 거 같은데요?"

그 대답에 확신을 얻었다. 용접 기능장 필기시험을 치고 서울로 올라가기로 했다. 그렇게 서울로 떠나기 보름 전, 고향에서의 마지막 만남이 마침내 성사됐다.

경기도 고양시까지 막노동하러 갔던 포터 아저씨가 근 일 년의 대장정을 마치고 창원으로 귀환했다. 전화 걸어서 인터뷰 좀 따겠다고 하니 돌아오는 대답이 "나랏일 하시는 분께서 늙고 병든 노인네 취조해서 무엇 하려 그러시오"였다. "와, 말발 안 죽으셨네. 그 혓바닥 국가 공익을 위해 좀 쓰이소"라고 받아쳤다.

전국 유흥주점 밀집도 1위에 빛나는 창원 상남동의 밤은 복닥복닥했다. 일관성 없는 조명들, 한 건물에 번잡스레 들러붙은 간판. 요란한 음악을 울리며 배회하는 유흥주점 광고 차. 번화가 한가운데 돛대 조형물을 둘러싼 눈 따가운 불빛. 이 화려하되 알맹이 없는 풍경은, 적당한 한산함에 익숙한 마산 사람에겐 익숙지도 편안치도 않았다. 내심 장소를 바꾸고 싶었으나 인터뷰에 응해준 것만으로 감읍할 지경이라 내색할 순 없었다. 마음속 불편함은 반가운 모습과 마주하자 싹 사라졌다. 포터 아저씨는 칠 년 동안 변한 게 없었다. 듬성듬성한 머리숱. 깎고 일주일쯤 방치한 너저분한 수염. 패딩에 추리닝 하나 덜렁 입고서 아디다스 슬리퍼를 끌고 온 그 모습이 너무도 반가웠다. 감격이 과했던 나머지 악수를 청하자 아저씨는 괜히 뚱한 표정을 지었다.

"왜 남세스럽게 앵길라 그래. 양복쟁이들한테 이상한 거만 배워가지구."

"거 반가워서 인사 좀 할라카이 너무하시네."

"됐고. 얼른 술이나 빨러 가자. 안 그래도 오랫동안 알코올로 소독을 못했거등. 목구멍에 담배 찌꺼기 한 무데기 쌓였겠다."

아저씨와 근처 한 고깃집에 들어갔다. 고기가 나오기도 전, 파무침과 메추리알을 안주 삼아 건배했다. 뭐하고 지냈느냐는 물음에 아저씨는 "별거 있나. 그놈의 전염병 때문에 일감 없어서 전국 팔도를 쏘다녔지." 건조하게 대답했다. 인터뷰 뽑을 건데 재밌는 얘기 좀 해달라고 닦달하니 손을 휘휘 저었다.

"원래 늙다리들 삶은 시시한 거야. 딴짓거리 하고 싶어도 못하지. 그래서 또 그 나름의 의미가 있는 거고."

아저씨는 신선 같은 소리나 하며 고기를 불판에 올렸다. 쉽지 않은 인터뷰가 될 듯했다. 바삐 술잔을 채우며 내 과거 얘기로 밑불 지피기 시작했다. 용접을 시작하고 겪은 일. 먼저 고백했던 여자가 칠 년 뒤 청첩장 들고 찾아온 이야기. 갑자기 스타트업 언론사에 스카우트된 사연까지 줄줄이 털어놓는 동안 소주 한 병이 비었다. 아저씨가 검은색 주물 불판 위 남은 고깃덩어릴 싹 집어다가 접시에 내려놓는 동안 대화가 잠깐 끊겼다. 이때 기자분들에게 술자리에서 배운 인터뷰 기술을 활용해보기로 했다. 공백의 틈 속에 원하는 화두를 슬며시 밀어넣었다.

"듣자 하이 건설 쪽 가셨담시롱? 그 판때기는 사람 억수로 마이 다치지예?"

두 눈 끔뻑대던 아저씨는 막잔을 치고선 비로소 운을 떼기 시작했다.

"다치면 차라리 다행이지."

아저씨는 건설 쪽으로 복귀해 현장 분위기도 파악할 겸 까대기, 그러니까 지게를 멘 채로 위층에 자재 날라주는 일부터 시작하고 있었다. 오십대 초반 중년이 감내하기 쉬운 일은 아니었지만, 그동안 현장에서 쌓인 눈칫밥으로 아파트 한 채는 쌓을 수 있는 사람이었다. 정시 정각의 말끔한 일 처리보단 적당히 핀잔 들어가면서 쉬엄쉬엄하는 게 더 효율적임을 알고 있었다. 아저씨는 탁월한 입담꾼답게 단순노동마저 '자의식 수수료'라는 개념을 적용해 멋들어지게 묘사했다. 요는 자의식과 체력을 골고루 안배하는 게 핵심. 무작정 몸을 한계치까지 몰아가는 게 아니라 때론 욕 들을 각오하고 쉬어갈 필요가 있다고 했다. 자의식 수수료를 내는 것을 피해선 안 된다. 즉 관리자가 빨리빨리 하라며 채근하는 소리를 듣는 걸 두려워하면 금방 골병 난다고 했다.

공사 사흘째. 그날도 중간층에서 잠깐 쉬어가는 도중이었다. 겨울 눈치도 안 보고 흐르는 땀을 닦아가며 입김 뿜어대던 그때, 그야말로 찰나 같은 비명을 들었다. 지게를 내려놓고 발성 지점을 찾아갔을 땐 사람이 바닥에 쓰러진 채였다. 아저씨는 사람이 죽은 그 당시보다 이후에 벌어진 일에 더욱 분노하고 있었다. 당일, 그다음날에도 뉴스 한

건이 보도되질 않았다. 그러다 현대건설에서 잇달아 사고가 난 탓에 2021년 6월쯤 되어서야 뉴스에 났고, 그 안에 '1월엔 근로자 한 명이 추락사했다'라는 고작 한 줄짜리 문장이 들어 있었다. 그마저도 건설사가 연속으로 사고 안 쳤으면 영영 눙치고 갔을 사건이었다. 술이 좀 오른 아저씨는 평소에 그 능글능글한 모습이 안 떠오를 정도로 화를 냈다.

"신문지에다 한가롭게 아파트값 뛰네 마네 하는 기자 놈들 싹 다 잡아 족쳐야 돼. 1월에 사람이 떨어져 죽었는데 6월에 기사 몇 개 딸랑 나고 말더라. 집값 얘기로는 종일 떠들잖냐. 이게 진짜 사람 새끼들이냐? 야, 현우야. 너 이제 기자들 좀 알잖냐. 한번 물어보자. 이런 짐승 같은 새끼들도 기자 취급해줘야 하냐?"

듣던 당시엔 반신반의했다. 아저씨는 예전엔 〈나는 꼼수다〉, 최근엔 〈열린공감〉 채널의 애청자였다. 아저씨가 내게 정치를 알라며 주었던 책의 작가들도 기존 언론과 별로 안 친한 사람들이었다. 그러니 어쩔 수 없이 기존 언론을 향한 불신과 편향이 있을 수 있다고 판단했다. 검색을 해봤더니 아저씨 말이 맞았다. 당일과 그다음날, 기사는 하나도 나지 않았다. 지역을 검색해보니 정말 아파트값 기사밖에 없었다. 어느새 우린 부동산이라는 단어에 사로잡혀 정작 땅 아래 스며든 피를 모르고 살았던 건 아닐까. 우리 현장 노동자들이 의외로 산재에 둔감했던 건, 죽어도 아무도 신경 쓰지 않는 세상을 향한 냉소의 결과가 아니었을까. 참담한 기분이었다. 어느덧 삼겹살 한 근 마무리하고 갈비를 굽기 위해 불판 가는 동안 빈 소주병 두 개가 쌓였다.

열을 올리던 아저씨는 가슴이 답답했는지 잠시 밖으로 담배를 피우러 나갔다. 돌아와선 수도권 대형 건설사의 장점도 슬며시 언급했다. 눈에 띄는 중간착취가 없다는 사실, 즉 '똥 떼기' 관행이 보이지 않는 게 특기할 만하다고. 지방에서 노가다 뛰다보면 그야말로 온갖 기이한 임금 낚아채기 기술이 보인다. 소장이 대기업 과장 부장 접대비를 팀장 똥을 떼서 보충하고, 팀장은 또 손해를 메꾸려 노가다꾼에게 똥을 떼는 '스리쿠션', 팀장이 아예 처음부터 급여 통장과 카드를 들고 가서 자기 몫 챙기고 남은 돈을 주는 '짬 처리', 받은 월급 중 일부를 아예 대포통장으로 입금하라고 지시하는 '상납'까지. 이런 과정을 거치고 또 거쳐 노동자에겐 원금의 절반가량의 월급만 떨어지곤 했다. 근데 대기업 직할 현장은 확실히 달랐다. 근로 계약서를 칼같이 쓰고 적혀 있는 날짜에 적혀 있는 임금을 정확하게 주더라는 것. 당연한 일인데도 좀처럼 믿기지 않았다고 했다.

아저씨는 수도권 문화가 얼른 밑으로 내려와야 한다는 결론을 내더니, 질문의 방향을 자연스레 내 근황으로 돌렸다. 지방에 박혀서 조용히 용접만 하던 놈이 갑자기 칼럼을 쓰고 방송을 타더니 급기야 언론사 취업까지, 당최 어떻게 돼먹은 일이냐는 질문에 선뜻 대답할 수 없었다. 나라고 이런 상황을 예측하고 살았을까. 크루아상처럼 우연에 우연이 여러 겹 뭉쳐 이리된 것일 뿐. 아직도 잘 모르겠다는 내 대답에 아저씨는 벼락출세의 원인을 특이하게도 언어에서 찾았다.

“내가 니 칼럼은 전부 챙겨 보거든. 근데 그 왜, 우리 판때기에서만 쓰는 말들이 있잖냐? 그 상스러운 걸 칼럼에다 그대로 다 실을 순 없잖어. 그렇다고 먹물들 말로 쓰면 맛이 안 살고. 그 중간 언어를 찾아야 하는데 니가 그걸 잘하더란 말이지. 노조 아재들이 이게 안 돼. 맨날 머리띠 매고 메가폰 잡고 소리만 치잖아. 간절한 건 이해하겠는데 촌스러워. 그림이 너무 구리잖아. 우리가 그리 욕해도 결국 가진 놈들은 먹물이잖냐? 그 먹물들이 원하는 양식미라는 게 또 따로 있을 거 아니냐. 우리 얘기를 먹물들 언어로 번역해야 해. 좀 아니꼬워도 세상은 그렇게 바꾸는 거지. 넌

그게 되더라. 그래서 니가 중요한 거야. 쉿밥 얘기를 먹물들 알아먹게 쓸 수 있으니까."

소주에 절여져 푹 퍼져가던 머릿속이 다시금 맑아졌다. 근 몇 개월간 "천현우라는 사람은 귀중하다"라고 말한 사람들은 이미 사회에서 성공한 이들, 통장이며 부동산에 박아둔 돈은 제각기 다를지언정 모두가 좋은 직업과 학벌을 가진 이들이었다. 마산에서 얌전히 용접만 하고 살았다면 평생 볼 일 없었을 사람들의 환대와 존중은 기쁘고도 불안했다. 공장 일꾼이란 정체성으로 현장의 서사를 팔아 나 혼자 비겁하게 출세하는 건 아닐까. 진짜 현장 노동자들은 천현우를 기득권 앞에서 글 재롱 부리는 간신으로 생각하진 않을까. 아저씨의 고마운 덕담에 최근 들어 점점 무게를 불려나가던 걱정의 무게가 훌쩍 줄어들었다. 나는 마치 아저씨를 처음 만난 날의 초짜 노가다꾼의 눈을 하고 물었다.

"내가 잘할 수 있겠으예?"

"하모, 당연하지!"

에필로그

고향을 떠나며

3월이 왔다. 고향을 떠날 시간. 마지막으로 가고 싶은 곳이 있었다. 북마산 가구거리를 지나 도달한 창동예술촌 입구는 아직 한산했다. 앞으로 두어 시간 뒤엔 가게들이 하나둘 셔터를 올리며 일상의 시작을 알릴 것이다.

본래 창동은 마산 대표 번화가였다. 특히 인근 남고와 여고 사이 오작교 역할을 톡톡히 했다. 교복 차림으로 코아양과에서 소개팅하다 눈 맞으면 근처 연흥극장에서 영화 한 편 보며 사랑을 싹 틔웠다. 당시의 낭만은 새로운 시대에 맞춰 시나브로 도태되었다. 계획된 창원에 대기업과 공공기관이 들어서면서 유행지의 지위는 창원과 가까운 합성동으로 옮겨갔다. 사람들은 구태여 창동을 찾지 않았고, 수십 년 장사해오던 가게들과 독립극장들은 하나둘 퇴장했다.

텅 비어버린 거리는 한때 창원시의 도심재생사업을 맞아 조금씩 부활하는 듯했다. 하지만 몇 년 동안 슬며시 타올랐던 창동의 불꽃은 코로나 태풍을 맞아 단번에 꺼져버렸다. 부활의 희망마저 좌초당한 모습은 마산, 나아가 대부분 지방이 처할 미래 같아 두려웠다. 내 고향은 언제까지고 남아 있을 수 있을까? 얼마 못 가 역사라는 앨범에 고이 간직될 운명인 걸까?

안타까움에 잠깐 멈춰 섰을 무렵, 부림시장의 희미한 불길이 눈에 밟혔다. 아치형 가림막을 인 통로 좌우의 가게들 사이로 인파들이 복닥복닥 붐볐다. 풀빵 가게 주인장은 반죽이 구워지자마자 누런 봉투에 담기 바빴다. 장 보러 온 어머님들과 상인 사이에선 단돈 1000원을 두고 각축전이 오갔다. 부직포 장바구니에 낡은 프라이팬을 한가득 담아 온 영감님은 새걸로 바꿔먹을 생각에 벌써부터 싱글벙글하고 있었다. 그렇지, 오늘은 토요일이구나. 조금씩 활기가 살을 불려나가는 시장 모습에 좌절감의 안개가 걷히고 또렷한 현실이 보였다.

앞으로 내가 일해나갈 곳은 현장이 아닌 사무실. 파란 작업복은 하얀 와이셔츠로 바뀌고, 메꾸어나가야 할 공백은 철판과 철판 사이에서 지면과 지면 사이로 바뀐다. 하지만 돌아오리라. 내가 지나쳐왔던 세상. 담배 냄새와 절삭유 냄새로 찌든 곳. 차가운 금속과 뜨거운 불꽃의 감촉이 공존하는 곳. 비지땀 흘리며 뿌듯했던 하루도, 죽살이에 벅차 힘겨웠던 하루도, 이내 막걸리와 소주로 씻어내고선 내일 하루를 살아가는 사람들이 있는 곳.

그래, 이제 과거 같은 번영기는 돌아오지 않는다. 하지만 아직 이곳에 살아가는 이들이 있다. 나의 친구들, 고마운 어른들과 치열하게 살아가는 후배들이 있다. 지금은 비록 돈을 벌러 떠나지만, 언젠가는 이들의 품속으로 다시 돌아오고야 말리라. 돌아와서 고향을 위해 내 나름의 역할에 충실하리라. 비록 몸은 다른 곳에 있을지라도 오늘도 현장에서 치열하게 일하는 쇳밥꾼들의 마음을 잊지 않으리라. 주머니에 실패한 연애편지처럼 구겨져 있던 천원짜리 석 장을 꺼냈다.

고향을 떠나기 전, 풀빵이 먹고 싶었다.

쉿밥일지

초판 인쇄 2022년 8월 16일
초판 발행 2022년 8월 23일

지은이 천현우
책임편집 김봉곤 | 편집 이희연
디자인 최윤미 이정민
마케팅 정민호 이숙재 박치우 한민아 이민경 박지영 안남영 김수현 정경주
브랜딩 함유지 함근아 김희숙 박민재 박진희 정승민
제작 강신은 김동욱 임현식 | 제작처 영신사

펴낸곳 ㈜문학동네 | 펴낸이 김소영
출판등록 1993년 10월 22일 제2003-000045호
주소 10881 경기도 파주시 회동길 210
전자우편 editor@munhak.com | 대표전화 031) 955-8888 | 팩스 031) 955-8855
문의전화 031) 955-3578(마케팅) 031) 955-2660(편집)

문학동네카페 http://cafe.naver.com/mhdn
트위터 @munhakdongne
북클럽문학동네 http://bookclubmunhak.com

ISBN 978-89-546-8810-9 03810

www.munhak.com